Die
VERLORENE
BALLERINA

Deanna Lynn Sletten

Die Verlorene Ballerina
Ein Roman

Copyright 2025 © Deanna Lynn Sletten

ISBN – 978-1-970941-04-3

Covergestaltung: Deborah Bradseth

Novels by

Deanna Lynn Sletten

Die
VERLORENE
BALLERINA

KAPITEL EINS

Madison

Madison Carlson stand am Ende der langen Einfahrt und starrte auf das Haus, von dem alle Teenager in der Nachbarschaft glaubten, dass es dort spukte. Eichen und Birken drängten sich an den Rändern der rissigen, gepflasterten Einfahrt, ihre Äste wiegten sich in der frühen Sommerbrise und versperrten den Blick auf das Haus. Alles, was Maddie sah, war der hohe Turm auf der rechten Seite mit seinen großen Fenstern, von denen das mittlere aus Buntglas bestand. Der Turm sollte der Ort sein, an dem die beiden alten Frauen – vermutlich Hexen – ihre Tränke und Zaubersprüche brauten, die kleine Kinder fernhielten. Niemand ging an Halloween zu diesem Haus, um Süßes oder Saures zu sammeln. Als Kind hatten Maddies Eltern versucht, mit ihr die Einfahrt zu dem hell geschmückten Haus hinunterzugehen, aber sie hatte geweint, bis sie aufgaben. Jeder wusste, wenn man in dieses Haus ging, kam man nie wieder heraus.

»Alberne Kindergeschichten«, sagte Maddie laut, noch immer auf dem Gehweg stehend. »Hexen gibt es nicht.«

Ein Eichhörnchen fiel von einem Baum zu Boden, und

Maddie wäre fast aus der Haut gefahren.

Sie atmete tief durch und zwang sich, langsam die Einfahrt zum Haus hinunterzugehen.

Es war alles Cadens Schuld, dass Maddie nun im Spukhaus ihr Leben aufs Spiel setzte. Caden Addams, ihr siebzehnjähriger Freund, der wild und unvorsichtig war. Er war derjenige, der Maddies geliebten roten Toyota Corolla gegen einen Baum gefahren hatte, als er rücksichtslos auf einer unbefestigten Straße im Wald unterwegs war. Aber andererseits hatte Maddie es ihm erlaubt, obwohl sie genau wusste, dass er mit nichts vorsichtig umging. Sie konnte ihm nie Nein sagen, wenn er seine warmen braunen Augen aufblitzen ließ oder sich mit der Hand durch sein dichtes, gewelltes braunes Haar fuhr. Caden war der Junge, vor dem alle Eltern Angst hatten und den jedes Mädchen im Teenageralter als Freund haben wollte. Und Maddie war das glückliche Mädchen gewesen, das er sich ausgesucht hatte.

Jetzt fühlte sie sich nicht mehr so glücklich.

»Kein Auto den ganzen Sommer lang«, hatte Maddies Vater, Matthew Carlson, wütend verkündet. »Es bleibt in der Werkstatt, bis Sie die Reparaturen bezahlt haben.«

»Aber wie soll ich denn so viel Geld verdienen?«, hatte Maddie gefragt, während ihr die Tränen über die Wangen liefen. »Mit der Arbeit im Frosty Freeze an drei Abenden in der Woche werde ich nie genug verdienen, um das zu bezahlen.«

»Ich schätze, Sie werden es sich auf andere Weise verdienen müssen«, hatte Matt ihr gesagt. »Als Caddie auf dem Golfplatz. Bei Target arbeiten. Rasen mähen. Oder noch besser, lassen Sie Caden für den Schaden aufkommen. Er hätte Ihr Auto gar nicht erst fahren dürfen.«

Maddie seufzte. Sie wusste, dass ihr Vater recht hatte.

Das Auto zu besitzen war ein Privileg gewesen, und sie hatte es vermasselt. Aber Caden hatte kein Geld und seine Eltern würden ihm niemals welches geben. Also lag es an Maddie, für die Reparaturen zu bezahlen.

Target kam nicht infrage, weil ihre Mutter, Sandy, sie zur Arbeit und wieder zurück hätte fahren müssen. Auch wenn ihre Mutter im Sommer frei hatte, weil sie den ganzen Winter über als Grundschullehrerin arbeitete, wollte Maddie nicht dabei gesehen werden, wie sie von ihrer Mutter zur Arbeit gefahren wurde. Caddie im Country Club ihrer Kleinstadt zu sein, war ebenfalls keine Option. Von ihr wäre erwartet worden, tagsüber und abends zu arbeiten, und sie wollte ihren Job im Frosty Freeze behalten, weil er auch während des Schuljahres perfekt war.

Also blieb nur das Rasenmähen.

Maddies Vater hatte einen Aufsitzmäher, was notwendig war, da jedes Haus in ihrer Nachbarschaft mindestens zwei Hektar Land hatte. Er hatte gesagt, sie könne ihn benutzen, aber sie müsse für das Benzin bezahlen. Sobald die Schule aus war, ging Maddie durch ihre Nachbarschaft und die angrenzende und fragte, ob jemand für den Sommer jemanden zum Rasenmähen brauchte. Drei Leute stellten sie ein, aber das war immer noch nicht genug, um das Geld zu verdienen, das sie brauchte.

»Hast du Miss Arthur im großen Haus gefragt, ob sie jemanden zum Mähen braucht?«, fragte Sandy Maddie eines Nachmittags beiläufig. »Ihr Garten ist doppelt so groß wie der von allen anderen.«

Maddie runzelte die Stirn. »Miss Arthur?«

»Ja. Die Dame, der das Haus gehört, von dem ihr alle sagt, es spukt darin.«

Maddies Brauen hoben sich. »Da kann ich nicht hingehen. Das sind Hexen.«

Sandy lachte und strich die braunen Strähnen zurück, die aus ihrem unordentlichen Dutt gefallen waren. »Schätzchen. Sie ist keine Hexe und die Dame, die bei ihr wohnt, auch nicht. Das sind nette ältere Damen, die Hilfe gebrauchen könnten.«

Maddie musterte ihre Mutter einen Moment lang. Ihre Mutter war zweiundvierzig und zeigte keine Anzeichen des Alterns. Ihre Haut war glatt und sie hielt sich schlank, indem sie jeden Tag im Sommer lief und den ganzen Winter über ihr Laufband benutzte. Vielleicht kaufte ihre Mutter Anti-Aging-Tränke von den alten Damen. »Woher kennst du sie?«, fragte sie misstrauisch.

Sandy kicherte. »Ich kenne sie eben. Und sie sind harmlos. Es wird dir nicht schaden zu fragen, ob bei ihnen gemäht werden muss.«

Maddie dachte über dieses Gespräch nach, während sie ihre Füße zwang, einen Schritt und dann noch einen die lange Einfahrt hinunterzugehen. Mit siebzehn war sie zu alt, um an Geschichten zu glauben, die sich Kinder an Halloween ausdachten. Sie war sicher, dass die älteren Frauen harmlos waren.

Ihr pochendes Herz sagte ihr etwas anderes.

Als Maddie sich dem Haus näherte, sah sie, dass sich das Grundstück um das große Haus herum öffnete. Eine große Rasenfläche lag auf jeder Seite und reichte höchstwahrscheinlich bis zur Rückseite des Hauses und hinunter zum Seeufer. Das Haus stand hoch über dem Cedar Lake, dem See in ihrer nordminnesotischen Stadt Cedar Creek. Maddie hatte dieses Haus vom See aus gesehen, und es wirkte noch größer mit seinen großen Glasfenstern und einer Terrasse, die sich über die gesamte Vorderseite des Hauses erstreckte. Dies war jedoch das erste Mal, dass sie diese Seite des Hauses sah. Das Haus stand auf einem Hügel, oberhalb der Einfahrt und der Garage. Steinstufen führten zur Haustür hinauf, und große Flusssteine waren etwa einen Meter zwanzig hoch aufgeschichtet und stützten drei Ebenen von Blumengärten auf beiden Seiten der Stufen. Die Holzverkleidung und der jägergrüne Anstrich der Fenster waren typisch für ein älteres Haus am See, aber zu ihrer großen Überraschung war die Tür in einem tiefen Orange gestrichen. Das brachte Maddie zum Lächeln. Die Damen konnten nicht allzu furchterregend sein, wenn sie den Humor besaßen, ihre Haustür orange zu streichen.

Als sie sich umsah, bemerkte sie, dass ihr Rasen dringend gemäht werden musste. Er wurde lang, und Unkraut versuchte, das Gras zu überwuchern. Die steinernen Blumengärten beherbergten mehrjährige Blütensträucher, Taglilien und andere Pflanzen, aber auch sie mussten gejätet werden. Vielleicht konnten die Damen doch etwas Hilfe rund um dieses große Haus gebrauchen.

Maddie atmete tief durch und stieg die Steinstufen hinauf. Auf halbem Weg sprang sie auf, erschrocken von einer Strumpfbandnatter, die sich auf dem warmen Stein sonnte. Die Schlange streckte ihre Zunge heraus und schlängelte sich langsam davon. Maddie zuckte zusammen. Sie hasste Schlangen.

An der Tür angekommen, hob sie die Hand und ergriff den Messingklopfer. Sie schlug ihn zweimal gegen die Messingplatte darunter und wartete darauf, dass jemand öffnete. Nach einigen Minuten, so schien es ihr, hörte Maddie Schritte zur Tür kommen. Sie wurde abrupt geöffnet, und eine große Frau mit leuchtend blauen Augen starrte sie an.

»Na? Was wollen Sie?«, fragte die ältere Frau schroff.

Maddie starrte sie an und versuchte, nach der fordernden Frage der Frau ihre Fassung wiederzugewinnen. Die ältere Frau war groß, mit gebeugten Schultern. Ihr graues Haar war kurz geschnitten, und sie trug türkisfarbene Ohrringe, die bei jeder Bewegung an ihren Ohren baumelten. Ihre blauen Augen bohrten sich in Maddie und warteten auf eine Antwort.

»Na?«, verlangte die Frau zu wissen.

»Hallo. Entschuldigen Sie die Störung«, sagte Maddie schnell. »Ich wohne in der Nachbarschaft und habe mich gefragt, ob Sie jemanden brauchen, der diesen Sommer Ihren Rasen mäht.« Nach ihrem schnellen, verschachtelten Satz stieß sie den Atem aus.

»Hm.« Die Frau musterte Maddie von oben bis unten. »Sie möchten also unseren Rasen mähen, ja?«

»Ja, Ma'am«, sagte Maddie und spürte das Bedürfnis, einen Schritt zurückzutreten. Die Augen der Frau waren verengt, während sie sie prüfte. »Falls Sie nicht schon jemanden dafür haben, meine ich.«

»Hmpf!«, schnaubte die Frau. »Sieht es so aus, als hätten wir jemanden, der den Rasen mäht?«

Maddie überlegte sich eine Antwort, als eine weitere ältere Frau hinter der schroffen auftauchte.

»Ginny. Wen terrorisierst du da?« Eine sanfte, melodiöse Stimme kam hinter der ersten Frau hervor.

Ginny öffnete die Tür weiter, und die andere Frau trat vor. Maddie schnappte fast nach Luft. Die Frau war kleiner als die erste, aber schlank und hatte eine perfekte Haltung. In ihrer schmalen Hand hielt sie einen eleganten Stock aus wunderschönem Rosenholz mit einem goldgeschnitzten Griff. Das silberne Haar der Frau war zu einem Knoten hochgesteckt, und goldene Ohrringe hingen von ihren Ohren. Sie trug eine lange, fließende amethystfarbene Bluse und einen weiten Rock, der bis unter ihre Knie reichte. Für Maddie sah sie aus wie eine anmutige Königin aus einem Märchen.

»Ach, Eva. Lass mir doch meinen Spaß, ja?«, sagte die Frau namens Ginny mit einem Grinsen. »Diese junge Dame hat in ihren Turnschuhen gezittert. Wie sollen wir unseren Ruf als böse Hexen aufrechterhalten, wenn wir zu jedem nett sind?« Sie kicherte.

Eva schüttelte den Kopf und lächelte. »Lass das Mädchen in Ruhe.« Sie wandte sich an Maddie. »Was können wir für dich tun, meine Liebe?«

»Sie will unseren Rasen mähen«, antwortete Ginny für Maddie. »Glaubst du wirklich, dieses zarte Mädchen kann unseren großen Garten mähen?«

»Mädchen können alles schaffen, was sie sich in den Kopf setzen, Ginny. Jetzt lass sie für sich selbst sprechen«, sagte Eva.

Beide Frauen starrten Maddie erwartungsvoll an.

Maddie sah zuerst Ginny an, dann Eva (die die andere Frau ›Ava‹ aussprach). Waren sie Schwestern? Sie nahm an, das könnten sie sein. Aber obwohl die eine unhöflich und die andere süß war, wirkten sie nicht so, als würden sie sie kochen und essen.

»Mein Vater hat einen Aufsitzmäher, den ich benutzen kann«, sagte Maddie. »Also könnte ich Ihren Rasen leicht mähen. Ich arbeite für ein paar andere Leute in der Nachbarschaft, falls Sie Referenzen wünschen.«

Eva lächelte, ihre blauen Augen funkelten. »Keine Referenzen nötig«, sagte sie. »Wie war Ihr Name? Wohnen Sie in der Nachbarschaft?«

»Ich bin Maddie Carlson. Ich wohne auf der

gegenüberliegenden Straßenseite, etwa zwei Häuser weiter.«

»Ah.« Evas Gesicht hellte sich auf. »Sie sind Sandras Tochter.«

»Ja«, sagte Maddie und fragte sich immer noch, woher ihre Mutter diese Damen kannte.

»Ich kenne deine Mutter, seit sie ein Mädchen war. Es wäre schön, ihre Tochter bei uns zu haben, nicht wahr, Ginny?«, sagte Eva.

Ginny zuckte mit den Schultern. »Kann nicht schlimmer sein als der Junge, den wir angeheuert haben und der nie auftauchte.« Sie wandte sich an Maddie. »Werden Sie auftauchen?«

Maddie nickte. »Ja. Ich kann so oft mähen, wie Sie es brauchen.«

»Würden Sie auch um die Steinmauern herum trimmen und das Unkraut in unserem Garten jäten?«, fragte Eva. »Wie Sie sehen können, sind wir nicht in der Verfassung, das selbst zu tun.«

»Sprich für dich selbst«, sagte Ginny hochmütig.

Eva grinste.

»Ja, Ma'am. Das würde ich auch gerne tun.«

»Dann sind Sie eingestellt«, sagte Eva. »Wären fünfzig Dollar für jedes Mähen genug? Wir legen noch zehn drauf, wenn Sie die Kanten trimmen, und zwanzig extra für das Jäten des Gartens.«

Maddies Herz machte einen Sprung. Das wäre mehr als genug. »Ja, das ist in Ordnung.«

»Wann können Sie anfangen?«, fragte Ginny. »Wir brauchen sofort jemanden zum Mähen.«

»Ich kann morgen anfangen«, sagte Maddie. »So früh, wie Sie möchten. Ich würde es heute machen, aber ich muss heute

Nachmittag um drei bei der Arbeit im Frosty Freeze sein.«

»Oh, Sie arbeiten auch dort?«, fragte Eva. »Das ist wunderbar. Sie sind eine fleißige junge Dame. Morgen ist in Ordnung. Nur nicht zu früh. Ich bin eine ziemliche Nachteule.«

Ginny grunzte wieder. »Sie bleibt die ganze Nacht auf. Das ist eine Angewohnheit aus ihrer Bühnenzeit. Jederzeit nach neun ist in Ordnung.«

»Okay. Dann bin ich da. Vielen Dank«, sagte Maddie und lächelte breit.

»Bis morgen, meine Liebe«, sagte Eva.

Maddie drehte sich um und ging die Steinstufen hinunter. Sie war begeistert, einen weiteren Mähjob zu haben, besonders einen, der so gut bezahlt wurde. Die meisten ihrer anderen Kunden zahlten ihr jedes Mal fünfundzwanzig Dollar. Aber andererseits waren ihre Gärten nicht so groß wie der der Damen.

Wenigstens könnte sie jetzt tatsächlich genug verdienen, um ihre Eltern zurückzuzahlen.

* * *

Zwei Stunden später stand Maddie hinter der Theke des Frosty Freeze und band ihre rot-weiß gestreifte Schürze über ihre Jeans und ihr T-Shirt.

»Ich kann nicht glauben, dass du wirklich an die Tür der Hexen geklopft hast«, sagte Olivia Lang, Maddies beste Freundin seit dem Kindergarten. Sie arbeiteten beide in der Eisdiele, hatten aber nicht immer dieselbe Schicht.

»Das sind keine Hexen«, sagte Maddie und lächelte den nächsten Kunden an, der an die Theke trat. Sie nahm seine Bestellung auf, und Olivia zog zwei Waffeln heraus, um sie mit

Eis zu füllen. »Sie waren sehr nett zu mir. Na ja, zumindest eine war nett, und die andere war schlecht gelaunt.«

»Wie sahen sie aus?«, fragte Livie flüsternd, als sie dem Paar ihre Eiswaffeln reichte. Niemand wartete an der Theke, also widmete sie Maddie ihre volle Aufmerksamkeit.

Maddie grinste ihre Freundin an. Livie war das genaue Gegenteil von Maddie. Während Maddie groß war mit blondem Haar und blauen Augen, war Livie kleiner, mit kurzem dunklem Haar und braunen Augen. Livie war aber in Topform, da sie seit ihrem fünften Lebensjahr turnte. Sie hatte bereits mehrere lokale und staatliche Wettbewerbe gewonnen und sprach davon, sich zu den Olympischen Spielen hochzuarbeiten. Aber wenn es darum ging, ein Teenager zu sein, war Livie wie jeder andere Teenager, liebte Klatsch und Tratsch und wollte eine gute Zeit haben.

»Sie waren älter. Vielleicht in ihren Achtzigern«, sagte Maddie. »Aber sie sahen absolut normal aus, wie jede Großmutter aussehen würde. Obwohl«, zögerte sie, nahm einen Lappen und begann, die Edelstahlarbeitsplatte abzuwischen.

»Obwohl was?«, fragte Livie mit großen Augen.

Maddie zuckte mit den Schultern. »Die eine Frau, Eva, war anders als die andere. Sie wirkte majestätisch, wenn das irgendeinen Sinn ergibt. Ihre Bewegungen waren anmutig, obwohl sie mit einem Stock ging. Und ihre Stimme war melodiös.«

Livie blinzelte zweimal. »Na ja, das klingt nicht nach einer Hexe.« Sie klang enttäuscht. »Vielleicht ist sie deine gute Fee.«

Maddie kicherte. Sie ging in den hinteren Raum, holte Becher heraus und begann, die Becherhalter aufzufüllen. Dann nahm sie einen sauberen Lappen und ging in den kleinen Essbereich, um die schmutzigen Tische abzuwischen. Maddie und Livie arbeiteten dort, seit sie fünfzehn waren. Sie kannte die Routine auswendig und achtete darauf, ihre Arbeit gut zu machen. Die Besitzer waren nett zu ihr, und sie wollte ihren Job behalten, bis sie aufs College ging.

»Hey, Schönheit.« Caden schlenderte in einem dunklen T-Shirt, zerrissenen Jeans und abgetragenen Arbeitsstiefeln auf sie zu. Er trug seine Stiefel im Sommer und Winter, außer wenn sie das Glück hatten, mit einem Freund, dessen Familie ein Boot besaß, auf den See hinauszufahren.

»Ich arbeite«, sagte Maddie streng, ohne ihn anzusehen.

»Warum arbeitest du heute nicht?«

Caden ignorierte ihre Abfuhr und legte seine Arme um sie. Er war gut acht Zentimeter größer und für einen Siebzehnjährigen an den richtigen Stellen durchtrainiert. »Ich habe heute frei. Warum haust du nicht ab von diesem Laden, und wir gehen zum See und hängen ab?« Er küsste ihre Wange, aber Maddie zog sich zurück.

»Ich arbeite«, wiederholte sie. »Ich vernachlässige meine Pflichten nicht.« Sie begann, den Tisch härter als nötig abzuwischen und legte ihre ganze Wut hinein.

Caden setzte sich auf den Tisch neben ihr. »Warum machst du keinen Spaß mehr mit?«, fragte er und fuhr sich mit der Hand durch sein gewelltes braunes Haar.

»Ernsthaft?« Maddie starrte ihn direkt an. »Willst du mich das wirklich fragen? Hast du vergessen, dass du mein Auto zu Schrott gefahren hast und ich jetzt für die Reparatur bezahlen muss?«

Caden lachte. »Wir hatten in dieser Nacht Spaß. Also sind wir gegen einen Baum geknallt. Es ist ja nicht so, als ob wir verletzt worden wären oder so.«

Maddie kochte vor Wut. »Du hast Glück, dass wir nicht verletzt worden sind, denn mein Vater hätte dich umgebracht.

Und ich habe Glück, dass ich nicht bis zu meinem Abschluss Hausarrest bekommen habe, weil ich dich mein Auto fahren ließ.« Maddie stürmte zur Theke und warf den schmutzigen Lappen in den Eimer darunter.

Caden folgte ihr, völlig unbeeindruckt von ihren Worten. »Wie wäre es mit einem Eis aufs Haus?«, fragte er und lehnte sich über die Theke zu ihr. »Weil ich so ein großartiger Küsser bin.«

Maddie seufzte. »Verschwinde, Caden. Ich will hier nicht auch noch in Schwierigkeiten geraten.«

»Wer wird es denn erzählen?«, fragte Caden. »Es sind nur du und Livie hier.« Er ging hinter die Theke, zog eine Waffel aus der Spenderbox und füllte sie mit Vanille-Softeis. »Siehst du. Das war doch nicht so schwer, oder?«

»Caden, geh!«, sagte Maddie.

Er zuckte mit den Schultern. »Okay. Wir sehen uns nach der Arbeit.«

»Nein, wirst du nicht. Ich muss nach Feierabend heute Abend nach Hause gehen«, sagte Maddie. »Ich habe morgen einen Mähjob und will nicht zu spät kommen.«

»Mähen? Igitt!«, sagte Caden und leckte an seinem Eis.

»Sie mäht bei den Hexen«, warf Livie ein. »Sie ist tatsächlich zu deren Tür gegangen und hat es überlebt, um davon zu erzählen.«

»Wirklich?« Caden sah beeindruckt aus. »Du meinst, sie haben nicht versucht, dich zu fressen?«

»Nein, haben sie nicht«, sagte Maddie verärgert. »Sie waren nette Damen. Und jetzt verschwinde von hier, Caden, bevor der Besitzer vorbeikommt und dich hier sieht.«

Er lächelte, dieses umwerfende Lächeln, das Maddies Herz immer zum Schmelzen gebracht hatte. Jetzt wurde sie langsam immun dagegen.

»Okay. Bis später, Schönheit.« Er schlenderte auf die gleiche Weise hinaus, wie er hereingekommen war.

Livie seufzte. »Ich weiß, er ist ein böser Junge, aber ich bin nicht sicher, ob ich so wütend auf ihn sein könnte wie du. Er ist so süß.«

»Wenn du den ganzen Tag Rasen mähen müsstest, wärst du auch gereizt«, sagte Maddie. Aber sie wusste, dass Livie recht hatte. Wenn Maddie wirklich wütend auf Caden gewesen wäre, hätte sie ihn nach dem Unfall weggestoßen. Leider fiel es ihr immer noch schwer, Nein zu ihm zu sagen.

Ein Kunde kam herein, und bald folgten viele weitere. Da der Frosty Freeze gegenüber vom See lag, war er immer gut besucht von Touristen und Einheimischen, die auf ihren Booten unterwegs waren. Maddie war jedoch froh, beschäftigt zu sein. Es würde den Tag schneller vergehen lassen. Und morgen wäre sie wieder früh auf, um zu mähen.

Kein Spaß für sie in diesem Sommer. Alles nur wegen Caden.

KAPITEL ZWEI

Maddie

Maddie war am nächsten Tag früh auf den Beinen. Sie band sich ihr langes Haar zu einem Pferdeschwanz zusammen und zog ein Trägershirt und Shorts an. Sie dachte sich, wenn sie schon Rasen mähen musste, konnte sie sich dabei auch gleich ein wenig bräunen.

Als sie zum Frühstück nach unten ging, war alles still. Ihr Vater war bereits zur Arbeit gefahren und ihre Mutter war auf ihrer morgendlichen Joggingrunde. Ihre jüngere Schwester Lily lag noch im Bett. Maddie beneidete sie. Sie wünschte, sie könnte bis mittags im Bett faulenzen. Aber Lily war erst zwölf und zu jung, um einen Freund zu haben, der sie in Schwierigkeiten brachte. Maddie beschloss, dass Lily die Glückliche war.

Nachdem sie einen Proteinriegel gegessen und ein Glas Milch getrunken hatte, hinterließ Maddie eine Nachricht auf der Küchentheke, dass sie zum Rasenmähen unterwegs sei. Dann ging sie in die Garage, öffnete das große Tor und schob den Aufsitzmäher nach draußen, bevor sie ihn startete. Sie hängte auch den kleinen Anhänger hinten an, damit sie den Rasentrimmer und eine kleine Kühlbox mit Wasserflaschen mitnehmen konnte.

Die Luft war kühl, als sie mit dem Mäher die ruhige Straße des Wohngebiets entlang zum großen Haus fuhr. Im Laufe des Tages würde es wärmer und wahrscheinlich auch schwül werden. Die Nähe zum Wasser hatte ihren Reiz, aber die Luftfeuchtigkeit war der unvermeidliche Nachteil.

Es war gerade neun Uhr, als sie in die Einfahrt des Hauses der Damen einbog. Sie koppelte den kleinen Anhänger ab, schob ihn in den Graben am Straßenrand und setzte sich dann auf den Mäher. Sie begann, das Gras entlang der Straße und um den Briefkasten herum zu mähen. Dann fuhr sie auf der einen Seite der Einfahrt zum Haus hinauf. Sie wendete und fuhr auf der anderen Seite der Einfahrt wieder hinunter zur Straße. Als das erledigt war, hängte sie den kleinen Anhänger wieder an und fuhr zurück die Einfahrt hinauf, wo sie ihn stehen ließ, während sie mit dem Mähen der größeren Rasenflächen begann.

Während Maddie auf der einen Seite des Hauses den Rasen auf und ab fuhr, sah sie drinnen ein paar Lichter brennen. Von der Einfahrt aus sah das Haus wie ein gewöhnlicher Bungalow mit einem großen, turmartigen Anbau auf der rechten Seite aus. Aber als sie auf die andere Seite fuhr, kam der blaue See zum Vorschein und das Land fiel sanft zum Wasser hin ab. Das Haus hatte eine hohe Terrasse, die sich über die gesamte Länge des Hauses erstreckte, und die Fenster des großen Anbaus waren hoch und breit. Sie fragte sich, wofür dieser Raum genutzt wurde, und hoffte, dass sie eines Tages die Gelegenheit bekommen würde, das Haus von innen zu sehen.

Maddie verbrachte zwei Stunden damit, den Rasen rund

um das Haus zu mähen, da er eine Weile nicht gemäht worden war. Sie bemerkte die Zementterrasse neben der Tür zum Souterrain und die Ziegelsteine, die die Pfosten umgaben, die die hohe Terrasse stützten. Die Ziegelsteine hielten einen Haufen kleiner Steine unter der Terrasse, wahrscheinlich um das Wasser aufzufangen, das bei Regen zwischen den Dielenbrettern hindurchsickerte. Sie würde auch um diese Steine und um die Zementterrasse herum mit dem Rasentrimmer arbeiten müssen. Die Arbeit war viel umfangreicher, als sie zunächst angenommen hatte, aber sie wurde gut bezahlt, also hatte sie nichts zu beklagen.

Maddie stoppte den Mäher in der Einfahrt, gerade als der UPS-Wagen auftauchte. Der Mann reichte ihr ein Paket und setzte mit dem Lieferwagen zurück. Maddie hatte keine Gelegenheit gehabt, ihm zu sagen, dass sie nicht hier wohnte. Seufzend ging sie die Steinstufen hinauf, und als sie das Paket gerade auf der Veranda absetzen wollte, sprang die Tür auf.

»Lieferservice bis an die Haustür!«, sagte Eva erfreut. »Ich kann dir gar nicht sagen, wie umständlich es ist, wenn sie die Pakete unten an der Treppe abstellen.«

Maddie lächelte. Heute trug Eva eine farbenfrohe geblümte Bluse zu einer schwarzen Hose und leuchtend pinken Ballerinas. Ihre Ohrringe waren pinke Steine in Goldfassung, und ihr Haar war wieder zu einem Knoten hochgesteckt. Sie sah aus, als wäre sie bereit, für den Tag auszugehen.

»Ich bin mit dem Mähen fertig«, sagte Maddie. »Jetzt werde ich den Rasen trimmen.«

»Oh, Liebes. Du hast den ganzen Morgen gemäht. Warum isst du nicht mit uns zu Mittag?«, fragte Eva. »Ginny hat uns gerade gegrillte Schinken-Käse-Sandwiches gemacht.«

Maddie wollte nein sagen, aber Eva sah so hoffnungsvoll

aus, Gesellschaft zu haben, dass sie es nicht übers Herz brachte. »Ich bin ein bisschen schmutzig«, sagte sie.

»Kein Problem. Du hast gearbeitet. Komm rein, Liebes.« Sie trat mit Hilfe ihres wunderschönen Gehstocks zur Seite und rief dann über ihre Schulter: »Ginny. Wir haben Gesellschaft zum Mittagessen.«

Ginny steckte ihren Kopf aus der Küche. »Na schön. Wenn es sein muss«, sagte sie.

Maddie zog schnell ihre Turnschuhe aus und folgte Eva hinein. Der Eingangsbereich war eigentlich ein kleines Wohnzimmer mit einem Steinkamin, einem Sofa und einem Sessel. Eine Bank stand neben der Tür. Die Wände waren in einem sanften Salbeigrün gestrichen, und an den Wänden hingen wunderschöne Leinwandfotografien von Wasserfällen und Waldgebieten im Herbst.

»Das ist schön«, sagte Maddie und sah sich um.

»Danke, Liebes«, sagte Eva. »Meine Mutter hat vor mir hier gewohnt, und sie und mein Stiefvater haben es eingerichtet. Aber mir gefällt es auch.«

Eva führte sie in die andere Richtung, wo die Küche in ein kleines Esszimmer überging. Die Küche hatte warme Nussbaumschränke und wunderschöne Steinarbeitsplatten. Eine Glasschiebetür führte auf die Terrasse hinaus, und es gab einen herrlichen Blick auf den See.

»Möchtest du einen Eistee?«, fragte Eva. »Du musst durstig sein, nachdem du so lange gemäht hast.«

»Ja. Danke«, sagte Maddie. Sie fühlte sich unwohl im Haus. Ginny war auf der anderen Seite der Küche in der Nähe einer anderen Tür und machte Sandwiches auf einer Grillplatte.

»Also sollen wir dich auch noch füttern?«, fragte Ginny mürrisch. »Wir sollten dir das vom Lohn abziehen.«

»Still, Gin«, sagte Eva. »Natürlich ziehen wir ihr nichts vom Lohn ab. Es ist schön, Gesellschaft zum Mittagessen zu haben.«

Ginny beschwerte sich leise, während Eva Eis aus ihrem Kühlschrank in ein hohes Glas füllte und dann einen Krug Tee herausholte, um ihn darüber zu gießen.

»Oh, lassen Sie mich das tragen«, sagte Maddie und eilte Eva zur Seite.

»Danke, Liebes. Mit dem Stock ist das umständlich.«

Maddie stellte das Glas auf den kleinen Eichentisch. »Das ist ein hübscher Gehstock. Mir gefallen die Gravuren auf dem goldenen Griff.«

»Das ist so nett von dir, Liebes«, sagte Eva und sah erfreut aus. »Ein alter Freund hat ihn mir vor Jahren geschenkt, und ich habe ihn als Dekoration benutzt. Aber jetzt brauche ich ihn zum Gehen.« Sie setzte sich an den Tisch. »Siehst du, dass das Muster Blumen und Stängel sind?« Sie reichte Maddie den Stock.

Maddie setzte sich und hielt den Stock in den Händen. Die Gravuren waren Blumen mit langen, verschlungenen Stängeln. »Er ist so wunderschön«, sagte Maddie. Sie gab ihn Eva zurück.

»Ich habe ihn vor Jahrzehnten in der Ecke der Wohnung meines Freundes stehen sehen und erwähnt, wie reizend er ist. Er hat mich angelächelt und mir gesagt, ich könne ihn haben. Ich war verblüfft«, sagte Eva. »›Hoffentlich werde ich ihn nie brauchen‹, sagte er mir in seinem dicken russischen Akzent. Er hat mir so gut gefallen, dass ich ihn all die Jahre aufbewahrt habe.«

Ginny funkelte Eva an, als sie ihr und dann Maddie einen Teller hinstellte. »Nichts im Leben ist umsonst«, sagte sie.

»Ach, Gin«, seufzte Eva. »Das war nur eine Geste der

Freundschaft.«

Maddie fühlte sich unwohl und platzte heraus: »Das Sandwich sieht köstlich aus. Danke, dass du es gemacht hast.«

Ginny drehte sich um und sah sie an. »Natürlich sieht es toll aus. Ich habe es gemacht.« Sie kehrte mit ihrem eigenen Sandwich und einem Teller mit Rohkost und Dip an den Tisch zurück. »Jetzt iss, bevor es kalt wird.«

Maddie hob eine Sandwichhälfte an und biss hinein. Es war nicht nur ein billiges Käse-Wurst-Sandwich, das auf den Grill geklatscht worden war. Der Schinken war frisch, und sie konnte nicht genau erkennen, um welche Käsesorte es sich handelte. Und es war eine Art gewürzte Mayonnaise darauf. Was auch immer es war, es war köstlich.

»Sind Sie beide Schwestern?«, fragte Maddie, um eine Unterhaltung anzufangen.

»Pah. Das würde ich nicht sagen«, sagte Ginny. »Sehen wir aus wie Schwestern?«

»Na ja, ähm, ja«, sagte Maddie.

Eva lachte. »Wir sind Cousinen. Und wir sehen uns tatsächlich ein wenig ähnlich.«

»Oh. Das ist interessant«, sagte Maddie. »Es ist schön, dass ihr zusammen sein könnt.«

Ginny verdrehte die Augen und nahm einen weiteren kleinen Bissen von ihrem Sandwich.

»Erzähl mir von deiner Mutter«, fragte Eva und rührte ihr Sandwich kaum an. »Sie ist Lehrerin, nicht wahr?«

»Ja«, sagte Maddie. »Sie unterrichtet die vierte Klasse. Sie arbeitet gern mit jüngeren Kindern.«

»Und hast du Geschwister?«, fragte Eva.

Maddie nickte. »Lily. Sie ist zwölf.«

»Wie reizend«, sagte Eva. »Ich habe mir immer eine

Schwester gewünscht, aber ich war ein Einzelkind.«

»He. Du hattest mich«, sagte Ginny.

»Nicht, bis wir nach New York gezogen sind, und da warst du schon mit deinen Freunden beschäftigt und hast dich dann für Jungs interessiert«, sagte Eva.

»Na ja, du warst sowieso immer im Studio. Aber ich war trotzdem da«, entgegnete Ginny.

Maddie fragte sich, was Ginny mit dem »Studio« gemeint hatte.

»Ich wette, du hast einen hübschen jungen Mann in deinem Leben«, sagte Eva verträumt. »Ist er der Kapitän der Footballmannschaft?«

Maddie lachte. »Nein, ist er nicht. Er ist das genaue Gegenteil davon. Und er ist der Grund, warum ich den ganzen Sommer arbeiten muss.«

»Oh, du meine Güte. Was hat dieser junge Mann denn getan?«, fragte Eva.

»Sei nicht so neugierig, Eva«, sagte Ginny streng. »Du möchtest auch nicht, dass man dir solche Fragen stellt.«

Evas Lächeln verschwand. »Natürlich. Das war unhöflich von mir. Es tut mir leid.«

»Schon gut«, sagte Maddie, der Eva leidtad. »Ich habe ihn dummerweise mein Auto fahren lassen und er hat es gegen einen Baum gesetzt. Jetzt muss ich genug verdienen, um es reparieren zu lassen. Also mähe ich Rasen und arbeite so viele Schichten im Frosty Freeze wie möglich, damit ich mein Auto im Herbst für die Schule wiederhabe.«

Ginny schüttelte den Kopf. »Jungs machen nur Ärger. Sie hinterlassen immer ein Chaos, das die Frauen dann aufräumen müssen.« Sie sah zu Maddie auf. »Warum bezahlt dieser Halunke nicht für die Reparaturen?«

Maddie hätte bei dem Wort »Halunke« am liebsten gelacht, aber Ginny war so ernst, dass sie sie nicht beleidigen wollte. »Er hat nicht viel Geld und will seine Eltern nicht fragen.«

»Na, ich hoffe, du gibst ihm den Laufpass«, sagte Ginny. »Mit diesem Verhalten wird aus ihm nie etwas werden.«

»Wer von uns geht denn jetzt zu weit?«, sagte Eva und sah Ginny an.

Ginnys Lippen wurden schmal. »Es ist die Wahrheit, das ist alles.«

»Mein Dad würde dir zustimmen«, sagte Maddie. »Aber es fällt mir schwer, mit ihm Schluss zu machen. Er ist mir immer noch wichtig.«

Eva streckte die Hand aus und tätschelte Maddies Arm. »Ich verstehe das vollkommen.«

»Das ist die Wahrheit«, sagte Ginny und sah dann reumütig aus. »Tut mir leid, Eva. Du weißt, wie ich das meine.«

»Ja«, seufzte Eva.

Maddie aß ihr Sandwich und trank ihren Tee aus und bedankte sich überschwänglich bei den Frauen für das Mittagessen. »Ich sollte besser wieder die Rasenkanten schneiden. Wäre es in Ordnung, wenn ich morgen im Garten Unkraut jäte? Ich muss heute Nachmittag noch einen anderen Rasen mähen.«

»Das ist in Ordnung, meine Liebe«, sagte Eva. »Hier. Lass mich dich jetzt für das Mähen und Trimmen bezahlen, falls du früher gehen musst.« Sie ging durch das kleine Wohnzimmer und einen schmalen Flur entlang.

Ginny räumte gerade den Geschirrspüler ein, also sah Maddie sich um. Ihr waren schon früher die wunderschönen Schiebetüren aus Holz und Glas aufgefallen, die die kleinere Seite des Hauses von dem großen Turmzimmer trennten. Sie waren hoch und das Buntglas stellte einen See mit Seetauchern, Blaureihern und Schwänen dar. Sie waren wunderschön.

»Meine Mutter hat den Glaskünstler beauftragt, der diese Scheiben geschaffen hat«, sagte Eva, die hinter Maddie aufgetaucht war. »Ich liebe sie einfach.«

»Sie sind wunderschön. Ist auf der anderen Seite das große Zimmer?«, fragte Maddie.

Eva nickte. »Aber das ist eine Geschichte für einen anderen Tag.« Sie gab Maddie ihr Geld. »Besuch uns wieder, wenn du mit der Gartenarbeit fertig bist, dann zeige ich dir die andere Seite der Türen.«

»Okay.« Sie wandte sich an Ginny. »Nochmals danke für das Mittagessen. Es war köstlich.«

Ginny nickte und drehte sich weg.

»Sie hasst Komplimente«, flüsterte Eva. »Ich hingegen liebe sie.« Sie lächelte.

Alles an Eva erfüllte Maddie mit einem warmen Gefühl.

»Das habe ich gehört«, sagte Ginny.

Maddie und Eva lachten beide. Maddie ging zur Tür und drehte sich um, bevor sie ging. »Ich bin froh, dass ich für euch beide arbeiten kann«, sagte sie. »Es hat Spaß gemacht.«

»Mir auch«, sagte Eva. »Bis morgen.«

Maddie ging die Treppe hinunter und beendete das Trimmen des Rasens, glücklicher als sie es seit Wochen gewesen war.

* * *

An diesem Abend beim Abendessen erwähnte Maddie das Mittagessen mit den Damen. »Sie haben darauf bestanden, dass ich reinkomme und mitesse, und Ginny hat das köstlichste gegrillte Sandwich gemacht«, erzählte sie ihren Eltern und ihrer

Schwester.

»Na, du bist ja gut gelaunt«, sagte Matt lächelnd. »Wurde auch Zeit.«

»Sie waren nett zu mir«, sagte Maddie.

»Sogar Mrs. Robertson?«, fragte Sandy und sah schockiert aus. »Sie war schon immer so ein Griesgram.«

»Welche ist Mrs. Robertson?«, fragte Maddie.

»Ginny.«

»Oh, ja. Sie ist ein bisschen mürrisch. Aber je mehr sie sprach, desto mehr wurde mir klar, dass sie es nicht persönlich meint. Sie ist die bodenständigere von den beiden. Ich habe das Gefühl, Eva ist die Träumerin.«

»Sehr scharfsinnig«, sagte Sandy.

»Woher kennst du sie, Mom?«, fragte Maddie. »Eva hat nach dir gefragt.«

»Oh, das ist eine lange Geschichte. Hat sie dir schon das große Zimmer gezeigt?«, fragte Sandy.

»Nein, aber sie hat gesagt, das sei eine Geschichte für einen anderen Tag.«

Sandy lächelte. »Nun, das wird eine Menge erklären.«

»Ich kann nicht fassen, dass du für die unheimlichen Hexen arbeitest«, warf Lily ein. »Und du hast mit ihnen zu Mittag gegessen! Hattest du keine Angst, dass sie dich in einen Frosch verwandeln?«

»Sie sind keine Hexen«, sagte Sandy zu Lily. »Kinder denken sich solche Geschichten aus, weil die Damen älter sind. Sie sind ganz normale Leute.«

»Und sie sind nett«, sagte Maddie. »Also verbreite diese gemeinen Geschichten nicht weiter. Sie sind nicht wahr.«

Lily zuckte mit den Schultern. »Ich habe trotzdem Angst vor ihnen.«

»Vielleicht kannst du sie ja mal kennenlernen, während ich arbeite«, sagte Maddie.

Lilys Augen wurden groß. »Auf keinen Fall!«

Ihre Eltern lachten. Als sie mit dem Abendessen fertig waren, begann draußen vor ihrem Haus eine Hupe zu hupen.

Matt runzelte die Stirn, als er mit seinem leeren Teller in der Hand aufstand. »Sag bloß, das ist Caden.«

Maddie ging zum vorderen Fenster, sah hinaus und seufzte. »Ich habe ihm gesagt, dass ich heute Abend nicht ausgehen will.« Sie ging zurück zum Tisch und begann abzuräumen.

»Gehst du nicht raus, um mit ihm zu reden?«, fragte Sandy, als sie in die Küche gingen.

»Er hört ja nie zu. Er kann ruhig da draußen sitzen bleiben.«

Sandy grinste, wusste aber, dass sie besser nichts sagen sollte.

Die Hupe ertönte erneut, was Maddie noch wütender machte. Sie zog ihr Handy heraus und schrieb Caden eine SMS. »*Ich komme nicht raus. Ich habe dir gesagt, dass ich heute Abend zu Hause bleibe.*«

Sie brachte weitere Sachen vom Tisch in die Küche und räumte das Ketchup und die Salatschüssel weg, nachdem sie sie mit Frischhaltefolie abgedeckt hatte. Ihr Handy summte.

»*Ach, komm schon. Lass uns ein bisschen Spaß haben*«, schrieb Caden.

»*Nein. Nicht heute Abend. Ich habe den ganzen Tag gearbeitet. Das solltest du auch ab und zu mal versuchen*«, schrieb Maddie zurück.

»Du kannst ausgehen, wenn du willst. Ich kann hier fertig machen«, bot Sandy Maddie an.

»Ich will aber nicht. Ich habe heute Abend noch ein paar Dinge zu erledigen und morgen habe ich wieder einen vollen

Arbeitstag.«

»Deine Entscheidung«, sagte Sandy.

Es klopfte an der Küchentür. Maddie sah auf und erblickte Caden durch das kleine Fenster der Tür. Sie stürmte zur Tür und riss sie auf. »Was machst du hier? Ich habe dir gesagt, dass ich heute Abend nicht ausgehen will.«

Er trat einen Schritt zurück, als hätte sie ihn geschlagen. »Wir gehen gar nicht mehr aus«, sagte er. »Willst du nicht mal was Lustiges unternehmen?«

Maddie blickte über ihre Schulter zu ihrer Mutter, die am Spülbecken arbeitete, und schob Caden dann zur Seite. Sie ging nach draußen und schloss die Tür. »Ich kann keinen Spaß mehr haben, erinnerst du dich? Ich arbeite die meisten Tage und dann abends im Freeze. Und das alles nur wegen dir.«

Caden verdrehte die Augen. »Das ist alles, was ich von dir in letzter Zeit noch höre.« Er kam näher und schlang seine Arme um sie. »Vermisst du es nicht, allein Zeit miteinander zu verbringen? Ich schon.«

Maddie trat zurück und seine Arme fielen herunter. »Du hörst von mir, dass ich die ganze Zeit arbeite, weil es das ist, was ich tue. Wenn du helfen würdest, den Schaden zu bezahlen, müsste ich nicht so hart arbeiten. Ich bleibe heute Abend zu Hause.«

»Schön«, sagte Caden und wurde wütend. »Aber sei nicht überrascht, wenn ich mir eine neue Freundin suche, mit der ich Zeit verbringen kann.«

»Nur zu«, sagte Maddie. »Du kannst ihr Auto auch zu Schrott fahren.«

Cadens Wut ließ nach. »Ich will keine neue Freundin. Ich will dich«, sagte er sanft. »Können wir morgen Abend ausgehen?«

»Ich arbeite morgen bis Ladenschluss im Freeze«, sagte Maddie.

»Dann übermorgen, okay? Wir können in den neuen Marvel-Film gehen.«

Maddie spürte, wie ihre Energie nachließ. Sie war erschöpft und es leid, mit Caden zu streiten. »Schön. Wir gehen ins Kino.«

Caden lächelte. »Großartig. Ich hole dich um halb sieben ab.« Er trat näher, um sie zu küssen, aber Maddie legte ihre Hand auf seine Brust.

»Meine Mom kann uns sehen. Wir sehen uns später, okay?«

Caden seufzte. »Okay.« Er drehte sich um und ging um die Vorderseite des Hauses, um zu gehen.

Maddie ging zurück ins Haus und sah, dass ihre Mutter bereits den Geschirrspüler eingeräumt und den Tisch abgeräumt hatte. »Ich gehe hoch in mein Zimmer«, sagte sie.

»Okay.«

In ihrem Zimmer angekommen, schnappte sich Maddie ein Notizbuch und ließ sich auf ihr Bett fallen. Seit sie heute mit den Damen gesprochen hatte, wollte sie alles, was sie gesagt hatten, in ihr Notizbuch schreiben.

Maddie schrieb gerne. Sie war die Sonderbare im Englischunterricht, die begeistert war, wenn der Lehrer sagte, sie sollten eine tausend Wörter lange Geschichte über irgendetwas schreiben. Sie führte eine Art Tagebuch, aber es war nur ein Notizbuch, in das sie über die Dinge schrieb, die sie an diesem Tag getan oder welche Gespräche sie geführt hatte. In ihrem Schrank stapelten sich fünf gefüllte Notizbücher, und dieses war bereits halb voll.

Sie hatte bereits über den ersten Tag geschrieben, an dem sie Eva und Ginny getroffen hatte. Sie hatte geschrieben, wie verängstigt sie gewesen war, als sie die lange Einfahrt hinaufging und wie sie sich gefühlt hatte, als sie die Treppe hinaufstieg und an die Tür klopfte. Und dann, wie glücklich sie war, dass sie sie eingestellt hatten. Sie lehnte sich an ihre dicken Bettkissen, griff nach ihrem Lieblingsstift auf dem Nachttisch und begann.

Maddie hatte das Gefühl, dass sie noch viel über die Damen im großen Haus schreiben würde.

DRITTES KAPITEL

Maddie

Maddie kam am nächsten Morgen um neun Uhr am Haus der Damen an und begann, den dreistufigen Steingarten zu jäten, der sich auf beiden Seiten der Haustür erstreckte. Jede Stufe war etwa einen Meter hoch und zwei Meter lang. Soweit Maddie das beurteilen konnte, war hier schon eine ganze Weile kein Unkraut mehr gejätet worden.

Mit Handschuhen zog sie das Unkraut aus der Erde und warf es in einen Müllsack. Sie musste aufpassen, dass sie nicht auf die Blumen trat, die aus dem Boden sprossen, oder auf die Büsche, die große Flächen einnahmen. Eine Strumpfbandnatter schlängelte sich an ihr vorbei, als sie nach einem Unkraut griff, und sie fiel fast rückwärts von der Mauer. Mäuse oder Streifenhörnchen machten Maddie nichts aus, aber sie hasste Schlangen.

Der Tag wurde wärmer, während sie arbeitete. Sie hatte eine Kühlbox mit Wasser mitgebracht, da sie damit gerechnet hatte, dass es heiß werden würde. Wenn sie hier fertig war, konnte sie nach Hause gehen, duschen und dann zu ihrer Schicht im

Frosty Freeze fahren.

Nach anderthalb Stunden Unkrautjäten sah der Garten schön aus. Maddie war sich nicht sicher, wie die Damen das mit dem Müll regelten – ob er einmal pro Woche abgeholt wurde oder ob ihn jemand für sie zur Deponie brachte –, also beschloss sie zu fragen. Sie stieg die Stufen zur Haustür hinauf und klopfte.

Die Tür öffnete sich schnell und Ginny starrte sie an. »Sind Sie schon fertig?«, fragte sie und schaute an Maddie vorbei, um die Gärten zu inspizieren.

»Ja«, sagte Maddie. »Haben Sie eine Mülltonne, in die ich den Sack mit dem Unkraut werfen kann?«

»In der Garage steht eine große. Der Nachbar rollt sie jede Woche für uns die Einfahrt hoch und dann wieder zurück. Ich drücke Ihnen den Knopf.« Ginny ging zu einem Beistelltisch im kleinen Wohnzimmer und öffnete eine Schublade. Sie zog eine Fernbedienung heraus und drückte den Knopf. Das Garagentor öffnete sich.

»Danke«, sagte Maddie.

»Hier. Lassen Sie mich Ihnen Ihr Geld geben, bevor Sie runtergehen. Es hat ja keinen Sinn, erst runter- und dann wieder hochzulaufen und dabei Energie zu verschwenden.«

Maddie wartete, während Ginny verschwand und dann zurückkehrte. »Hier, für das Jäten. Wenn es diese Woche nicht viel regnet, können Sie wahrscheinlich bis nächste Woche mit dem Mähen warten.«

»Okay. Danke.« Maddie blickte an Ginny vorbei und suchte nach Eva, aber sie war nirgends zu sehen.

»Eva ruht sich aus«, sagte Ginny, als hätte sie ihre Gedanken gelesen. »Sie wird manchmal schnell müde. Aber es wird ihr bald besser gehen.«

»Oh. Okay.« Maddie war enttäuscht, dass Eva nicht da war, um mit ihr zu reden. »Ich hoffe, es geht ihr bald besser. Nochmals danke. Wir sehen uns nächste Woche.«

Ginny nickte und schloss die Tür.

Maddie ging nach Hause und legte ihren Verdienst in die Schreibtischschublade in ihrem Schlafzimmer. Obwohl ihr Auto versichert war, hatte die Versicherung nicht gegriffen, weil Caden gefahren war, also deckte sie den Unfall nicht ab. Deshalb ließen ihre Eltern sie dafür bezahlen – und auch, weil sie ihr gesagt hatten, dass sie niemals einen ihrer Freunde ihr Auto fahren lassen dürfe. Also hatte sie ihr Geld in ihrer Schreibtischschublade gespart, für den Zeitpunkt, an dem die Werkstatt damit fertig wäre. Maddie wusste, dass es eine Menge kosten würde, also hoffte sie, dass sie genug verdiente, um es zu bezahlen.

Sie duschte und aß zu Mittag, dann lieh sie sich das Auto ihrer Mutter, um zur Arbeit zu fahren. Ihr Vater war noch bei der Arbeit und ihre Mutter hatte Lily mit dem roten Jeep zur Gymnastik gefahren. Der Jeep machte Spaß zu fahren, aber ihr Vater erlaubte ihr nicht, ihn zu benutzen.

Als sie bei der Arbeit ankam, war Maddie enttäuscht zu sehen, dass Livie nicht mit ihr arbeitete. Stattdessen war ein älteres Mädchen da, Carrie, das in der Stadt aufs College ging. Carrie war groß und dünn, hatte langes dunkles Haar und war zwanzig Jahre alt. Alles, worüber sie jemals sprach, war, wie viel Geld sie nach ihrem College-Abschluss verdienen würde. Maddie wusste nicht, was ihr Hauptfach war, und es war ihr auch egal. Also arbeiteten sie im Grunde schweigend.

An diesem Tag war wenig los, also ging Maddie mehrmals in den Lagerraum, um Vorräte aufzufüllen. Als sie von einem dieser Gänge zurückkam, stand Caden hinter der Theke und machte sich eine Eistüte, während Carrie mit verschränkten Armen dastand und ihn anstarrte.

»Sag ihr, dass es in Ordnung ist, wenn ich mir ein Eis nehme«, sagte Caden zu Maddie. »Ich mache das ständig.«

»Das ist nicht in Ordnung«, sagte Carrie. »Und er muss dafür bezahlen.«

Maddie wandte sich an Caden. »Ich habe dir schon tausendmal gesagt, dass du das nicht darfst. Hörst du mir ein einziges Mal zu?«

»Ach, Babe. Du kannst mir nicht lange böse sein«, sagte Caden und leckte an seiner Eistüte. »Außerdem habe ich kein Geld übrig, um dafür zu bezahlen.«

Carrie starrte sie weiterhin wütend an.

»Ich bezahle es«, sagte Maddie zu Carrie.

»Schön. Aber ich will ihn besser nicht noch einmal dabei erwischen, sonst sage ich es den Besitzern.« Carrie stürmte zum Drive-in-Fenster, gerade als ein Auto vorfuhr.

»Caden! Versuchst du, dafür zu sorgen, dass ich gefeuert werde? Ich muss arbeiten. Geh.«

»Wenn du gefeuert würdest, könnten wir mehr Zeit miteinander verbringen«, sagte Caden grinsend.

»Nein, würden wir nicht«, sagte Maddie kochend vor Wut. »Ich müsste mir einen anderen Job suchen, um meine Eltern auszuzahlen. Und der wäre wahrscheinlich nicht so flexibel wie dieser.« Maddie holte tief Luft. »Geh einfach.«

Caden wurde ernst. »Du denkst, ich verstehe nicht, wie ernst es war, dass ich dein Auto zu Schrott gefahren habe. Das tue ich. Und wenn ich das Geld hätte, um es zu reparieren, würde ich es dir geben. Aber du weißt ja, wie meine Familie ist. Das Geld, das ich in der Autowaschanlage verdiene, ist alles, was ich habe, um die Sachen zu kaufen, die ich brauche. Meine

Eltern kaufen nicht für mich und meinen jüngeren Bruder ein
– das mache ich. Ich bin derjenige, der dafür sorgt, dass er isst
und passende Kleidung hat. Ich bin derjenige, der ihn jeden
Tag zur Schule fährt. Es tut mir leid, dass ich dir nicht helfen
kann, aber das ist der Grund.«

Maddies Herz schmolz. »Ich hatte keine Ahnung«, sagte sie
leise. »Das hast du mir noch nie erzählt.«

»Ich wollte nicht, dass du Mitleid mit mir hast«, sagte er.
»Oder mich so ansiehst, wie du es gerade tust. Ich soll doch der
harte Caden sein. Keiner, den man bemitleidet.« Er drehte sich
um, um zu gehen. »Wir sehen uns später.«

Maddie folgte ihm zur Tür. »Caden.«

Er drehte sich um. »Was?«

Ihr fehlten die Worte. Sie wollte nicht, dass er dachte, sie
hätte Mitleid mit ihm, denn sie wusste, dass er das hasste. »Das
für Freitagabend steht doch noch, oder?«

Er lächelte. »Ja. Ich hole dich um halb sieben ab.« Er ging,
sprang in seinen zerbeulten Pick-up und fuhr davon.

Als Maddie ihm nachsah, wurde ihr endlich klar, warum
er immer seine abgetragenen Stiefel und seine Jacke trug und
warum er seinen Truck nicht reparierte. All sein Geld ging
dafür drauf, sich um seinen kleinen Bruder zu kümmern.

Ihr Herz schmerzte für ihn.

An diesem Abend, als sie in ihrem Prinzessinnenzimmer mit weißen Möbeln, einer dicken weiß-rosa Bettdecke
und einem Schrank voller Kleider und Schuhe saß, wurde
Maddie klar, wie verwöhnt sie war. Kein Wunder, dass ihre
Eltern sie die Autoreparatur bezahlen ließen. Sie hatten ihr den
Gebrauchtwagen zu ihrem sechzehnten Geburtstag gekauft, sie
aber gewarnt, dass er ihr leicht wieder weggenommen werden
könnte, wenn sie ihn missbrauchte. Sie bezahlten sogar ihr

Benzin. Ihre Gehaltsschecks vom Frosty Freeze waren früher dafür da gewesen, sich Kleidung und alles andere zu kaufen, was sie wollte. Caden hatte kein solches Familienleben. Sie wusste, dass er ein Jahr lang gespart hatte, um seinen Truck auf dem Schrottplatz für fünfhundert Dollar zu kaufen, und sein Onkel hatte ihm geholfen, ihn zum Laufen zu bringen. Damals hatte sie gedacht, es sei so ein Männerding, einen zerbeulten Truck zu haben. Jetzt wusste sie es besser.

Maddie zog ihr Notizbuch aus der Nachttischschublade und begann aufzuschreiben, was an diesem Tag passiert war. Sie erwähnte, dass Eva sich nicht gut gefühlt hatte und wie sehr sie hoffte, dass es ihr bald besser gehen würde. Sie schrieb über ihr Gespräch mit Caden im Freeze. Und ihre Erkenntnis, wie sehr sie ihre Familie und ihr schönes Leben für selbstverständlich hielt.

Am nächsten Tag musste Maddie weder Rasen mähen noch im Freeze arbeiten, also schlief sie aus, räumte dann ihr Zimmer auf und verbrachte eine Weile mit Lily. Sie versuchte, Livie anzurufen, um zu sehen, ob sie etwas unternehmen wollte, aber ihre Freundin ging nicht ran. Also fragte sie Lily, ob sie zum Haus der Nachbarn auf der anderen Straßenseite gehen und im See schwimmen wollten.

»Du hast nie Zeit für mich«, sagte Lily und klemmte sich ihr Handtuch unter den Arm. Sie trugen beide Badeanzüge mit T-Shirts darüber und Flip-Flops. »Warum heute?«

Maddie kicherte. »Warum nicht heute?«

Sie klopften zuerst an die Tür der Nachbarn, um ihnen mitzuteilen, dass sie ihren Strand benutzten, aber niemand antwortete. Also gingen sie um die Seite des Hauses herum und zum kleinen Sandstrand hinunter. Sie hatten eine offene Einladung von den Nachbarn, ihren Strand jederzeit zu benutzen.

Es fühlte sich also nicht seltsam an, in ihrem Garten zu sein, wenn sie nicht zu Hause waren.

Beide Mädchen waren gute Schwimmerinnen, aber Maddie behielt Lily trotzdem im Auge, als sie in den See hinausschwamm und zurückkam. Es war Frühsommer, also war das Wasser noch kalt, aber es fühlte sich gut an. Maddie watete nur hinein, weil sie ihre Haare nicht nass machen wollte, aber das ging alles den Bach runter, als Lily und sie eine Wasserschlacht anfingen und beide durchnässt waren. Danach lagen sie auf ihren Handtüchern am Strand und trockneten sich in der Sonne.

»Ich bin froh, dass du mich gefragt hast, das zu tun«, sagte Lily und drehte ihr Gesicht zu Maddie, während sie dalagen. »Wir machen nie mehr etwas zusammen. Du bist entweder am Arbeiten oder mit Caden unterwegs.« Sie sprach den Namen Caden aus, als wäre es ein Schimpfwort.

»Nun, ich bin älter als du. Das bedeutet, ich bin beschäftigter, das ist alles«, sagte Maddie.

»Warum gehst du überhaupt mit diesem Typen aus?«, fragte Lily. »Sogar sein Bruder hält ihn für einen Idioten.«

Maddie runzelte die Stirn. Sie stützte sich auf die Ellbogen und starrte Lily an. »Kennst du Cadens jüngeren Bruder?«

»Na ja, logisch! Wir sind in der gleichen Klasse. Und es ist ja nicht so, als wäre unsere Stadt so groß.«

»Warum hält er Caden für einen Idioten?«, fragte Maddie. Sie hatte ein mulmiges Gefühl in der Magengegend.

»Alex sagt, Caden schikaniert ihn ständig. Er schlägt ihn und nimmt ihm seine Sachen weg. An Alex' Geburtstag im letzten Frühling hat er fünfundzwanzig Dollar von seinen Großeltern bekommen und Caden hat sie ihm gestohlen. Er hat sich nicht getraut, es seinen Eltern zu sagen, weil Caden zu Hause immer Ärger hat und er es nicht noch schlimmer machen wollte.«

Maddie war fassungslos. Caden hatte das Geburtstagsgeld seines Bruders gestohlen? Das war schrecklich. »Hat Alex immer Essensgeld für die Schule?«, fragte Maddie. »Und sieht es so aus, als ob er die ganze Zeit die gleichen Klamotten trägt wie Caden?«

Lily drehte den Kopf und zog ihre Sonnenbrille herunter. »Natürlich hat Alex jeden Tag Geld, um sich Mittagessen zu kaufen«, sagte sie. »Und er trägt nie alte Klamotten. Er ist ziemlich pingelig, was seine Kleidung und seinen Rucksack und so angeht. Eines Tages ist ihm ein Kind auf die Turnschuhe getreten und hat sie schmutzig gemacht, und Alex hat einen Anfall bekommen.« Lily starrte sie an. »Warum fragst du das alles?«

»Das ist nur etwas, was Caden mir gestern erzählt hat, das ist alles«, sagte Maddie. Sie legte sich wieder hin, und Lily tat es ihr gleich.

»Warst du jemals bei Caden zu Hause?«, fragte Lily.

»Nein. Er hat gesagt, seine Eltern hassen es, wenn seine Freunde vorbeikommen.«

»Seltsam«, sagte Lily. »Ich meine, ihr seid seit über einem Jahr zusammen, und er war schon eine Million Mal bei uns.«

Maddie stimmte zu. Aber sie schwieg. Anstatt sich am Strand zu entspannen, grübelte sie darüber nach, von Caden belogen worden zu sein.

An diesem Abend nahm sich Maddie ein schnelles Sandwich, anstatt mit der Familie zu Abend zu essen.

»Was machst du heute Abend?«, fragte ihr Vater.

»Ich gehe mit Caden ins Kino«, sagte sie, wohl wissend, dass ihr Vater das nicht gerne hören würde.

»Oh. Na ja, ich hoffe, er bezahlt wenigstens das«, sagte Matt.

»Dad!«

Matt zuckte mit den Schultern.

Maddie holte eine Cola Light aus dem Kühlschrank. »Dad? Weißt du, wo Cadens Vater arbeitet?«

»Ja. Er ist ein Bezirkslandvermesser«, sagte Matt. »Guter Job mit tollen Sozialleistungen.«

»Wirklich?« Maddie war schockiert. Sie hatte gedacht, Cadens Vater würde nicht gut verdienen.

Sandy kam in die Küche. »Worüber redet ihr?«

»Cadens Vater«, sagte Matt. »Maddie wollte wissen, wo er arbeitet.«

»Oh.« Sandy überprüfte ihr Abendessen, das im Ofen kochte. »Seine Mutter arbeitet als Beraterin am College. Sie ist nett, aber ich kenne sie nicht so gut. Wir sagen uns ab und zu im Supermarkt Hallo.«

Maddies Augen weiteten sich. »Du hast Cadens Mutter im Supermarkt gesehen?«

»Sicher, Schatz. Sie hat zwei wachsende Jungen zu ernähren. Ich bin sicher, ihre Supermarktrechnung ist riesig.« Sandy kicherte.

Ein lautes Hupen kam von außerhalb des Hauses.

»Mannomann, Maddie. Das ist so nervig«, sagte Matt. »Warum kann er dich nicht wie ein normaler Mensch an der Tür abholen?«

»Weil er weiß, dass du ihn nicht magst«, sagte Maddie. »Ich bin im Kino.« Sie nahm ihr Handy und ihre kleine Tasche von der Theke und ging nach draußen. Sie und Caden mussten reden.

»Mein Dad hasst es, wenn du hupst. Du sollst an die Tür kommen«, sagte Maddie in dem Moment, als sie in Cadens Truck sprang.

Er starrte sie an. »Soll das ein Witz sein? Dein Dad hasst mich.«

»Das habe ich ihm auch gesagt«, sagte Maddie. »Aber von jetzt an wird nicht mehr gehupt. Wenn du mich sehen willst, musst du an die Tür kommen und klopfen.«

Caden legte den Rückwärtsgang ein und fuhr aus der Einfahrt. »Verdammt. Man könnte meinen, wir leben in den 1950ern.«

Maddie schwieg, während sie quer durch die Stadt zum Kino fuhren. Sie wollte Caden mit den offensichtlichen Lügen konfrontieren, die er ihr gestern erzählt hatte. Aber sie war sich nicht sicher, wie sie es sagen sollte. Caden drehte die Musik im Radio lauter, was Maddie am Sprechen hinderte.

Sie fuhren auf den vollen Parkplatz, und Maddie war überrascht, als Caden hinter das Gebäude fuhr, wo die Angestellten parkten.

»Warum sind wir hier hinten?«, fragte Maddie.

»Komm schon. Lass uns gehen«, sagte Caden, sprang aus dem Truck und ignorierte ihre Frage völlig.

Er packte ihre Hand und zog sie zur Hintertür.

»Caden! Warum sind wir hier hinten?«, fragte Maddie noch einmal.

Caden klopfte an die Tür. »Mein Cousin, Rudy, arbeitet hier. Er hat gesagt, er bringt uns umsonst rein.«

»Was?« Maddie war fassungslos. »Du bezahlst nicht einmal dafür, dass wir ins Kino gehen?«

Caden sah verwirrt aus. »Warum bezahlen, wenn man umsonst reinkommt?«

Die Tür öffnete sich, und ein großer, schlaksiger Junge mit einem Wuschelkopf aus roten Haaren winkte sie herein. Caden packte wieder Maddies Hand und zog sie mit sich hinein.

»Danke, Rudy«, sagte Caden. »Ich bin dir was schuldig.«

Rudy sah nervös aus. »Wenn ich erwischt werde, schuldest du mir mehr als nur was«, sagte er. »Geh direkt ins Kino und geh nicht nach vorne. Sie kontrollieren deinen Ticketabschnitt, wenn du in die Lobby gehst und versuchst, wieder in den Film zu kommen.«

Caden lachte. »Ich sage einfach, ich habe ihn verloren.«

Rudy starrte ihn streng an. »Nein. Geh einfach und schau dir den Film an.« Er ging den Flur entlang.

Maddie folgte Caden, als sie zu Kino fünf gingen, wo der Marvel-Film lief. Sie waren früh dran, also saßen nicht viele Leute drin. Sie wählten Plätze weit hinten in der Mitte.

»Das ist der beste Platz, um den Film zu sehen und zu hören«, sagte Caden, als wäre er ein Experte.

»Wir müssen reden«, sagte Maddie und drehte sich zu Caden um. »Das geht zu weit. Das ist wie stehlen. Wie wenn du dir umsonst Eis im Freeze nimmst. Das ist falsch.«

»Och, komm schon, Mads«, sagte Caden mit seiner süßen Freund-Stimme. »Ich spare nur ein bisschen Geld. Wir tun niemandem weh.«

»So warst du früher nicht«, sagte Maddie. »Früher hast du für unsere Kinokarten bezahlt und sogar, wenn wir irgendwo einen Burger gegessen haben. Jetzt schmiedest du nur noch Pläne.«

»Ich habe dir gestern gesagt, warum ich nie Geld habe«, sagte Caden und riss die Augen auf.

»Komm mir nicht mit diesem Dackelblick«, sagte Maddie. »Du hast mich gestern angelogen. Ich weiß, dass dein Vater und deine Mutter beide gute Jobs haben. Und dein Bruder verhungert nicht.«

Caden lehnte sich tief in seinen Sitz zurück. »Okay. Ja. Ich habe ein bisschen übertrieben. Aber ich fahre Alex jeden Tag zur Schule, weil meine Mutter früh bei der Arbeit sein muss und der Bus nicht zu unserem Haus kommt.«

»Caden! Warum lügst du mich an?«

»Weil du so wütend warst. Und ich hasse es, wenn du wütend auf mich bist. So wie jetzt. Können wir uns nicht einfach entspannen und den Film genießen?« Caden streckte die Hand aus, um seinen Arm um Maddie zu legen, aber sie stieß ihn weg.

»Ich bleibe nicht«, sagte Maddie und stand auf.

»Warum?« Caden sah überrascht aus. »Wir sind hier. Willst du eine Cola oder so etwas? Ich kann dir eine holen gehen.«

»Gott, Caden! Du kapierst es einfach nicht, oder? Hast du dich schon immer so verhalten und ich habe es nur nicht gesehen? Denn es fühlt sich an, als hättest du dich verändert. Sehr sogar«, sagte Maddie.

Caden lehnte sich wieder in seinen Stuhl zurück. »Ich habe mich nicht verändert. Du dich schon. Du nimmst alles zu ernst, Mads. Du musst mal runterkommen.«

Maddies Herz pochte vor Wut. Wie konnte sie jemals gedacht haben, dass sie diesen Kerl liebte? Als das Kino dunkler wurde und die Vorschau begann, ging Maddie die Stufen hinunter und aus dem Kinosaal. Als sie sah, dass Caden ihr nicht folgte, ging sie in die Lobby und schrieb Livie eine SMS.

»*Kannst du mich am Kino abholen und nach Hause bringen?*«

»*Klar. Bin gleich da*«, antwortete Livie.

Maddie ging nach draußen, setzte sich auf eine Bank und wartete.

KAPITEL VIER

Maddie

In den nächsten Tagen war Maddie froh, mit der Arbeit beschäftigt zu sein, denn das lenkte sie von Caden ab. Er war wirklich ein Arschloch. Nachdem Livie sie abgeholt hatte, hatte Maddie sich über alles, was Caden getan hatte, so lange ausgelassen, bis ihr die Tränen kamen. Livie war auf den Parkplatz von McDonald's gefahren und hatte nach der Hand ihrer Freundin gegriffen.

»Tut mir leid, dass er so ein Arschloch war«, sagte Livie. »Ich hatte noch nie einen Freund, deshalb bin ich keine große Hilfe.«

»Schon gut«, sagte Maddie und wischte sich die Tränen aus den Augen. »Ich weiß nicht, ob ich wütend auf ihn bin oder auf mich selbst, weil ich mir seinen Mist habe gefallen lassen. Ich fühle mich wie eine Verliererin.«

»Du, Maddie, bist in diesem Szenario nicht die Verliererin. So viel weiß ich ganz sicher«, sagte Livie. »Komm, wir fahren durch den Drive-in und holen uns ein Eis. Das wird helfen.«

Maddie fühlte sich tatsächlich besser, nachdem sie beide

im Auto gesessen und Eis gegessen hatten. Irgendetwas an der Kombination, Zeit mit ihrer besten Freundin zu verbringen und Eis zu essen, war einfach wohltuend.

Sie mähte die ganze Woche Rasen und arbeitete im Frosty Freeze, wobei sie ihre ganze Energie in die Arbeit steckte. Caden versuchte zwar anzurufen und schrieb ihr, dass es ihm leidtäte, aber Maddie ignorierte ihn. Sie war sich nicht sicher, ob sie noch in seiner Nähe sein wollte. Er war zu unreif.

Am Donnerstagmorgen ging Maddie zu Eva und Ginnys Haus, um nach deren Rasen zu sehen, und war überrascht, wie hoch er gewachsen war. Es hatte geregnet, und sie hatten warmes Wetter gehabt, also war er schnell gewachsen. Maddie ging zurück zu ihrem Haus, holte den Mäher und fuhr ihn die Auffahrt hinunter. Sie wollte die Damen erst fragen, bevor sie mähte. Sie bezahlten sie gut, und sie wollte sie nicht ausnutzen.

Als sie an die Tür klopfte, öffnete Ginny.

»Oh, hallo«, sagte Ginny mit monotoner Stimme, als wäre sie enttäuscht, dass Maddie vor ihrer Tür stand. »Wollen Sie heute mähen?«

»Ich wollte erst fragen, um sicherzugehen, dass Sie es heute erledigt haben möchten«, sagte Maddie. Sie fühlte sich immer unwohl, wenn sie mit Ginny sprach.

»Ja. Natürlich. Er wird langsam lang«, sagte Ginny. »Ich nehme an, Sie werden auch mit uns zu Mittag essen wollen.«

»Äh, nein. Ich habe mich letzte Woche sehr darüber gefreut, aber Sie müssen mich nicht verköstigen«, sagte Maddie.

»Nun, kommen Sie gegen halb zwölf herein«, sagte Ginny. »Eva wird darauf bestehen, dass Sie zu Mittag essen.« Sie schloss die Tür und ließ Maddie einfach stehen. Seufzend ging Maddie zum Rasenmäher und begann mit der Arbeit.

Das Mähen in ihrem großen Garten dauerte eine Weile.

Es gab auch viele Bäume am Seeufer, um die sie herummähen musste. Es war eine stumpfsinnige Arbeit, die Maddie Zeit gab, über Caden zu grübeln. Sie konnte nicht verstehen, warum er so ein Arschloch war. Seit dem Autounfall war er anders. Oder zumindest dachte sie, dass er anders war. Vielleicht war sie diejenige, die sich veränderte.

Als sie vor einem Jahr anfingen, sich zu verabreden, war er süß und aufmerksam gewesen. Obwohl er den Ruf eines »bösen Jungen« hatte, hatte Maddie ihn nie so gesehen. Sie hatten Spaß bei ihren Verabredungen gehabt und Zeit mit ihren Freunden verbracht. Aber langsam hatten sich die Dinge geändert. Sie hatte nur keine Ahnung, warum.

Nachdem sie den Rasen fertig gemäht hatte, ging Maddie die Stufen zum Haus hinauf. Es war noch nicht ganz halb zwölf, aber sie hatte ohnehin nicht vor, zum Mittagessen zu bleiben. Sie wollte den Frauen nicht zur Last fallen.

»Oh, Maddie! Sie sind ja da.« Eva öffnete die Tür, noch bevor Maddie überhaupt geklopft hatte, und hatte ein breites Lächeln auf ihrem lieben Gesicht. »Ich hoffe sehr, dass Sie zum Mittagessen bei uns bleiben. Ich liebe die Gesellschaft.«

»Das ist sehr freundlich von Ihnen«, sagte Maddie. »Aber ich will Ihnen keine Umstände machen.«

»Umstände? Aber Sie sind alles andere als umständlich«, sagte Eva und trat beiseite, um sie hereinzulassen.

Heute trug sie eine schwarze Hose und ein schwarzes T-Shirt mit einer farbenfrohen Jacke im Kimono-Stil, die locker um sie herumfloss. An ihren Ohrringen hingen winzige Amethyst-steine ihren Hals hinab und griffen den Amethyst in ihrer Jacke auf.

»Sagt die Dame, die nicht das Mittagessen kocht«, schnaubte Ginny aus der Küche.

Eva lachte. »Hör nicht auf sie. Sie liebt Gesellschaft auch.«

Zögernd zog Maddie ihre Turnschuhe aus und folgte Eva um die Ecke zu dem Tisch bei den wunderschönen Schiebetüren. Maddie blickte auf die Türen, immer noch neugierig, was sich dahinter verbarg.

Eva lächelte. »Möchten Sie sehen, was sich so Geheimnisvolles hinter diesen Türen verbirgt?«

Maddies Herz pochte vor Aufregung. »Ja. Ich würde liebend gern sehen, wie der Raum aussieht.«

»Schieben Sie diese Türen nicht selbst auf«, befahl Ginny, hielt in ihrer Tätigkeit inne und wischte sich die Hände an einem Handtuch ab. Sie ging hinüber und legte ihre Hand in einen eingelassenen Metallgriff auf der einen Seite, während Eva dasselbe auf der anderen tat. Sie zogen die Türen in entgegengesetzte Richtungen. Sofort erfüllte Licht das kleine Esszimmer, als Maddie in den großen, offenen Raum blickte.

»Oh, du meine Güte«, sagte Maddie, trat in den sonnendurchfluteten Raum und fühlte sich wie Alice, die das Wunderland betritt. Ihr Verstand registrierte sofort, was sie sah, und sie wandte sich an Eva. »Sie haben Ballett unterrichtet?«

Eva trat neben sie in den Raum, während Ginny den Kopf schüttelte und zurück in die Küche ging. »Ja, meine Liebe. Ich habe jahrelang in diesem Raum Ballett unterrichtet.«

Maddie sah sich überall um und nahm jedes Detail in sich auf. Der Raum war doppelt so hoch wie der Rest des Hauses und hatte eine Giebeldachdecke. Auf der linken Seite befanden sich die bodentiefen Fenster mit Blick auf den See. Auf der rechten Seite waren Flügeltüren. Geradeaus befand sich an der Wand ein großer Steinkamin mit einem Holzkaminsims. Der Holzboden hatte eine helle Honigfarbe, und an den Seiten des Raumes standen tragbare Ballettstangen, die so platziert waren, dass die

Anzahl der Schüler maximiert wurde. Aber das Erstaunlichste von allem waren die hohen Schwarz-Weiß-Fotos, die überall im Raum eine junge Frau in verschiedenen Ballettposen zeigten.

»Sind das Fotos von Ihnen?«, fragte Maddie voller Staunen und ging zu einem großen Foto hinüber.

»Ja, das sind sie«, sagte Eva. »Ich war in meinen Zwanzigern. Es scheint ziemlich anmaßend, überall im Raum Bilder von sich selbst zu haben, aber meine Mutter dachte, es würde dem Tanzstudio und mir als Lehrerin Legitimität verleihen.«

»Das ist eine wunderschöne Arabeske«, sagte Maddie und drehte sich wieder zu Eva um. »Ihre Form war perfekt.«

Evas Augenbrauen schossen in die Höhe. »Sie kennen sich mit Ballett aus?«

Maddie lächelte, als sie zu einem anderen Porträt von Eva ging, das einen perfekten Sprung zeigte. »Nur ein wenig. Ich habe als Kind ein paar Jahre Ballettunterricht genommen, es aber aufgegeben. Es war nicht wirklich etwas für mich. Aber ich erkenne eine gute Haltung, wenn ich sie sehe.«

Eva trat zu Maddie. »Das wurde aufgenommen, als ich *Symphony in C* mit dem New York City Ballet aufgeführt habe.«

Maddie drehte sich um und starrte Eva völlig verblüfft an. »Sie haben für diese Kompanie getanzt?«

Eva nickte. »Ja. Vor langer Zeit. Aber vor all dem. Zuerst gab es die Schule.«

Kapitel Fünf

Eva – 1947

Die kleine Eve Arthur erinnerte sich kaum an ihre Kindheit vor ihrem vierten Geburtstag. Alles, was sie wusste, war, dass ihre Mutter hart arbeitete, um ihnen ein Dach über dem Kopf zu sichern, und dass ihr Vater nicht Teil ihres Lebens war. Als Eve fünf Jahre alt wurde, beschloss ihre Mutter, sie zu einem Tanzkurs anzumelden, denn das kleine Mädchen liebte es, in ihrer winzigen Wohnung herumzuspringen und sich zu drehen.

»Sie sollten Ihr schwer verdientes Geld nicht für Tanzstunden verschwenden«, sagte ihre wohlmeinende ältere Nachbarin, Martha Kranski, zu Eves Mutter Gwendelyn. Mrs. Kranski passte auf die kleine Eve auf, während Gwen als Dienstmädchen in den vornehmen Häusern von Beverly Hills arbeitete.

»Es ist keine Verschwendung, wenn es für meine kleine Eve ist«, sagte Gwen zu der älteren Frau. »Ich möchte, dass sie alles hat, was ich nicht hatte.«

Mrs. Kranski schnaubte, doch in dieser Angelegenheit hatte sie nichts zu sagen. Sie vergötterte die kleine Eve regelrecht, und es schien, als hätte das kleine Mädchen ein Naturtalent.

Eves Mutter war in der Bronx in New York bei hart arbeit-
enden Eltern aufgewachsen, die immer versuchten, genug Geld
für die Miete zusammenzukratzen. Daher kannte sie den Wert
harter Arbeit und war entschlossen, etwas Besseres aus sich
zu machen. Mit neunzehn heiratete sie Joel Arthur, der große
Träume hatte, diese aber nicht mit Arbeit untermauerte. Nach
Eves Geburt zog er mit der Familie nach Südkalifornien, weil
er glaubte, dass die Möglichkeiten dort besser wären. Doch als
die Einberufung für den Zweiten Weltkrieg drohte, setzte sich
Joel nach Mexiko ab, um nicht kämpfen zu müssen, und ließ
Gwen und Eve im Stich.

Gwen, die nicht bereit war, ihr Schicksal an einen anderen
Mann zu hängen, arbeitete tagsüber als Dienstmädchen und
besuchte die Abendschule, um Sekretärinnenfähigkeiten zu
erlernen und sich eine bessere Zukunft aufzubauen. Sie wusste,
dass sie für sich und die kleine Eve mehr erreichen konnte. Die
Tanzstunden zu bezahlen war jeden Penny wert.

Wie ihre Mutter war auch Eve eine Träumerin. Sie liebte
die Freiheit, im Tanzstudio zu rennen, sich zu drehen und zu
springen, aber als sie älter wurde, lernte sie auch die Disziplin
zu schätzen, die erforderlich war, um die für eine Aufführung
notwendigen Schritte auszuführen. Ihre ersten beiden Ballet-
tlehrerinnen waren junge Frauen, die die Mädchen ihre Kurse
genießen ließen. Aber dann wechselte sie in den ernsthafteren
Kurs, wo eine ältere Frau mit starkem russischem Akzent
verlangte, dass sie anfingen zu lernen. Während die anderen
Sieben- und Achtjährigen sich beschwerten oder aufgaben,
liebte Eve den Unterricht. Wenn die ältere Tanzlehrerin ihren
Stock im Takt der Musik auf den Holzboden klopfte, machte
Eve Pliés, Relevés und Echappés an der Stange und hielt den
Takt mit dem Tock, Tock, Tock des Lehrerinnenstocks. Ein

Herr spielte auf dem Klavier Lieder, deren Rhythmus die Mädchen folgen sollten, aber es war das Klacken des Stocks, dem Eve mühelos folgen konnte.

Als Eve neun Jahre alt war, vollführte sie mit Leichtigkeit Pirouetten und Grand Jetés über den Boden, und Madame Sokolova widmete ihrer Ausbildung besondere Aufmerksamkeit. Eines Tages nach dem Unterricht bat sie Eve zu warten.

»Warum nimmst du Tanzunterricht?«, fragte Madame Sokolova Eve.

Das kleine Mädchen im schwarzen Trikot und rosa Strumpfhosen blickte verwirrt zu ihr auf. »Weil ich es liebe zu tanzen?«

»Aber liebst du es zu tanzen, oder musst du tanzen?«, fragte die ältere Lehrerin.

Eve dachte über die Frage nach. In ihrem jungen Kopf schien beides dasselbe zu bedeuten. »Ich muss tanzen«, antwortete sie. »Ich wollte schon immer tanzen, und ich hoffe, ich kann für immer tanzen.«

Madame Sokolova lächelte und nickte. »Wunderbar, Kind. Du kannst gehen.«

Eve ging, verwirrt, aber auch mit dem Gefühl, das Richtige gesagt zu haben. Zumindest hatte Madame Sokolova über ihre Antwort gelächelt, und ein Lächeln von ihr war selten.

Einige Monate später sprach Madame Sokolova Gwen auf Eves Zukunft an.

»Es gibt eine Ballettschule in New York City, für die Eve vorsprechen sollte. Wenn sie es mit dem Tanzen ernst meint, dann ist das die Schule, die sie besuchen sollte«, sagte Madame Sokolova zu ihr. Die russische Lehrerin wusste, wovon sie sprach. Sie hatte die Sowjetunion vor Jahren über Paris verlassen und auf ihrem Weg bei mehreren renommierten Tanzkompanien getanzt. Der Mann, der jetzt das Tanzstudio leitete und für das New York City Ballet choreografierte, war jemand, mit dem sie getanzt hatte. Madame Sokolova wusste, dass Eve die Fähigkeit besaß, für ihn zu tanzen.

Gwen nahm die Empfehlung der Lehrerin ernst. Sie hatte immer noch eine Schwester, die in New York lebte, also war es möglich, dorthin zurückzukehren.

»Möchtest du für die Tanzschule in New York vorsprechen?«, fragte Gwen Eve. »Wenn sie dich annehmen, bedeutet das harte Arbeit und dass du dein Leben für die nächsten Jahre dem Ballett widmen musst.«

»Und wir müssten nach New York ziehen?«, fragte Eve. Der Gedanke, in einer so großen Stadt zu leben, machte ihr ebenso Angst wie er sie faszinierte.

Gwen nickte. »Wenn wir umziehen, bleiben wir, auch wenn du nicht an der Schule angenommen wirst. Aber wenn das passiert, suchen wir einfach eine andere Schule für dich.«

Schon mit zehn Jahren wusste Eve, dass es eine große Sache war, ihr Leben für einen Traum auf den Kopf zu stellen. Und die Tatsache, dass ihre Mutter dazu bereit war, war noch spektakulärer. »Ich möchte es versuchen«, sagte sie.

Gwen nickte. »Dann nichts wie auf nach New York City!«

Madame Sokolova sagte Eve, sie würde ein Empfehlungsschreiben für sie an die School of American Ballet schicken. Das würde Eve zumindest einen Fuß in die Tür bekommen. Eve und ihre Mutter packten schnell ihre kleine Wohnung zusammen und ließen alle Möbel zurück.

»Wir nehmen nur mit, was wir im Zug tragen können«, sagte Gwen zu ihr.

Eve packte alles ein, was ihr am Herzen lag, das meiste davon waren ihre Ballettkleidung und ihre Tanzschuhe. Sie hatte zwei Stofftiere aus ihrer Kindheit, die sie sehr liebte, und packte sie in ihren Koffer. Das war alles, was sie wirklich brauchte. Wenn sie das Tanzen zu ihrem Leben machen wollte, musste sie lernen, mit leichtem Gepäck zu reisen.

Nachdem sie sich von Mrs. Kranski und ihren anderen Nachbarn verabschiedet hatten, stiegen sie in einen Zug, der sie quer durchs Land nach New York City bringen sollte. Für Eve war es eine völlig neue Erfahrung. Für Gwen bedeutete es, nach Hause zu kommen.

Gwens ältere Schwester Beatrice und ihr Mann Roger Crandell holten die beiden am Bahnhof ab. Die beiden Frauen umarmten sich, während Roger ihr Gepäck zum Auto trug.

»Und das ist unsere kleine Ballerina!«, sagte Bea und umarmte Eve fest. »Wir freuen uns so, euch beide bei uns zu haben. Meine Ginny ist in deinem Alter, ihr zwei werdet bestimmt viel Spaß zusammen haben.«

»Vielen Dank, dass wir bei euch wohnen dürfen. Ich hoffe, wir sind euch nicht im Weg«, sagte Gwen zu ihrer Schwester.

»Wir haben jede Menge Platz. Das ist gar kein Problem«, sagte Bea ihr.

Als sie bei der Wohnung der Crandells ankamen, waren sowohl Gwen als auch Eve überrascht, wie viel Platz sie hatten. Das Haus hatte einen Portier, und sie wohnten im fünften Stock. Es gab vier Schlafzimmer, zwei Badezimmer, ein großes Wohn- und Esszimmer, eine moderne Küche und sogar ein kleines Arbeitszimmer, das Roger als Bibliothek und Büro nutzte. Verglichen mit den Einzimmerwohnungen, in denen Eve aufgewachsen war, war dieser Ort ein Palast.

»So viel Platz«, sagte Gwen und blickte sich überall um. »Und so schöne Möbel.«

»Danke«, sagte Bea strahlend. »Roger ist in der Werbeagentur ziemlich erfolgreich. Er ist gerade Partner geworden.«

Gwen war beeindruckt, und es brauchte viel, um sie zu beeindrucken.

Ein junges Mädchen mit Zöpfen kam, um sie zu begrüßen, zusammen mit einem kleinen Jungen mit dunklen Haaren und Augen.

»Das sind Ginny und Norman«, sagte Bea zu Gwen und Eve. »Sie freuen sich, eine Cousine bei uns zu haben.«

Ginny ging direkt auf Eve zu und musterte sie von oben bis unten. »Du bist kleiner als ich«, sagte sie. »Ich dachte, wir wären gleich alt.«

Eve starrte Ginny an, verblüfft, dass sie so etwas sagen würde. »Meine Ballettlehrerin sagt, dass es meiner Tanzkarriere helfen wird, zierlich zu sein.«

Ginny grinste und ergriff Eves Hand. »Komm mit. Ich zeig dir unser Zimmer.« Sie zog sie den langen Flur entlang in ein geräumiges Schlafzimmer mit zwei Einzelbetten und flauschigen rosa Steppdecken.

»Ich hoffe, du magst Rosa«, sagte Ginny kopfschüttelnd. »Meine Mutter meint, alle Mädchenzimmer müssen rosa und weiß sein. Igitt! Ich hätte lieber Blau.«

»Ich finde es wunderschön«, sagte Eve, fasziniert davon, wie hübsch alles war.

»Ich habe in meinem Schrank Platz für deine Sachen gemacht. Aber wenn du mehr brauchst, kannst du Sachen im Gästezimmer lassen«, sagte Ginny auf eine sehr resolute Weise.

»Oh.« Eve starrte auf ihre kleine Tasche mit Kleidung. »Ich werde nicht viel Platz brauchen. Ich habe hauptsächlich Tanzkleidung und ein paar schöne Kleider.«

»Das ist alles?« Ginny sah schockiert aus. »Ich habe vielleicht ein paar Kleider, aus denen ich rausgewachsen bin, die dir passen würden.« Ginny begann, in ihrem Schrank zu wühlen.

»Du wirst auf jeden Fall mehr Kleidung brauchen, wenn du mit der Schule anfängst.«

»Meine Mom hat gesagt, wenn ich an der Tanzschule angenommen werde, gehe ich auf die Professional Children's School. So habe ich mehr Zeit zum Üben«, sagte Eve.

Ginny starrte sie an. »Du nimmst diese Ballettsache wirklich ernst, was?«

Eve lachte. »Ja. Das tue ich.«

Nachdem Gwen und Eve sich in ihrem neuen Zuhause eingelebt hatten, durchforstete Gwen sofort die Zeitungen nach einem Job. Sie wollte ihre neu erlernten Sekretärinnenfähigkeiten nutzen, um eine Stelle zu finden. Sie schätzte die Großzügigkeit ihrer Schwester, ihr ein Zuhause anzubieten, wusste aber, dass sie bald ihre eigene Wohnung würde finden müssen. Außerdem gab es da noch die Kosten für die School of American Ballet. Gwen wusste, dass das nicht billig war, und hoffte, dass sie ein Stipendium beantragen konnten, falls Eve angenommen würde.

Eine Woche nach ihrer Ankunft kam der Tag von Eves Vorsprechen. Auf dem acht Blocks langen Fußweg von der Wohnung zum Tanzstudio sprachen Gwen und Eve darüber, wie ihr professioneller Tänzerinnenname sein sollte.

»Eve Arthur ist zu schlicht«, sagte Gwen. »Du brauchst einen Ballerinen-Namen.«

»Aber ich mag meinen Namen«, sagte Eve.

»Ja, aber wir brauchen einen schicken Namen.« Gwen überlegte. »Wie wäre es mit Evalina Ashford? Die Leute können dich dann kurz Eva nennen.«

»Der ist schick«, sagte Eve. »Aber Ashford ist nicht mein Nachname.«

»Nein. Aber du kannst einen Künstlernamen haben. Denk

einfach mal darüber nach«, sagte Gwen.

Sie kamen am Gebäude in der East 59th Street an und öffneten die Tür. Eine lange Treppe starrte ihnen entgegen, also stiegen sie die neunundzwanzig Stufen hinauf und öffneten die Tür am oberen Ende. Ein langer, schmaler Flur mit mehreren Türen empfing sie. Aus einem der vielen Räume den Flur hinunter spielte Musik. Eine ältere Frau in einem schicken Kostüm kam aus einer Tür und stellte sich hinter den Schreibtisch.

»Kann ich Ihnen helfen?«, fragte sie.

»Eve Arthur ist für ihr Vorsprechen hier«, sagte Gwen.

Die Frau blickte auf ein Blatt Papier auf dem Schreibtisch. »Oh, ja. Haben Sie Ihre Tanzkleidung dabei?«

»Ja. Unter meinem Kleid«, sagte Eve. »Und meine Tanzschläppchen habe ich auch.«

Die Frau lächelte. »Gut. Gehen Sie in den Raum hinter Ihnen und machen Sie sich fertig. Ich sehe, Ihr Haar ist schon hochgesteckt, das ist perfekt. Dann bringe ich Sie zum Üben.«

Eve zog sich schnell um und brachte ihre Tasche mit Kleidung zu ihrer Mutter. Die Dame lächelte wieder. »Kommen Sie mit. Sie werden mit dem laufenden Kurs arbeiten, damit wir sehen können, auf welchem Niveau Sie sind.«

Eve suchte den zustimmenden Blick ihrer Mutter, und diese nickte. Dann folgte Eva der Frau den Flur entlang. Als sich die Tür öffnete, strömte die Musik in den Flur. Junge Mädchen standen an der Stange, ihre Schritte folgten der Musik, die von einer Frau am Klavier gespielt wurde.

»Suchen Sie sich einfach einen Platz und machen Sie mit. Geben Sie Ihr Bestes«, sagte die Frau.

Eve entdeckte einen freien Platz auf der anderen Seite des Raumes und eilte leise dorthin. Sie nahm ihre Haltung in der fünften Position ein, wie es die anderen Mädchen taten, und begann mitzumachen. Sie führten einfache Schritte aus: Pliés, Relevés, Echappés und Grand Pliés in der ersten, zweiten und fünften Position. Sie machte mit, hielt ihren Rücken gerade, wie man es ihr beigebracht hatte, den Arm gestreckt mit hochgezogenem Ellbogen und lockerer Hand.

Jedes Mal, wenn sie eine Übung beendet hatten, drehten sie sich synchron um und begannen dieselbe Übung auf der anderen Seite. Eve konzentrierte sich auf die Musik und darauf, den anderen Mädchen zu folgen. Erst als sie sich wieder umgedreht hatte, sah sie einen schlanken Mann mit hohlen Wangen und zurückgekämmtem Haar neben der Lehrerin stehen und zuschauen. Seine dunklen Augen waren auf sie gerichtet.

Eve versuchte, nicht nervös zu werden, und konzentrierte sich weiter auf die Musik und die Bewegungen, bis der Teil des Unterrichts an der Stange vorbei war. Alle Mädchen suchten sich einen Platz auf dem Boden zum Dehnen, und Eve tat es ihnen gleich. Dann begannen sie mit der Arbeit in der Mitte. Sprünge, Pirouetten und andere Bewegungen wurden von Ecke zu Ecke auf dem Hartholzboden ausgeführt. Das war Eves Lieblingsteil des Unterrichts. Sie streckte ihre Beine mit Leichtigkeit, während sie hoch in die Luft sprang, etwas, das die anderen Mädchen noch nicht beherrschten. Nach dem Unterricht kam ein Mädchen auf sie zu.

»Bist du neu hier?«, fragte das hübsche Mädchen mit dem blonden Pferdeschwanz.

»Das hoffe ich«, sagte Eve.

»Mit diesen Sprüngen wirst du hier sicher aufgenommen«, sagte das Mädchen.

Eve dachte daran, sich bei der Lehrerin zu bedanken, als sie den Raum verließ, und zwang sich dann, nicht den Flur hinunterzurennen, um ihrer Mutter zu erzählen, wie es gelaufen war. Aber als sie sich ihrer Mutter näherte, sah sie denselben Mann aus dem Unterrichtsraum mit Gwen sprechen. Eve verlangsamte ihre Schritte, unsicher, ob sie sich nähern sollte.

»Eve. Komm her«, sagte Gwen und winkte ihr zu.

Eve trat zu ihrer Mutter und dem Mann. Jetzt, da sie ihm näher war, sah sie, dass er ein freundliches Gesicht hatte, selbst wenn er ernst aussah.

»Wir haben gerade Ihre Zukunft an dieser Schule besprochen«, sagte Gwen und lächelte den Herrn an. »Das ist Mr. Balanchine.«

Eve blickte in die dunklen Augen des Mannes. Sie wusste, wer George Balanchine war, und wusste auch, dass er das letzte Wort darüber hatte, wer seine Schule besuchte. »Schön, Sie kennenzulernen, Mr. Balanchine«, sagte sie mit zitternder Stimme.

Er lächelte. »Sehr schön, Sie kennenzulernen, Eve. Ich sehe, Sie haben hart gearbeitet und gut gelernt. Möchten Sie an unserer kleinen Schule mit dem Unterricht beginnen?«

»Oh, ja«, sagte Eve aufgeregt. »Das möchte ich.«

»Wunderbar. Arbeiten Sie hart und machen Sie uns stolz«, sagte Mr. Balanchine. Er sah zu Gwen hinüber. »Und wir werden Ihnen die Unterlagen schicken, damit Eve anfangen kann.«

»Danke, Mr. Balanchine«, sagte Gwen mit strahlenden Augen.

Eve wandte sich an ihre Mutter. »Bin ich angenommen worden?«

»Oh, ja, Liebes. Das bist du. Und Mr. Balanchine hat dir auch ein volles Stipendium angeboten, damit wir es uns leisten können, dich dorthin zu schicken. Ist das nicht aufregend!«

Eve war erleichtert und aufgeregt zugleich. Endlich würde sie auf ihren Traum hinarbeiten.

KAPITEL SECHS

Maddie

»George Balanchine? Du hast an seiner Tanzschule gelernt?«, fragte Maddie verblüfft. »Das ist ja fantastisch.«

Eva lächelte herzlich. »Ich freue mich, dass du weißt, wer er war. Mr. B, so haben wir ihn alle genannt, hat die großartigste Form des Balletts nach Amerika gebracht, und ich war stolz darauf, an seiner Schule ausgebildet worden zu sein.«

»Ich weiß nicht viel über die Welt des Balletts«, gab Maddie zu, »aber meine Mom hat mir einmal ein Video vom *Nussknacker* gezeigt, aufgeführt vom New York City Ballet, und es war unglaublich. Meine Mutter schaut sich gerne Ballett an, wenn es im Fernsehen läuft.«

»Das glaube ich ihr gerne«, sagte Eva mit funkelnden Augen. »Schließlich hat sie jahrelang bei mir gelernt.«

Maddie starrte Eva an. »Meine Mutter?«

»Ja, meine Liebe. Hat sie dir das nicht erzählt? Ich nahm an, der Grund, warum du zu uns ins Haus gekommen bist, obwohl so viele junge Leute abgeschreckt sind, war, dass sie dir von mir erzählt hat.«

Das junge Mädchen schüttelte den Kopf. »Nein. Ich wusste nicht einmal, dass meine Mutter Tanzunterricht hatte. Ich meine, ich wusste wohl, dass sie irgendwann mal Unterricht nahm, aber ich hatte keine Ahnung, dass es jahrelang war.«

»Wirst du all unsere Geheimnisse an einem Tag verraten oder sie dir aufsparen?«, sagte Ginny genervt vom Türrahmen aus. »Das Mittagessen ist fertig.« Sie drehte sich um und ging zurück in die Küche.

»Ginny hat recht. Das ist genug für einen Tag.« Eva stand von ihrem Stuhl auf und Maddie folgte ihr in die Küche. Zuerst schloss Maddie jedoch die beiden großen Türen, die den Raum abtrennten.

Als die drei sich hinsetzten, um die Truthahn-Club-Wraps zu essen, die Ginny gemacht hatte, war Maddie voller Fragen. »Hast du das Ballettstudio hier gebaut? Und wie bist du hier in dieser kleinen Stadt gelandet?«

»Oh, meine Liebe. Das sind Geschichten für einen anderen Tag«, sagte Eva. »Ich hoffe, deine Mutter wird nicht böse sein, dass ich sie verpetzt habe. Ich dachte, du wüsstest, dass sie eine Tänzerin war. Sie hat jahrelang darauf hingearbeitet.«

Ginny schüttelte den Kopf. »Immer erzählst du den Leuten Dinge, die du nicht solltest«, sagte sie. »Obwohl ich beim besten Willen nicht verstehen kann, warum Ihre Mutter es geheim halten sollte. Sie war eine ausgezeichnete Tänzerin.«

Maddie war von Ginnys Worten überrascht. Ginny machte nicht oft Komplimente.

»Was ist mit dir, meine Liebe?«, fragte Eva. »Was sind deine Pläne nach dem Highschool-Abschluss?«

Maddie kaute nachdenklich auf ihrem Essen. Sie war es nicht gewohnt, etwas über sich zu erzählen. »Meine Eltern haben mir dieselbe Frage gestellt. Ich soll im August meine

ACTs machen und mich dann bei den Colleges bewerben. Aber ich bin nicht besonders begeistert davon.«

»Warum? Magst du die Schule nicht?«, fragte Ginny.

»Oh, ich bin gut in der Schule. Ich habe gute Noten. Aber ich bin mir nicht sicher, was ich am College studieren oder wohin ich gehen will«, sagte Maddie.

»Was sind deine Lieblingsfächer in der Schule?«, fragte Eva.

»Ich liebe den Englischunterricht. Besonders, wenn wir Geschichten oder Aufsätze schreiben sollen. Ich schreibe seit Jahren Tagebuch«, sagte Maddie.

»Ah. Du willst Schriftstellerin werden«, sagte Eva mit funkelnden Augen. »Dann solltest du am College Englisch und kreatives Schreiben studieren.«

Maddie hatte darüber nachgedacht, genau das zu tun, aber sie wusste auch, dass es nicht einfach war, als Schriftstellerin den Lebensunterhalt zu verdienen. Ihre Mutter hatte vorgeschlagen, als Brotberuf Englischlehrerin zu werden und in ihrer Freizeit zu schreiben, aber Maddie wollte nicht nur als Hobby schreiben. Sie wollte es beruflich machen.

»Hm. Plötzlich so still«, sagte Ginny und schob ihren Teller beiseite. »Was ist das Problem?«

Maddie seufzte. »Ich würde gerne studieren, um Schriftstellerin zu werden, aber meine Eltern finden, ich sollte etwas Praktischeres machen, wie zum Beispiel Lehrerin werden.«

»Ah. Ich verstehe«, sagte Eva. »Manche Berufe scheinen Traumberufe zu sein, während andere realistischer sind.«

»Genau«, sagte Maddie.

»Ich hatte Glück. Meine Mutter hat mein Potenzial als Tänzerin sofort erkannt und mich meinen Traum verfolgen lassen. Es war meine eigene Schuld, dass die Dinge schlecht liefen. Aber sie hat mich nie aufgegeben«, sagte Eva. »Und ich bin mir sicher, dass deine Mutter von ihren Eltern gedrängt wurde, einen realistischeren Beruf zu finden, und deshalb hat sie das Tanzen aufgegeben, um aufs College zu gehen. Jetzt merkt sie gar nicht, dass sie bei dir dasselbe tut.«

»Meine Eltern sind praktisch veranlagt«, sagte Maddie. »Und sie haben wahrscheinlich recht.«

»Unsinn!«, sagte Ginny und stand auf, um ihren Teller in die Spülmaschine zu stellen. »Es gibt viele Möglichkeiten für eine Schriftstellerin, ihren Lebensunterhalt zu verdienen. Du könntest Journalistin werden. Oder für Zeitschriften oder dieses vermaledeite Internet schreiben. Es gibt heute viel mehr Möglichkeiten als zu unserer Zeit.«

Maddie musste unwillkürlich lächeln. Ginny überraschte sie immer wieder.

»Danke für das Mittagessen«, sagte Maddie, als sie ihren Teller zum Spülbecken brachte. »Es war köstlich. Ich sollte jetzt besser gehen. Ich muss noch einen Rasen mähen und dann heute Abend im Frosty Freeze arbeiten.«

Eva stand auf und begleitete Maddie zur Tür. »Du bist eine fleißige Arbeiterin, Maddie. Du wirst herausfinden, wie du deine Träume verwirklichen kannst. Da bin ich mir sicher.«

»Danke«, sagte Maddie.

»Wenn du das nächste Mal mähst, erzähle ich dir, wie es war, George Balanchine als Lehrer zu haben. Es war ständige Arbeit – aber auch ein großer Spaß.«

»Ich kann es kaum erwarten«, sagte Maddie. Sie ging die Steinstufen hinunter und fühlte sich unbeschwert. Sie wusste genau, worüber sie heute Abend nach der Arbeit in ihr Tagebuch schreiben würde.

* * *

Nachdem sie den Rasen des Nachbarn gemäht hatte, eilte Maddie nach Hause, duschte und ging nach unten, um zum Frosty Freeze zu fahren. Sie hoffte, dass Livie heute Abend mit ihr arbeiten würde, damit sie ihr alles darüber erzählen konnte, dass Eva eine Balletttänzerin gewesen war.

Als sie durch die Küche eilte, um die Autoschlüssel ihrer Mutter zu holen, kam Sandy aus dem Wohnzimmer.

»Auf dem Weg zur Arbeit?«, fragte Sandy. »Ich hoffe, du isst noch etwas, bevor du gehst.«

»Ich habe schon mit Eva und Ginny zu Mittag gegessen«, sagte Maddie. »Sie waren so nett, es mir anzubieten.«

»Wow. Du bist schon per du mit den Damen und isst mit ihnen zu Mittag?«, kicherte Sandy. »Ich erinnere mich an die Zeit, als ich sie Mademoiselle Arthur und Mrs. Robertson nannte.«

Maddie drehte sich von der Tür um. »Du hast mir nie erzählt, dass du bei Eva Tanzunterricht hattest. Sie hat gesagt, du hast jahrelang getanzt.«

Sandy zuckte mit den Schultern. »Da war ich noch ein Kind. Es war nur etwas, was ich gemacht habe.«

»Aber Eva und Ginny haben gesagt, du wärst eine ausgezeichnete Tänzerin gewesen. Warum hast du aufgehört?«, fragte Maddie.

Sandy seufzte. »Weil die Realität war, dass ich aufs College gehen und eine Ausbildung machen musste. Meine Eltern hätten nie dafür bezahlt, dass ich auf eine schicke Ballettschule gehe, damit ich irgendwann einer Kompanie beitreten kann.«

»Aber du hattest eine Lehrerin, die von Balanchine ausgebildet wurde. Du musst talentiert genug gewesen sein, um für das New York City Ballet vorzutanzen«, sagte Maddie.

»Oh, Schatz«, sagte Sandy und schüttelte den Kopf. »Ich

hätte an deren Tanzschule trainieren müssen, um überhaupt vorsprechen zu dürfen. Ich habe das Tanzen geliebt, aber ich bezweifle, dass ich gut genug war, um es professionell zu machen. Mlle Arthur war eine wundervolle Lehrerin, aber es war nur ein Luftschloss.«

Maddie musterte ihre Mutter einen Moment lang und versuchte, sie sich als Ballerina vorzustellen. Sandy war immer noch schlank und gut in Form. Maddie konnte sie sich beinahe als junges Mädchen vorstellen, das vom Tanzen träumte. »Es tut mir leid, dass du nicht die Chancen bekommen hast, die du hättest haben sollen.«

Sandy sah überrascht aus. »Ich finde, alles ist gut gelaufen.«

Maddie nickte und ging zur Tür hinaus.

Auf der Fahrt zum Freeze konnte Maddie nur daran denken, wie ihre Mutter ihr ganzes junges Leben lang auf eine Sache hingearbeitet hatte, nur um sie aufgeben und etwas anderes werden zu müssen. Hatte es sie gestört, den Traum vom Tanzen aufgegeben zu haben? Oder war sie mit ihrem Leben zufrieden? Bis zu diesem Moment hatte Maddie nie darüber nachgedacht, dass ihre Eltern als Kinder große Träume hatten, die vielleicht nicht in Erfüllung gegangen waren. Vielleicht ermutigten sie sie deshalb beide, eine sichere Karriere zu wählen, anstatt eine, die sie enttäuschen könnte.

Livie arbeitete an diesem Abend nicht mit Maddie zusammen und sie war mit der mürrischen Carrie eingeteilt. Maddie brannte darauf, jemandem von Eva zu erzählen, aber sie wollte diese Geschichte nicht mit Carrie teilen. Stattdessen arbeitete sie ihre Schicht von fünf bis zehn und fuhr dann direkt nach Hause.

Das Haus war bereits dunkel, als sie nach Hause kam, bis auf das Licht über der Treppe. Maddie vergewisserte sich, dass die Tür abgeschlossen war, und ging dann leise in ihr Zimmer. Sie zog ein T-Shirt und Shorts an und kuschelte sich dann mit ihrem Tagebuch auf ihr Bett. Doch bevor sie ein einziges Wort schrieb, überlegte sie es sich anders. Evas Geschichte verdiente ein eigenes Notizbuch. Also zog sie ein frisches Notizbuch aus ihrer Nachttischschublade, wählte ihren Lieblingsstift und begann aufzuschreiben, was Eva ihr erzählt hatte.

Ihre Hand flog so schnell über die Seite, wie ihre Gedanken arbeiteten. Es gab so viel, was sie sagen wollte, und sie wollte kein einziges Detail auslassen. Nach einer Weile bekam sie einen Krampf in der Hand, also hörte sie auf zu schreiben und dehnte sie.

Während sie dasaß, blickte Maddie sich in ihrem Zimmer um. Eva hatte jahrelang mit ihrer Mutter in einer winzigen Wohnung gelebt und hätte nie auch nur davon geträumt, ein eigenes Schlafzimmer zu haben, das so großartig war wie Maddies. Als sie in der Wohnung von Gwens Schwester angekommen waren, waren sie beide verblüfft gewesen, wie groß und schön sie war. Maddie fragte sich, wie lange Eva und ihre Mutter bei den Crandells gelebt hatten und in welche Art von Wohnung sie schließlich gezogen waren. Evas Kindheit war so anders gewesen als das, was Maddie erlebte. Es brachte Maddie dazu, sich zu fragen, wie sie sich über eine Kleinigkeit wie ein noch nicht repariertes Auto beschweren konnte, wenn Eva nicht einmal ein eigenes Schlafzimmer hatte, geschweige denn ein Auto.

Maddie fühlte sich plötzlich sehr verwöhnt.

Am nächsten Tag schrieb Caden Maddie mehrmals eine SMS, aber sie antwortete ihm nicht. Sie hatte frei von der Arbeit und vom Rasenmähen und wollte den Tag mit Livie verbringen. Aber als sie Livie eine SMS schrieb, sagte ihre Freundin, dass sie den ganzen Vormittag in der Turnhalle trainieren würde. Wenn Maddie kommen und zuschauen wollte, wäre das in Ordnung.

Maddie fragte ihre Mutter, ob sie ihr Auto leihen könne, um Livie zuzusehen.

»Ich kann dich dort absetzen«, sagte ihre Mutter. »Ich muss Lily sowieso zum Turnen bringen.«

Maddie seufzte, stimmte aber zu. Sie hasste es, kein eigenes Auto zu haben, erinnerte sich dann aber daran, was sie in der Nacht zuvor gedacht hatte. Sie sollte dankbar sein für das, was sie hatte.

Sandy setzte die Mädchen ab und Lily rannte auf die andere Seite der Turnhalle, wo ihr Kurs war. Livie trainierte auf der gegenüberliegenden Seite, also ging Maddie auf die Tribüne und setzte sich ganz nach oben.

Livie winkte und lächelte, dann stellte sie sich an, um ihre Kür zu üben. Sie begann an der Ecke der Matte und fing nach einem kurzen Anlauf an, Flickflacks, Sprünge und Saltos zu machen.

Maddie hatte ihre Freundin lange nicht mehr beobachtet und war verblüfft, wie gut sie war. Sie wusste, dass Livie eine Spitzenturnerin war, aber sie hatte bis jetzt nicht viel darüber nachgedacht.

»Was meinst du?«, fragte Livie, die schwer atmend die Tribüne hochkam. Sie hatte zwei weitere Küren absolviert und war müde.

»Du bist fantastisch«, sagte Maddie. »Aber da du bei den Staatsmeisterschaften Dritte geworden bist, solltest du das auch sein, oder?« Sie lächelte. »Wirst du dich für das Turnprogramm an der University of Minnesota bewerben?«

»Habe ich eine andere Wahl?«, sagte Livie. »Ich fahre

nächsten Monat dorthin, um die Trainer zu treffen. Sie werden dann entscheiden, ob sie denken, dass ich gut genug bin, um nach dem Abschlussjahr ins Team zu kommen. Wenn nicht, geben sie mir vielleicht nach unserem Abschluss noch eine Chance.«

»Das ist so aufregend«, sagte Maddie. »Vielleicht sollte ich mich auch an der U of M bewerben, dann können wir auf dasselbe College gehen.«

»Das wäre toll. Aber wenn ich es ins Team schaffe, werde ich zum Unterricht gehen und trainieren und nicht viel von einem College-Leben haben«, sagte Livie.

Maddie runzelte die Stirn. »Du lässt es schrecklich klingen. Willst du nicht dorthin gehen und in ihrem Team sein?«

Livie seufzte. »Meine Eltern wollen, dass ich dorthin gehe. Ehrlich gesagt, bin ich von der ganzen College-Sache nicht begeistert. Wenn es nach mir ginge, würde ich an Wettkämpfen teilnehmen und versuchen, mich in die Olympiamannschaft hochzuarbeiten. Aber meine Eltern sagten, es wäre besser, wenn ich das während des Colleges mache.«

»Ich verstehe«, sagte Maddie. »Es fühlt sich an, als ob wir viele wichtige Entscheidungen treffen müssen, bevor wir überhaupt die Highschool abgeschlossen haben. Es ist schwer. Ich will einfach mein Abschlussjahr genießen, aber ich habe die ACTs und die College-Bewerbungen über mir schweben.«

»Du musst dir keine Sorgen machen«, sagte Livie. »Mit deinen Noten kommst du auf jedes College, das du willst. Meine hingegen sind nicht so gut. Aber weißt du was?«

Maddies Brauen hoben sich fragend.

»Meine Noten sind mir eigentlich ziemlich egal«, fuhr Livie fort. »Ich meine, ich werde wahrscheinlich für den Rest meines Lebens in einem Ort wie diesem Turnunterricht geben.

Warum in aller Welt brauche ich ein schickes Diplom?«

»Vielleicht kannst du an einem College unterrichten, wenn du dein Diplom hast«, schlug Maddie vor.

Livie zuckte mit den Schultern. »Vielleicht. Wir werden sehen.« Sie blickte dorthin, wo Lilys Klasse den Stufenbarren benutzte. »Lily hat auch wirklich das Zeug dazu, im Turnen gut zu sein. Ich sollte besser wieder zum Training. Wir haben nächste Woche einen Wettkampf und ich will – nein, ich muss – ihn gewinnen, um bei der U of M gut dazustehen.« Sie eilte zu den Matten, und nachdem sie sich gedehnt hatte, begann sie ihre Kür erneut.

Maddie beobachtete sowohl Livie als auch Lily beim Training. Livie hatte recht. Lily war wirklich gut. Maddie war so in ihr eigenes Sommerdrama vertieft gewesen, dass sie gar nicht bemerkt hatte, wie viel besser Lily geworden war.

Als Sandy kam, um Lily abzuholen, fuhr Maddie auch mit ihnen nach Hause. Sie ging in ihr Zimmer und las, was sie in der Nacht zuvor geschrieben hatte, korrigierte Sätze und fügte mehr Details hinzu. Maddie konnte es kaum erwarten, mehr von Evas Geschichte zu hören. Sie hatte bereits beschlossen, alles aufzuschreiben, was Eva ihr erzählte, weil es eine so interessante Geschichte war. Vielleicht hatte Ginny recht – Maddie könnte aufs College gehen, um zu schreiben, und sowohl Journalismus als auch kreatives Schreiben studieren. Sie könnte sogar ein zusätzliches Jahr anhängen, um einen Abschluss als Englischlehrerin zu machen. Aber zuerst musste sie diesen Sommer überstehen.

KAPITEL SIEBEN

Eva – 1952

Der erste Tag des Tanzunterrichts an der School of American Ballet (die Kinder nannten sie SAB) war für Eve aufregend und beängstigend zugleich. Sie war in der Klasse der elf- bis dreizehnjährigen Schülerinnen, und als sie die Mädchen beobachtete, um ihre Bewegungen nachzuahmen, wurde ihr klar, dass sie alle fortgeschrittener waren als sie. Obwohl es einschüchternd war, erinnerte sie sich an die Worte, die ihre Mutter ihr an jenem Morgen mit auf den Weg gegeben hatte.

»Behalte die beste Tänzerin im Raum im Auge und strebe danach, so zu sein wie sie«, hatte Gwen ihr gesagt. »Nur so wirst du lernen, die Beste zu werden.« Also tat Eve genau das: Sie beobachtete ein dreizehnjähriges Mädchen und nahm es sich zum Vorbild.

Nach ein paar Wochen mit zwei Unterrichtsstunden am Tag hatte Eve das Gefühl, langsam Anschluss zu finden. Die Lehrer – meist Russen, mit Ausnahme eines englischen und eines amerikanischen Lehrers – waren alle ausgezeichnet. Sie bestärkten die Mädchen auf positive Weise und korrigierten ihre Haltung bei Bedarf mit einer bloßen Berührung oder einem leisen Hinweis. Niemandem wurde das Gefühl gegeben, innerhalb der Gruppe minderwertig zu sein. Die Lehrer waren da, um ausgezeichnete Tänzerinnen auszubilden und zu fördern, nicht, um sie psychisch fertigzumachen.

Manchmal schaute Mr. Balanchine, den alle Tänzerinnen Mr. B nannten, beim Unterricht zu und flüsterte mit dem Lehrer. Eve wusste nie, worüber sie flüsterten, aber wenn sein Blick auf sie fiel, stand sie noch gerader da und strengte sich noch mehr an. Sie wollte die beste Tänzerin werden, die sie sein konnte, und etwas in ihr wollte Mr. B stolz machen und ihn nicht bereuen lassen, ihr eine Chance gegeben zu haben.

Im Laufe der Wochen pendelte sich Eves Leben in einer Routine ein. Sie war an der Professional Children's School angenommen worden und hatte dort vormittags Unterricht, dann ging sie die paar Straßen zur SAB für den Nachmittagsunterricht. Manchmal eilte sie zum Automaten zwei Blocks von der Tanzschule entfernt, um sich ein Sandwich und Milch zu holen und es vor dem Tanzunterricht hinunterzuschlingen. Eve liebte den Automaten. Es war ein Ort, an dem man sich schnell etwas zu essen kaufen konnte. An der ganzen Wand entlang gab es kleine Fächer, man steckte sein Geld in eines davon, und es öffnete sich, sodass man ein Sandwich, ein Getränk, ein Stück Kuchen, Kekse und eine Reihe anderer Lebensmittel kaufen konnte. Eve holte sich normalerweise ein Schinken-Käse-Sandwich, weil sie es schnell essen konnte.

Mehrere der anderen Tänzerinnen gingen ebenfalls auf die Professional Children's School, sodass Eve sich langsam mit ihnen anfreundete. Sie gingen als Gruppe von der Schule zum Tanzunterricht oder alle zusammen zum Automaten. Eve mochte es, die anderen Mädchen bei sich zu haben. Obwohl sie sich sicher fühlte, wenn sie allein in New York City unterwegs war, machte es mit Freundinnen so viel mehr Spaß.

Ein Mädchen wurde ihre beste Freundin. Mary Rasmussen war das blonde Mädchen, das sie nach Eves erstem Vortanzen angesprochen hatte. Am ersten Unterrichtstag lächelte Mary sie an und sagte: »Ich habe dir doch gesagt, dass du ausgewählt wirst.« Von da an hingen sie sowohl in der Schule als auch im Tanzstudio zusammen herum.

Zwischen Schule und Tanz verbrachte Eve sehr wenig Zeit in der Wohnung ihrer Tante. Obwohl sie gerne in dem großen, schönen Raum lebte und sich gut mit Ginny verstand, war sie viel zu beschäftigt, um Zeit mit ihrer Cousine zu verbringen. Und ihre Mutter hatte eine Stelle bei einer Immobilienfirma gefunden, wo sie als Schreibkraft arbeitete, sodass Gwen und Eve sich nur abends sahen.

»Du hast so ein Glück, dass du so einen kurzen Schultag hast«, sagte Ginny eines Abends zu Eve, während Eve an ihren Hausaufgaben arbeitete. Obwohl ihr Tag kurz war, musste sie abends noch viel Arbeit alleine erledigen. »Ich muss den ganzen Tag in der Schule bleiben und habe danach zweimal die Woche Klavierunterricht.«

»Na ja, ich bekomme eine Menge Hausaufgaben«, sagte Eve und versuchte, Ginny aufzumuntern. »Und ich muss jeden Tag mindestens zwei Tanzstunden besuchen, sogar am Samstag.«

»Aber du liebst das Tanzen, also ist es nicht so schlimm«, sagte Ginny.

»Magst du deinen Klavierunterricht nicht?«, fragte Eve. Sie lebte und atmete für das Tanzen, daher wäre es für sie seltsam, den Unterricht, den man gewählt hatte, nicht zu mögen.

Ginny zuckte mit den Schultern. »Er ist okay. Eigentlich will vor allem meine Mutter, dass ich Klavier lerne. Hat deine

Mutter dich zum Tanzen gedrängt?«

»Nein. Ich liebe den Tanzunterricht«, sagte Eve. »Ich habe es nie als Arbeit angesehen.«

»Seltsam«, sagte Ginny.

Während die Wintermonate verflogen, verbrachte Eve mehr Zeit in der Tanzschule. Nach ihren eigenen Stunden blieb sie länger und sah den älteren Schülerinnen zu, wie sie die verschiedenen Ballette von Mr. B probten. Obwohl sie noch nicht ausgewählt worden waren, um für das NYCB zu tanzen, wurde ihnen gesagt, sie sollten die vielen Rollen lernen, damit er sehen konnte, was ihre Stärken und Schwächen waren.

Eve saß abseits an der Seite des Raumes und machte ihre Hausaufgaben, während sie ihnen zusah. Die Mädchen waren alle so versiert und tanzten mit Leichtigkeit, und in vielen der Tänze hatten sie Männer als Partner. Eve war ehrfürchtig, wie anmutig sie tanzten, verstand aber auch, wie viel Arbeit es wirklich war, jeden Schritt perfekt auszuführen.

Manchmal machte Mr. B mit und zeigte ihnen die Schritte, die sie falsch gemacht hatten. Er trug normalerweise ein kariertes Cowboyhemd und eine Westernkrawatte zu Hosen und seinen Straßenschuhen. Eve fand seine Art, sich zu kleiden, amüsant, da sie nicht zu seinem russischen Akzent passte. Aber er sprach immer leise mit den Tänzerinnen und wies darauf hin, wo sie höher springen oder ihre Arme weiter ausstrecken konnten.

»Höher springen!«, rief er einem männlichen Tänzer zu, als dieser vom Boden absprang. »Tiefer beugen, höher springen.« Oder er beobachtete ein Mädchen bei einer Pirouette und sagte: »Schneller drehen! Wofür hebst du es dir auf? Gib jetzt dein Bestes, nicht später.«

Eve bewunderte die Bewegungen, die er aus jeder Tänzerin

herausholte. Jeder wollte Mr. B gefallen.

Da Eve nach dem Unterricht so viel Zeit im Studio verbrachte, gaben ihr die älteren Mädchen fünfzig Cent, um Bänder und Gummibänder an ihre neuen Spitzenschuhe zu nähen. Die älteren Schülerinnen verschlissen jeden Monat mehrere Paar Spitzenschuhe, weil sie so hart darin arbeiteten. Eve tat das gerne. Es gab ihr zusätzliches Geld, um sich jeden Tag ein Mittagessen zu kaufen, und sie konnte sich ein Stück Torte oder Kuchen gönnen.

Eines Abends, als sie sich auf ihre Näharbeit konzentrierte, während die Musik für die Tänzerinnen spielte, erschien ein Schatten über ihr. Eve blickte auf, schockiert, als sie Mr. B sah, der auf sie herabstarrte.

»Was ist das? Kinderarbeit?«, fragte er mit einem neckenden Ton in der Stimme.

»Oh, nein, Sir«, sagte Eve und reckte den Hals, um zu ihm aufzublicken. »Die Mädchen bezahlen mich dafür, dass ich ihre Bänder annähe.«

Er beugte sich auf Eves Höhe hinunter. »Warum bist du so spät noch hier? Ist dein Unterricht nicht schon vor Stunden zu Ende gegangen?«

»Ja, Sir«, sagte Eve. »Aber ich sehe den älteren Schülerinnen gerne bei den Proben zu.«

»Warum?«, beharrte Balanchine.

»Um zu lernen«, sagte Eve. Sie fragte sich, warum er das nicht verstand.

Balanchine starrte sie an, dann lächelte er. »Gut. Gutes Mädchen«, sagte er und richtete sich wieder auf. »Aber sorge dafür, dass du diesen faulen Mädchen einen hohen Preis für deine Arbeit berechnest.« Er lächelte erneut und kehrte zu den übenden Schülerinnen zurück.

Eve war erleichtert. Sie hatte befürchtet, er würde ihr verbieten, weiterhin zu den Proben zu kommen und zuzusehen. Aber das hatte er nicht. Und mehrmals danach bot Mr. B an, sie auf ihrem Heimweg zu begleiten. Seine Wohnung lag näher am Studio als ihre, aber er begleitete sie bis dorthin und sagte ihr dann, sie solle nach Hause rennen und auf sich aufpassen. Sie sprachen selten, aber sie schätzte es, dass er sich genug sorgte, um sicherzustellen, dass sie sicher nach Hause kam.

Sechs Monate nach ihrem Umzug nach New York City hatte Gwen gute Nachrichten für Eve.

»Ich habe eine Wohnung für uns gefunden, nur einen Block von hier entfernt, in die wir einziehen können«, sagte Gwen glücklich. Sie hatte monatelang hart als Schreibkraft im Immobilienbüro gearbeitet und ihr Geld gespart. »Sie ist klein, aber sie wird uns gehören.«

Eve war aufgeregt. Obwohl sie es genoss, in Ginnys schönem Zimmer zu wohnen, zog sie es vor, allein mit ihrer Mutter zu leben. Weder Gwen noch Eve waren viel zu Hause, also störte Eve ein kleinerer Raum nicht.

Die Wohnung war sehr klein. Es war nur ein Zimmer mit einer winzigen Küche und einem noch kleineren Badezimmer. Ihr Wohnzimmer würde ihr Schlafzimmer sein. Außerdem lag sie im siebten Stock, was bedeutete, jeden Tag mehrere Treppen steigen zu müssen. Aber sie war möbliert und sauber, und das war alles, was zählte.

Aber als Gwens Schwester Bea die Wohnung sah, war sie schockiert.

»Hier könnt ihr nicht wohnen«, sagte sie zu ihrer Schwester. »Das ist nicht genug Platz für eine Person, geschweige denn für zwei.«

»Wir werden zurechtkommen«, sagte Gwen ihr. »Wir haben

schon in Schlimmerem gewohnt.«

Bea schüttelte den Kopf. »Nun, diese zwei Einzelbetten müssen weg. Ich gebe euch das Ausziehbett, das wir im Lager haben. Es kann tagsüber als Sofa und nachts als zwei Betten dienen. Ihr braucht auch einen Esstisch. Man kann ja nirgends sitzen! Ihr könnt unseren Küchentisch haben. Ich wollte sowieso schon einen neuen.«

Gwen war eine stolze Frau, aber sie nahm das Möbelgeschenk ihrer Schwester an. Bea ließ auch Beistelltische und Lampen in die Wohnung bringen und bezahlte Möbelpacker, um alles die Treppen hochzutragen. »So. Jetzt ist es wenigstens bewohnbar.«

Eve freute sich über den Tisch, auch wenn sie dort selten zu Abend aßen. Es war ein Ort, an dem sie abends ihre Hausaufgaben machen konnte. Wenn sie überhaupt zu Abend aßen, brachte Gwen normalerweise etwas aus der Cafeteria die Straße runter mit. Wenn Eve lange im Studio blieb, aß sie immer im Automaten.

Den ganzen Winter über versäumte Eve weder die Schule noch den Tanzunterricht. Selbst wenn es so kalt war, dass ihre Finger und Zehen auf dem Weg zur Schule erfroren. Gelegentlich kam Mr. B, um dem Unterricht zuzusehen, und wenn er bemerkte, dass Schülerinnen fehlten, runzelte er die Stirn. Sie wusste, dass er erwartete, dass Schülerinnen den Unterricht nicht versäumten, es sei denn, es handelte sich um einen Notfall. Eve wollte nichts tun, was dazu führen könnte, dass ihr das Stipendium entzogen wurde.

Sie lebte und atmete für das Tanzen. Eve betrachtete es nie als Arbeit, selbst wenn es schwierig war. Es war alles, was sie jemals tun wollte, und wenn es harte Arbeit erforderte, um erfolgreich zu sein, war sie dazu bereit.

In jenem Frühling erfuhr sie, dass sie den Sommer über frei hatten. Eve machte so gute Fortschritte, dass sie es hasste, so viel Zeit vom Unterricht freizunehmen. Als sie die Verwaltungsangestellte fragte, ob sie am Sommerkurs teilnehmen könne, sagte die Frau ihr, dass dies von Mr. Balanchine entschieden werde. Also setzte sie ihren Namen auf die Liste und drückte die Daumen, dass sie ausgewählt würde.

»Liebes, du könntest im Sommer immer Unterricht bei einem anderen Tanzlehrer nehmen«, sagte Gwen zu Eve.

»Aber es ist wichtig, dass ich weiterhin die Technik lerne, die an der SAB gelehrt wird. Mr. B will, dass die Schülerinnen auf seine Weise unterrichtet werden«, sagte Eve.

»Na ja, dann hoffen wir mal, dass sie dich auswählen«, sagte Gwen. Was sie Eve nicht sagte, war, dass sie sich den Unterricht an der SAB für den Sommer möglicherweise nicht leisten konnte, besonders wenn Eve kein weiteres Stipendium für das nächste Jahr bekam.

Zum Glück für Eve sah Mr. B ihren Namen auf der Liste und genehmigte ihre Teilnahme am Sommerkurs. Als Eve ihn eines Abends im Flur sah, dankte sie ihm überschwänglich dafür, dass er sie an den Sommerkursen teilnehmen ließ.

»Liebes«, sagte er sanft. »Du hast es verdient. Ich weiß, dass du hart arbeitest. Sag deiner Mutter, dass alles geregelt ist und dass du auch für das nächste Jahr ein Stipendium haben wirst.«

Eve klappte der Mund auf. Selbst in ihrem jungen Alter wusste sie, wie wichtig es für sie war, Hilfe für ihren Tanzunterricht zu erhalten. »Oh, danke, Mr. B«, sagte sie aufgeregt.

Er lächelte. »Mach mich stolz.« Dann schlenderte er den Flur hinunter.

Gwen war begeistert zu hören, dass die SAB angeboten hatte, Eves Unterricht für den ganzen Sommer und für das nächste Jahr zu bezahlen. Sie schrieb einen Dankesbrief an Mr. Balanchine und die Schule. Er antwortete nie, aber das war egal. Alles, was zählte, war, dass Eve weiter tanzen konnte.

Gegen Ende des regulären Schuljahres beobachtete Eve die älteren Schülerinnen, wie sie Tänze für ihre Vortanzen übten, falls sie nicht zum NYCB eingeladen würden. Sie nähte Bänder an die Schuhe eines der Mädchen, während sie zusah. Mr. B war ebenfalls im Raum und beobachtete die Tänzerinnen, doch plötzlich stand er auf und schüttelte den Kopf.

»Nein, nein, nein, Liebes«, sagte er zu der jungen Tänzerin. »Du sollst mit einer Arabeske in Attitude auf Halbspitze enden. Versuch es noch einmal.«

Das Mädchen begann von vorn. Sie startete in der zweiten Position, wobei ihr Fuß in die Bewegungsrichtung zeigte. Dann machte sie eine Glissade, eine Pirouette en pointe und endete in der Arabeske in Attitude auf Halbspitze. Aber jedes Mal geriet sie ins Wanken und landete flachfüßig in der Arabeske.

»Es ist ein schwieriger Schritt«, sagte sie, nachdem sie es zweimal versucht hatte.

»Bah! Diesen Schritt könnte ein Kind machen«, sagte Mr. B. Sein Kopf drehte sich zu Eve.

Eve blickte auf und sah, dass alle Schülerinnen sie anstarrten. Sie verstand nicht, warum.

»Liebes. Komm bitte mal hierher und zeig diesen Tänzerinnen, wie man diesen Schritt macht«, sagte Mr. B und sah Eve an.

Eves Blick wanderte durch den Raum, während ihr Herz schneller schlug. Sie hatte zugesehen, also kannte sie die Schritte, aber diesen älteren, fortgeschrittenen Schülerinnen zu zeigen, wie man einen Tanz macht, war verrückt.

»Komm schon. Ich weiß, dass du das kannst«, sagte Mr. B,

während seine Augen ihre beobachteten.

Eve trug noch ihre Tanzkleidung mit einem Pullover darüber. Sie stand auf, zog ihren übergroßen Pullover aus und ging vor die Gruppe.

»Hast du zugeschaut?«, fragte Mr. B. »Kennst du die Schritte?«

Eve nickte. Sie schluckte schwer und nahm dann die Ausgangsposition ein. Das Klavier begann zu spielen, und auf dem zweiten Zählschlag bewegte Eve ihre Füße – *Glissade, Pirouette, Halbspitze, Attitude-Arabeske*. Eve verharrte einen Moment in der Arabeske und senkte dann ihr Bein.

»Mach die Attitude-Arabeske noch einmal«, sagte Mr. B.

Eve tat es, und Mr. B trat an sie heran und breitete seine Arme aus. »Seht ihr das? Das ist die perfekte Haltung, das Bein genau so gebeugt, die Schultern zurück, das Standbein auf Halbspitze. Na, meint ihr immer noch, dass es so schwer ist?«, fragte er die ältere Tänzerin.

Er wandte sich an Eve. »Danke, Eva.« Er hatte ihren Namen wie *Awa* ausgesprochen.

Sie senkte ihr Bein und ging zurück an den Rand. Eve hoffte, die anderen Schülerinnen würden sie nicht dafür hassen, dass sie einen Schritt ausführen konnte, den sie nicht beherrschten.

Nachdem sie die Bänder an den Spitzenschuhen der Tänzerin fertig genäht hatte, legte sie sie neben die Tasche des Mädchens und ging leise zur Tür. Der Unterricht war inzwischen beendet, und die Tänzerinnen dehnten sich. Mr. B war bereits gegangen.

»Gut gemacht, Eva«, sagte die ältere Schülerin, lief lächelnd auf sie zu. »Du bist ziemlich fortgeschritten für dein Alter. Mach weiter so.«

Die anderen Schülerinnen nickten alle und winkten ihr zu. Eve seufzte. Sie war froh, dass sie nicht böse auf sie waren.

»Oh, Eva«, kam eine Tänzerin herüber und gab ihr fünfzig Cent. »Danke, dass du meine Schuhe genäht hast. Ich werde deine Hilfe vermissen, wenn ich von einer Tanzkompanie ausgewählt werde. Viel Glück im nächsten Jahr.« Sie rannte zurück zur Ballettstange, wo ihre Tasche und ihre Schuhe waren.

Auf dem Heimweg dachte Eve darüber nach, dass Mr. B und die Tänzerinnen sie Eva anstatt Eve nannten. Ihre Mutter hatte gesagt, sie solle ihren Namen ändern, wenn sie Tänzerin wird. Vielleicht hatte ihre Mutter recht. Sie könnte Evalina sein, kurz Eva. Ihr hatte gefallen, wie es klang, als Mr. B es mit seinem russischen Akzent gesagt hatte.

»Evalina Ashford«, sagte Eve laut. »Vielleicht werde ich eines Tages berühmt sein.«

Sie konnte es nur hoffen.

Kapitel Acht

Maddie

Maddie saß da und lauschte Evas Geschichte, wobei sie alles in sich aufnahm. Sie konnte sich Eva als junges Mädchen vorstellen, mit langen, anmutigen Gliedern, dem roten Haar zu einem Balanchine-Dutt hochgesteckt, wie sie es nannte, und den strahlend blauen, funkelnden Augen. Selbst jetzt, in ihrem hohen Alter, hatte Eva immer noch blitzende Augen und dieses spitzbübische Lächeln, das sie einem sofort sympathisch machte.

»Deine Kindheit muss unglaublich gewesen sein«, sagte Maddie. »Mit anderen Kindern, die Tänzer und Schauspieler waren, zur Schule zu gehen, Tanzunterricht von berühmten Ballerinen zu bekommen und Balanchine zu kennen. Hattest du damals das Gefühl, dass es etwas Besonderes war?«

»Ich war dankbar für die Chance, von den großen Meisterinnen tanzen zu lernen«, sagte Eva. »Es klingt nach einem vergnüglichen Leben, aber es war Arbeit. Und meine Mutter und ich hatten kein normales Leben.«

»Ich hab dir schon tausendmal gesagt, dass ein ›normales‹

Leben nicht so interessant war wie deines«, sagte Ginny. Sie hatte ihnen allen gegrillte Käsesandwiches gemacht und die übliche Auswahl an Rohkost mit Ranch-Dip bereitgestellt. »Ich hatte ein normales Leben. Lange Schultage, Klavierunterricht, Abendessen um sechs mit der Familie, Hausaufgaben und praktisch keine Freiheit. Du bist zu jeder Tages- und Nachtzeit allein durch ganz New York City gerannt und hast im Automatenrestaurant gegessen. Ich habe dich damals beneidet.«

»Aber du hattest ein stabiles Leben«, sagte Eva. »Ich war ständig unterwegs. Doch die Tanzschule erwartete von uns allen, dass wir uns außerhalb der Schule anständig benahmen und keinen Ärger machten, also war ich immer brav. Und damals war es sicher, in der Stadt herumzulaufen. Ich würde ein Kind das heute niemals mehr tun lassen.«

»Also, ich bin dankbar, dass ich ein eigenes Schlafzimmer hatte und mit meiner Familie in einer schönen Wohnung lebte«, sagte Ginny. »Deine Einzimmerwohnung war überhaupt nicht glamourös. Aber man muss deiner Mutter wirklich zugutehalten, wie hart sie gearbeitet hat, um dir eine Chance auf deinen Traum zu geben.«

Eva nickte. »Ja. Sie hat hart gearbeitet. Und sie hat mich immer ermutigt. Ohne sie wüsste ich nicht, was ich getan hätte, nachdem, nun ja, nachdem passiert war, was passiert ist.«

Maddies Brauen hoben sich. »Nachdem passiert war, was passiert ist?«

»Genug Geschichten für heute«, sagte Ginny und stand auf, um das Geschirr abzuräumen.

»Oh, klar«, sagte Maddie. Sie stand ebenfalls auf und brachte ihren Teller zur Spüle. »Das gegrillte Käsesandwich war köstlich. Du musst verschiedene Käsesorten verwendet haben, weil es so gut war.«

»Habe ich, aber mein Geheimnis verrate ich dir nicht«, sagte Ginny mit einem Funkeln in den Augen.

»Wirst du aufschreiben, was ich dir erzählt habe?«, fragte Eva, die immer noch am Tisch saß. Sie sah plötzlich müde aus.

»Ja«, sagte Maddie. »Sobald ich heute mit der Arbeit fertig bin. Du hattest ein erstaunliches Leben.«

»Du schreibst das alles auf?«, fragte Ginny und sah überrascht aus. »Na, dann sieh zu, dass du mich als jung, schön und lieb beschreibst.« Sie grinste.

Maddie lachte. »Auf jeden Fall.«

Danach ging Maddie und mähte den Rasen eines weiteren Nachbarn. Zu Hause angekommen, duschte sie, zog sich an und saß mit ihrem Notizbuch auf dem Bett, um alles aufzuschreiben, was Eva erzählt hatte.

»Was treibst du da?«, fragte Sandy und brachte einen Stapel zusammengelegter Wäsche herein, den Maddie aufhängen sollte.

»Eva hat mir von ihrer Kindheit erzählt, als sie an der School of American Ballet studierte«, sagte Maddie und legte ihren Stift auf den Notizblock. »Es ist so interessant, dass ich es aufgeschrieben habe.«

»Oh.« Sandy sah überrascht aus. Sie setzte sich auf Maddies Bettkante. »Mlle Arthur hat nie über ihre Zeit an der Schule oder das Tanzen beim New York City Ballet gesprochen, als ich bei ihr gelernt habe. Wir haben alle nur angenommen, dass sie älter geworden ist und nicht mehr tanzen konnte. Obwohl ich wusste, dass sie Verbindungen zum NYCB hatte.«

»Sie kann nicht allzu alt gewesen sein, als du Unterricht genommen hast«, sagte Maddie. »Warst du nicht Ende der Achtziger und Anfang der Neunziger ein Kind?«

Sandy kicherte. »Ich nehme an, sie war damals in meinem

jetzigen Alter, aber als Kind denkt man, dass jemand in den Vierzigern alt ist. Aber wenn man darüber nachdenkt, war es zu ihrer Zeit selten, nach dem fünfunddreißigsten Lebensjahr professionell Ballett zu tanzen.«

»Ich schätze, das stimmt«, sagte Maddie. »Sie hat mir noch nicht erzählt, warum sie aufgehört hat, für das NYCB zu tanzen.«

Sandy stand auf. »Nun, das weiß ich ganz sicher nicht. Sie war vor Jahren eine sehr verschwiegene Person. Andererseits war sie meine Lehrerin und ich war jung, also hätte sie sich mir nicht anvertraut.«

Maddie runzelte die Stirn.

»Was ist?«, fragte Sandy.

»Ich frage mich, warum sie sich mir anvertraut. Sie kennt mich kaum.«

Sandy lächelte. »Sie muss gespürt haben, dass du zuhören würdest. Vielleicht dachte sie, es wäre an der Zeit, ihre Geschichte zu erzählen.«

Maddie nickte. Was auch immer der Grund war, sie war froh, dass Eva ihre Geschichte mit ihr teilte. »He, Mama?«

Sandy war an der Tür. Sie drehte sich um. »Ja?«

»VermISST du das Tanzen? Ich meine, du hast zwölf Jahre lang Unterricht genommen und es dann aufgegeben, da musst du doch manchmal daran denken«, sagte Maddie.

Sandy sah plötzlich traurig aus. »Ich vermisse es manchmal. Mlle Arthur hat mich mehrmals gefragt, ob ich in meinen Semesterferien bei ihr unterrichten möchte. Aber ich habe abgelehnt. Es wäre eigentlich ein guter Sommerjob gewesen. Ich schätze, ich hatte Angst, dass ich das Tanzen noch mehr vermissen würde, wenn ich anfange, es zu unterrichten.«

Maddie dachte darüber nach. »Hast du mich deshalb bei

der anderen Lehrerin in der Stadt zum Ballett angemeldet?«

»Oh, nein«, sagte Sandy. »Damals hatte Mlle Arthur die Schule schon geschlossen. Ich hätte dich auf jeden Fall dorthin gebracht, wenn sie noch offen gewesen wäre.«

»Ich schätze, ich war nicht fürs Tanzen gemacht«, sagte Maddie lächelnd. »Ich habe nach zwei Jahren aufgehört.«

»Du warst erst sechs, als du angefangen hast. Du konntest noch gar nicht wissen, ob es dir gefällt oder nicht«, sagte Sandy. »Ich hab dich das probieren lassen, um zu sehen, ob es dich interessiert.«

»Du solltest Eva und Ginny mal besuchen gehen«, sagte Maddie. »Sie würden sich bestimmt freuen, dich zu sehen.«

Sandy nickte. »Du hast recht. Ich werde versuchen, dort mal vorbeizuschauen.«

Nachdem ihre Mutter gegangen war, schrieb Maddie weiter an Evas Geschichte. Sie machte nur eine Pause, um mit der Familie zu Abend zu essen, und machte sich dann sofort wieder daran. Um neun Uhr war sie fertig, und ihr Telefon summte mit einer Textnachricht.

»*He, Mads. Willst du dich nicht aus dem Haus schleichen und mit mir abhängen?*«, textete Caden.

Maddie seufzte. Das war das Letzte, was sie gebrauchen konnte. Beim Herausschleichen erwischt zu werden. »*Nein, das geht nicht*«, textete sie zurück.

»*Ach, komm schon, Mads. Lass uns ein bisschen Spaß haben. Wir unternehmen gar nichts mehr zusammen*«, antwortete Caden.

»*Ich kann es nicht riskieren. Du weißt warum*«, textete Maddie. Sie wartete auf eine Antwort, aber dann wurde das Telefon still, also legte sie es weg und machte sich bettfertig. Als sie später ihr Telefon wieder aufhob, war da eine weitere

Nachricht von Caden.

»Was ist damit, morgen mit Aaron und mir auf dem Boot rauszufahren? Du könntest auch Livie mitbringen. Aaron steht auf sie.«

Maddie dachte einen Moment darüber nach. Sie hatte diesen Sommer nicht viel Spaß gehabt und einen ganzen Sommer voller Arbeit vor sich. Außerdem musste sie morgen keine Rasen mähen oder im Freeze arbeiten. Bei Livie war sie sich allerdings nicht sicher. Sie war auch immer beschäftigt.

»Bitte!«, textete Caden.

»Na ja, er hat bitte gesagt«, sagte Maddie laut zu sich selbst. *»OK«*, textete sie. *»Klingt nach Spaß.«*

»Super!«, antwortete Caden. *»Das wird lustig! Wir sehen uns um zehn bei Aaron.«*

Maddie textete Livie, um zu sehen, ob sie auch mitkommen wollte. Sie wollte, also planten sie, dass Livie zu Maddie kommen und sie dann zusammen zu Aaron fahren würden.

Aarons Eltern hatten ein wunderschönes Haus am Cedar Lake, und sie hatten die Wahl zwischen einem Ponton- oder einem Schnellboot für den Tag. Natürlich wählte Aaron das Schnellboot, damit sie Wasserski fahren konnten. Aber zuerst fuhr Aaron in die Mitte des Sees, und sie lagen in ihren Badeanzügen in der Sonne. Aaron reichte Wasser und Limonade herum und grinste dann Caden spitzbübisch an.

»Ich hab ein paar Bier für jeden, der richtig Spaß haben will«, sagte Aaron.

Caden griff nach einem, aber sowohl Livie als auch Maddie lehnten ab.

»Du verlierst das Boot deiner Eltern, wenn du mit Alkohol erwischt wirst«, sagte Maddie und starrte Aaron eindringlich an.

Er zuckte mit den Schultern. »Niemand wird uns kontrollieren. Das tun die nie.« Er kippte die Hälfte seines Bieres hinunter.

Maddie und Livie saßen auf den weichen Polstern im hinteren Teil des Bootes, und sie erzählte Livie aufgeregt alles über Evas Leben.

»Wow. Das ist cool, dass sie für Balanchine getanzt hat«, sagte Livie. »Ich weiß nicht viel über Ballett, außer den paar Jahren, in denen du und ich Unterricht hatten, aber ich weiß, wer George Balanchine ist.«

»Was ist ein Balanchine?«, fragte Caden und ließ sich auf den Sitz neben Maddie fallen.

»Sei nicht unhöflich. Er gilt als einer der größten Tanzchoreografen aller Zeiten«, sagte Maddie. »Ich habe über ihn gelesen, seit Eva ihn erwähnt hat. Er lebte während der Revolution und dem Ersten Weltkrieg in der Sowjetunion, als Zar Nikolaus II. abdankte, und dann wurde seine Familie getötet. Jahre später war Balanchine mit einer Tanzgruppe in Europa und wurde im Grunde mit fragwürdigen Papieren in die Vereinigten Staaten geschmuggelt. Aber dieser reiche Kerl, Lincoln Kirstein, war entschlossen, Balanchine nach Amerika zu holen, um ein Balletttheater und eine Tanzkompanie zu gründen.«

»Das ist cool«, sagte Livie. Sie strich sich mit den Fingern ihr kurzes, braunes Haar aus dem Gesicht. »Beim Turnen gibt es viele Bewegungen wie im Ballett. Der Ballettunterricht, den ich als Jüngere hatte, hat mir bei meinem Training geholfen, als ich mit dem Turnen anfing.«

»Das ist alles langweilig«, sagte Caden, stand auf und warf seine Bierdose in den kleinen Müllsack. »Lasst uns Wasserski fahren!«

Sie verbrachten den Nachmittag damit, abwechselnd Wasserski zu fahren und in der Sonne zu faulenzen. Caden war gut im Wasserskifahren, Maddie aber nicht, also lehnte sie ab. Caden, Livie und Aaron fuhren Ski, während sie sich beim Fahren des Bootes abwechselten.

Sie hatten alle eine Menge Spaß und legten das Boot sogar für ein paar Minuten am Steg in der Stadt an, um sich im Frosty Freeze ein Mittagessen zu holen. Am späten Nachmittag waren sie alle müde und von der Sonne geröstet, also beschlossen sie, zu Aarons Haus zurückzukehren.

»Sieh zu, dass die Bierdosen in dem Sack zugebunden und versteckt sind«, sagte Aaron zu Caden. »Ich kann nicht riskieren, dass meine Eltern sie finden.«

»Ach. Dein Vater wird denken, es sind seine«, sagte Caden. »Ich habe gesehen, wie er die wegputzt.«

Aaron funkelte Caden an. »Hey! Werd sie einfach los.«

»Schon gut, schon gut.« Er wandte sich an Maddie. »Soll ich dich nach Hause fahren?«

Maddie musterte Caden. Sie war nicht sicher, wie viele Biere er getrunken hatte, aber seine Pupillen waren geweitet, und er stand unsicher auf den Beinen. »Nein. Ich fahre mit Livie«, sagte sie. »Aber vielleicht sollten wir dich nach Hause bringen. Du solltest nicht fahren.«

»Oh, seid nicht so eine Memme«, sagte Caden. »Mir geht's gut.«

Maddie war besorgt. Caden war definitiv betrunken. »Warum bleibst du nicht eine Weile bei Aaron? Das wäre doch in Ordnung, oder, Aaron?«

Aaron nickte. »Ja. Du solltest nicht fahren, Caden. Bleib, dann essen wir ein paar Snacks. Meine Eltern kommen erst heute Abend nach Hause.«

Cadens Gesicht verzog sich vor Wut. »Hört auf, mir zu sagen, was ich zu tun habe«, sagte er zu Aaron und wandte sich dann an Maddie. »Du auch. Warum ist es dir überhaupt wichtig? Du willst mich nie sehen, und jetzt willst du mich herumkommandieren?«

Maddie war nicht sicher, was sie tun sollte. Sie blickte zu Aaron hinüber, der mit den Schultern zuckte.

»Hey! Warum siehst du ihn an?«, fragte Caden wütend.

»Bleib einfach hier«, sagte Aaron zu Caden. »Maddie und Livie könnten auch bleiben, und wir bestellen eine Pizza.«

»Ja. Das ist eine tolle Idee«, sagte Livie. Sie holte ihre Tasche und ihr Handtuch aus dem Boot und ging mit Aaron den Rasen hinauf zum Haus.

»Komm schon, Cade«, sagte Maddie und nahm ihre Tasche. »Ich bleibe, wenn du bleibst.«

Caden kniff die Augen zusammen, als wollte er sich streiten, gab dann aber nach. »Ja. Pizza klingt gut.«

Maddie war erleichtert. Sie hakte sich bei Caden unter und ging neben ihm zum Haus hinauf.

Später, als Livie Maddie nach Hause fuhr, äußerte sie ihre Sorge um Caden.

»Caden ist in letzter Zeit ein bisschen neben der Spur, findest du nicht auch?«, fragte Livie. »Ich meine, heute war es ein bisschen angespannt.«

Maddie nickte. »Ich weiß nicht, was mit ihm los ist. Ich meine, ich weiß, dass ich wütend auf ihn war, weil er mein Auto ruiniert und dann nicht angeboten hat, dafür zu bezahlen, aber ich habe nicht mit ihm Schluss gemacht. Er tut so, als ob alles in bester Ordnung sein sollte. In der Zwischenzeit muss ich die ganze Zeit arbeiten, um die Reparaturen an meinem Auto zu bezahlen.«

»Das ist nicht fair«, sagte Livie. »Aber Caden ist irgendwie verantwortungslos.«

»Das ist er.« Maddie wandte sich zu Livie. »War er schon immer so, und ich habe es nur nicht gesehen? Oder haben sich meine Prioritäten geändert?«

»Also«, sagte Livie. »Sei mir nicht böse, aber er hat sich schon immer so verhalten. Erinnerst du dich an all die Male letztes Jahr, als er dich überreden wollte, zu den Saufpartys im Wald zu gehen? Du bist sogar einmal mit ihm hingegangen und hast gesagt, dass du es gehasst hast. Es ist, als ob es ihm egal ist, ob er in der Schule gut ist oder dabei erwischt wird, wie er etwas Dummes tut.«

Maddie dachte eine Weile darüber nach. Das eine Mal im letzten Sommer, als sie zugestimmt hatte, zur Lagerfeuerparty zu gehen, war eine Katastrophe gewesen. Caden hatte ständig Bier aus dem Fass getrunken und sich dann in seinem Truck übergeben. Maddie hatte ihn nach Hause fahren müssen und dann ihre Mutter angerufen, damit sie sie abholte. Glücklicherweise hatte sie nichts getrunken und roch nicht nach Bier.

»Ich hatte gehofft, er wäre dieses Jahr ein bisschen erwachsener geworden«, sagte Maddie schließlich. »Er ist mir wirklich wichtig, aber er scheint immer schlimmer zu werden. Ich weiß nicht, was ich tun soll.«

Sie waren in Maddies Einfahrt angekommen, und Livie legte den Parkgang ein. »Ich weiß nicht, was ich dir sagen soll, Mads. Pass nur auf, dass du dich von Caden nicht mit runterziehen lässt. Du bist klug und musst unbedingt aufs College gehen, und du willst nicht, dass er dir das ruiniert.«

»Ich weiß. Es ist nur schwer.« Maddie verabschiedete sich und ging ins Haus. Ihre Mutter saß auf dem Sofa und sah eine Spätsendung. Maddie nahm an, dass Lily und ihr Vater schon im Bett waren.

»Wartest du auf mich?«, fragte Maddie und ließ sich auf das Sofa fallen. »Ich habe dir vorhin geschrieben, dass wir bei Aaron zu Abend essen.«

»Ich weiß«, sagte Sandy. »Und das habe ich zu schätzen gewusst. Ich schätze, nach dem Unfall im letzten Frühling mache ich mir immer noch Sorgen, wenn du spät mit Caden unterwegs bist.«

Maddie seufzte. »Ich lasse mich nicht mehr von ihm nach Hause fahren. Entweder fahre ich oder Livie.«

Sandy nickte. »Ich bin froh, dass du das tust. Ich mache mir nur Sorgen, das ist alles.«

Maddie wollte wütend auf ihre Mutter sein, weil sie ihr nicht vertraute, aber sie verstand es auch. »Du magst Caden auch nicht, oder? Genauso wie Papa ihn nicht mag.«

»Oh, Schatz«, sagte Sandy und drehte den Fernseher leiser. »Es spielt keine Rolle, was dein Vater oder ich von Caden halten. Wir wollen, was das Beste für dich ist. Und wir wollen, dass du wählst, was das Beste für dich ist, nicht für uns.«

»Ich weiß«, sagte Maddie.

Sandy beugte sich näher zu ihr. »Schatz, du hast dein ganzes Leben vor dir. Das Abschlussjahr kann so viel Spaß machen, und dann das College. Ich möchte nicht, dass etwas Dummes, wie ein Autounfall, deine Zukunft ruiniert. Und ich fürchte, dass Caden nicht auf demselben Weg ist wie du. Er ist, nun ja, er scheint mehr auf Spaß aus zu sein und weniger darüber nachzudenken, was seine Zukunft bringt. Plant er überhaupt, aufs College oder eine andere Art von Weiterbildung nach der Highschool zu machen?«

»Er hat nicht gesagt, was er machen will«, sagte Maddie. »Aber ich bin mir auch noch nicht sicher, wo ich hin will. Das werde ich erst nach den Eignungstests wissen.«

»Macht Caden die Eignungstests im August?«, fragte Sandy.

Maddie zuckte mit den Schultern. »Ich habe ihn nicht gefragt. Wir verstehen uns im Moment nicht gut, und heute hatten wir zur Abwechslung mal alle Spaß.«

Sandy tätschelte Maddies Arm. »Nun, ich hoffe, er entscheidet sich, etwas aus seiner Zukunft zu machen. Ich würde Caden gerne Erfolg haben sehen, genauso wie ich es für dich und Lily will. Das Leben wird härter, wenn man älter wird, also tu alles, was du kannst, um sicherzustellen, dass du ein gutes Leben hast. Das College ist ein Teil davon.«

»Ich weiß«, sagte Maddie. »Ich werde auf jeden Fall aufs College gehen.« Sie stand auf. »Ich bin müde. Morgen muss ich zwei Rasen mähen und dann eine Schicht im Freeze arbeiten.«

Sandy lächelte. »Ich hoffe, du weißt, wie stolz ich auf dich bin, Liebes. Du arbeitest hart, um es uns zurückzuzahlen, und das wissen wir zu schätzen.«

»Danke, Mama. Ich weiß, ich habe Mist gebaut, als ich Caden mein Auto hab fahren lassen. Das wird nicht wieder vorkommen.«

Sandy nickte. »Ich weiß. Dafür bist du zu klug.« Sie drehte den Fernseher lauter und lehnte sich auf dem Sofa zurück.

Maddie ging nach oben und duschte sich den Sand des Tages ab. Als sie ins Bett kroch, zog sie ihr Notizbuch mit Evas Geschichte hervor. Sie begann, das, was sie von Anfang an geschrieben hatte, zu lesen und korrigierte und änderte Wörter, damit es sich besser las. Sie freute sich auf nächste Woche, wenn sie Eva und Ginny wieder besuchen würde. Maddie konnte es kaum erwarten, mehr über ihr Leben beim Ballett zu hören.

Kapitel Neun

Eva – 1954

Eve war so aufgeregt. Im September hatte die Ballettmeisterin ihr mitgeteilt, dass sie zusammen mit einigen anderen jungen Tänzerinnen als eines der Kinder für die Partyszene im *Nussknacker* ausgewählt worden war. Mr. B lud immer dann Schülerinnen und Schüler von der SAB ein, wenn er Rollen für jüngere Tänzer zu vergeben hatte. Zusätzlich zu den zwei täglichen Unterrichtsstunden nach der Schule begann Eve also auch mit den Proben für ihre kleine Rolle in dem saisonalen Ballettstück.

Das Ballett hatte im Februar desselben Jahres Premiere gefeiert und kehrte für die Weihnachtszeit zurück. Von Ende November bis zum ersten Januar sollte es täglich zwei Vorstellungen geben. Wegen der vielen Vorstellungen gehörte Eva zu einer von zwei Kindergruppen, die mitwirken würden.

Sie probten in einem der größeren Studios der SAB. Was beim Zuschauen des Balletts wie eine leichte Rolle aussah, in der Kinder herumliefen und Spaß hatten, war in Wirklichkeit ziemlich kompliziert. Jedes von ihnen hatte seinen Platz und musste im Gleichtakt von einer Stelle zur anderen laufen. Bei so vielen herumlaufenden Kindern war es verwirrend. Eve hörte den Lehrerinnen aufmerksam zu, während jede von ihnen ihre Rolle lernte, und war noch aufmerksamer, wenn Mr. B vorbeischaute, um nachzusehen, wie die Kinder vorankamen.

»Vor allem aber«, sagte Mr. B mit seinem dicken Akzent, »soll das hier Spaß machen. Lernt also euren Part gut, aber habt Spaß dabei. Es ist kein Weltuntergang, wenn ihr eure Position verfehlt oder an der falschen Stelle landet. Korrigiert euren Fehler einfach leise und macht weiter. In dem Ballett ist so viel los, da wird niemandem der eine oder andere Schnitzer auffallen.«

Evas Mutter war außer sich vor Freude über die Chance ihrer Tochter, in einem Ballett aufzutreten. »Ich erzähle allen bei der Arbeit, dass sie sich die Vorstellung ansehen sollen«, sagte Gwen. »Mit nur zwölf Jahren tanzt meine Tochter schon auf der Bühne.«

»Aber Mom«, protestierte Eve. »Ich bin doch nur in der Hälfte der Vorstellungen dabei. Die andere Gruppe macht die andere Hälfte. Woher sollen deine Freunde wissen, für welche Vorstellung sie Karten kaufen müssen?«

Gwen machte eine wegwerfende Handbewegung. »Sie werden den Unterschied nicht bemerken. Ich sage ihnen, welches Kleid du tragen wirst, und sie werden nach dir Ausschau halten. Selbst wenn du es nicht bist, werden es meine Freunde nicht wissen.«

Eve fand das lustig. Aber es stimmte auch. Es gab so viele Tänzer im *Nussknacker*, dass es schwer sein würde, eine einzelne Person auszumachen, wenn sie nicht gerade ein Solo tanzte.

Allen Kindern wurden Kostüme angepasst, und als die Generalprobe im State Theater stattfand, hatte jedes Kind ein

Kostüm mit seinem Namensschild. Da *Der Nussknacker* im 19. Jahrhundert spielt, trugen alle jüngeren Mädchen knöchellange, rüschenbesetzte Kleider und lange Pluderhosen zu ihren Ballettschuhen. Man sagte ihnen, sie sollten zwei Stunden vor der Vorstellung im Theater sein und ihre Haare vorher frisieren. Der Kostümbildner schlug Frisuren vor, die zu den altmodischen Kostümen passen würden.

Evas Freundin Mary war ebenfalls als eines der Mädchen besetzt und freute sich, in derselben Gruppe zu tanzen. Eva hatte langes, dichtes, kastanienbraunes Haar, das ihre Mutter leicht frisieren konnte, und auch Marys langes, blondes Haar ließ sich schön frisieren. Nach jeder Probe kicherten sie aufgeregt, doch am Tag der Generalprobe, die Mr. B beaufsichtigte, waren die Mädchen nervös. Jetzt galt es. Sie würden tatsächlich auf der Bühne auftreten.

Als alle Kinder in den Raum mit dem wunderschönen Baum und den vielen Geschenken liefen, achtete Eva genau darauf, wo sie stehen und wohin sie sich bewegen sollte. Es sah mit den aufgebauten Kulissen und den vielen Tänzern auf der Bühne so anders aus als bei den Proben. Es war geradezu verwirrend. Aber sie tat ihr Bestes, um bei der Mädchengruppe zu bleiben und keinen Fehler zu machen.

»Lächeln, Kinder«, rief Mr. B. »Es ist Weihnachten, kein Begräbnis. Ihr solltet fröhlich und glücklich sein.«

Seine Kommentare brachten die Kinder zum Lächeln, und nach einer Weile entspannte sich Eva und bewegte sich im Fluss der Kinder, wie sie es gelernt hatte.

»Habt Spaß!«, rief Mr. B. »Seid fröhlich! Ihr seid hier, um andere glücklich zu machen.«

Am Ende ihres Teils der Probe war Eva müde, hatte sich aber ungemein beruhigt. Mr. B war während der gesamten

Probe fröhlich und ermutigend gewesen, und das hatte ihr geholfen, zuversichtlich zu sein, dass sie sich an ihre Rolle erinnern konnte.

Nachdem sie sich umgezogen hatte, ging sie in den Zuschauerraum, um den erwachsenen Tänzern bei der Probe zuzusehen. Das gesamte Ballett war kompliziert und wunderschön. Von den Schneeflockentänzerinnen bis zur Zuckerfee war ihr Tanz erstaunlich. Eva wusste, dass eine der Primaballerinen Mr. B.s neue Frau war, die allen als Tanny bekannt war. Eine andere war Maria Tallchief, seine Ex-Frau. Einem jungen Menschen wie Eva schien das verwirrend, aber beide Frauen tanzten wunderschön, und sie verstand, dass das für Mr. B das Wichtigste war.

Als der Tag der eigentlichen Vorstellung nahte, fragte Betty Cage, die Geschäftsführerin des NYCB, die nach Evas Ansicht alles machte, alle jungen Tänzer, welchen Namen sie für das Ballett auf das Programm drucken solle.

»Evalina Ashford«, sagte Eva stolz.

Bettys Augenbrauen fuhren in die Höhe, dann lächelte sie. »Das ist ein wunderbarer Name für eine Primaballerina«, sagte sie mit einem Augenzwinkern.

An diesem Abend, als Eva nach Hause ging, erzählte sie ihrer Mutter, welchen Namen sie auf die Programme hatte setzen lassen.

»Ich liebe ihn! Siehst du, manchmal mache ich gute Vorschläge«, sagte Gwen lachend. »Denk immer groß. Das wird deine Träume wahr werden lassen.«

Nach diesem Tag nannten sie alle Eva statt Eve, außer Familienmitgliedern, die die Namensänderung vergaßen. Da Mr. B sie bereits Eva getauft hatte, nannten die meisten Tänzer sie bereits so.

Die erste Vorstellung des *Nussknackers* war eine Abend-
vorstellung am Wochenende nach Thanksgiving. Evas Gruppe
wurde ausgewählt, an diesem Abend aufzutreten. Nervös
erschien Eva mit ihrer Mutter im Theater, ihr Haar war bereits
halb hochgesteckt, halb offen, mit einem langen Band darin
befestigt. Gwen ließ sie hinter der Bühne zurück, um zu ihrem
Platz zu gehen, für den Mr. B ihr freundlicherweise eine Karte
gegeben hatte.

Eva bahnte sich ihren Weg durch die vielen Tänzer zu
dem kleinen Raum, in dem sich alle kleinen Mädchen in
ihre Kostüme umziehen würden. Mehr als einhundertfünfzig
Tänzer wirkten in dem Ballett mit, was den Backstage-Bereich
zu einem geschäftigen, unübersichtlichen Ort machte.

Eva fand den kleinen Raum, der kaum größer als ein
Wandschrank war, wo die anderen Mädchen waren. Sie kicherten und halfen sich gegenseitig, ihre Kleider mit Reißverschlüs-
sen oder Knöpfen zu schließen. Mary war da, was Eva weniger nervös machte. Die Mädchen trugen Strumpfhosen unter
ihren langen Pluderhosen und den weiten Röcken der Kleider.
In dem stickigen kleinen Raum wurde ihnen allen schnell
heiß, also öffneten sie die Tür für etwas Luft und standen
im Türrahmen und beobachteten das verrückte Treiben von
Darstellern, Bühnenarbeitern und anderen Mitarbeitern.

»Wir sollten uns dehnen, oder?«, fragte Eva die
Gruppe. Sie hatte die älteren Tänzer an den Ballettstangen
im Backstage-Bereich beim Aufwärmen gesehen.

Die Mädchen standen im Raum in einem Kreis und
machten mehrere Pliés und Ausfallschritte, um ihre Muskeln
für das ganze Herumrennen zu dehnen, das sie auf der Bühne
machen würden. Bald kam eine ihrer Lehrerinnen in den
Raum.

»Folgt mir zu euren Plätzen«, sagte sie. Sie alle folgten ihr in einer ordentlichen kleinen Reihe wie perfekte kleine Ballerinen. Die älteren Tänzer drehten sich um und lächelten sie an.

»Nehmt eure Plätze ein, meine Damen«, sagte die Ballettlehrerin leise. »Ihr und die Jungen werdet nach dem Teil mit Klara alle zusammen mit den Erwachsenen hineingehen.«

Eva wartete gespannt mit der Menge um sie herum. Da waren die jungen Mädchen, die jungen Burschen und mehrere Erwachsene, die die Eltern spielten. Die Musik des Orchesters schwoll an, und das Ballett begann. Eva holte tief Luft. Plötzlich wurde sie mit der ganzen Gruppe auf die Bühne gespült, auf ein Bühnenbild, das wie ein großes Wohnzimmer mit einem wunderschönen Weihnachtsbaum aussah. Das Ballett hatte begonnen.

Sobald sie auf der Bühne war, setzte Evas Training ein, und sie war nicht mehr nervös. Sie dachte nur daran, wo sie in der Gruppe hingehörte, und folgte perfekt. Es passierte so viel. Kinder rannten herum und spielten verschiedene Spiele. Die Mädchen saßen einen Moment lang im Kreis, und nachdem sie ihre Geschenke – Puppen – erhalten hatten, setzten sie sich zusammen, um mit Klara zu spielen. Tänzer, die Eltern spielten, plauderten und bewegten sich um sie herum.

An einer Stelle bemerkte Eva, dass die langen Kleider ihre Bewegungen behinderten, und mehr als ein Mädchen stand schnell auf, nur um auf ihr Kleid zu treten und wieder auf dem Boden zu landen. Nachdem sie das bemerkt hatte, achtete Eva immer darauf, dass ihr Kleid sich um sie herum bauschte, wenn sie auf dem Boden saß, damit sie nicht stolperte. In einem anderen Teil des Balletts sah Eva, wie sich Mary in die falsche Richtung bewegte, und nahm sie schnell an die Hand und führte sie zurück. Eva war so in die Szene um sie herum vertieft, dass sie auswendig wusste, was sie tun sollte.

Sehr zu ihrer Überraschung erinnerte sie sich an die Musik, und sie leitete sie durch den ersten Akt. Auf der Bühne war sie mehr auf die Musik eingestimmt als in der Probe. Sie hörte sie nicht nur, sie fühlte sie, genau wie Mr. B immer gesagt hatte. »Fühl die Musik, Liebes. Ohne Musik gibt es keinen Tanz.«

Nachdem die Kinderszene beendet war, rannte die Gruppe von der Bühne, um sich umzuziehen, direkt an Mr. B vorbei, der in den Kulissen stand. Er streckte die Hand aus und tätschelte den Kindern den Kopf, als sie vorbeikamen. »Gute Arbeit. Gute Arbeit«, sagte er lächelnd. Als Eva an ihm vorbeiging, lächelte er und zwinkerte. Das war alles, was sie von ihm brauchte, denn es bedeutete, dass er sie da draußen gesehen und gutgeheißen hatte.

Nachdem sie ihr Kostüm ausgezogen und sorgfältig aufgehängt hatte, schlich sich Eva zurück in die Kulissen und machte sich klein. Sie wollte die Tänzer von hier aus beobachten. Es war eine ganz andere Perspektive, aus den Kulissen zuzusehen, wie die Tänzer auf die Bühne und wieder herunter eilten. Obwohl Eva wusste, dass dies alles nur eine Scheinwelt mit aufwendigen Kulissen und Kostümen war, verstand sie, wie viel Arbeit jeder Tänzer in dieses Ballett gesteckt hatte. Für sie war alles magisch. Und sie wusste in diesem Moment, dass sie für immer Teil dieser Magie sein wollte.

* * *

Evas Tante Bea brachte Ginny zu einer der Matinee-Vorstellungen mit, in denen Eva auftrat, und Ginny staunte hinterher, wie fantastisch ihre Cousine war.

»Ich kann nicht glauben, dass du mit all diesen Tänzern

auf der Bühne warst!«, sagte Ginny ehrfürchtig. »Hattest du Angst?«

»In der ersten Nacht schon«, gab Eva zu. »Aber als ich auf der Bühne war, war es, als ob mein Körper übernommen hätte und ich alles so gemacht habe, wie ich es gelernt hatte. Mr. B sagt, man soll nicht denken, nur tun. Er hat recht. Wenn man nicht zu viel darüber nachdenkt, greift das Training.«

»Oh, das könnte ich nie«, sagte Ginny. »Vor all diesen Leuten auf der Bühne zu stehen. Ich würde sterben!«

Eva schwoll vor Stolz an. Es brauchte viel, um die in der Stadt geborene Ginny zu beeindrucken. »Nun, genau dafür trainiere ich. Wenn ich Angst hätte, auf die Bühne zu gehen, wäre das schrecklich.«

Eva und ihre Mutter feierten in diesem Jahr Weihnachten mit Bea und ihrer Familie, stellten aber auch einen kleinen Baum in ihrer eigenen Wohnung auf. Bei ihnen lief es gut. Gwen war von der Schreibkraft zur Hilfssekretärin eines der Immobilienmakler befördert worden und hatte auch eine Gehaltserhöhung erhalten. Außerdem war sie mit einem Makler aus ihrem Büro zusammen, was sie sehr glücklich machte. Obwohl Eva den Mann noch nicht kennengelernt hatte, freute sie sich für ihre Mutter.

Im Frühjahr brach jedoch alles zusammen. Gwen erfuhr, dass der Mann, mit dem sie zusammen war, verheiratet war, und machte mit ihm Schluss. Eva wusste nur, dass sie sich von dem Mann getrennt hatte, aber nicht warum. Und dann, aus heiterem Himmel, wurde Gwen gefeuert. Der Mann hatte bei Gwens Chef schlecht über sie geredet, und dieser entließ sie widerwillig.

»Was sollen wir jetzt tun?«, fragte Eva. »Müssen wir aus unserer Wohnung ausziehen?«

»Ich hoffe nicht, Schatz«, sagte Gwen eines Abends, als sie beide zusammen zu Hause waren. »Ich werde jeden Tag Klinken putzen, bis ich etwas finde.«

»Was ist mit meiner Schule? Und dem Tanzen?«, fragte Eva mit leiser Stimme. »Ich habe schon darum gebeten, dieses Jahr wieder am Sommerkurs teilnehmen zu dürfen.«

Gwen seufzte. »Hoffen wir mal, dass Mr. Balanchine dieses Jahr wieder großzügig ist und dir ein Stipendium für die Sommerkurse anbietet. Aber ich verspreche dir, Liebes. Selbst wenn wir zahlen müssen, werde ich alles tun, damit du in der Tanzschule bleiben kannst.«

Eva machte sich jeden Tag Sorgen, dass ihre Mutter keine Arbeit finden könnte. Bea sagte ihnen, sie könnten wieder bei ihnen einziehen, aber Gwen wehrte sich dagegen. Sie war fest entschlossen, eine Stelle zu finden.

Eva blieb weiterhin spät, um die Proben an der SAB zu beobachten, und bot an, Spitzenschuhe für die Mädchen zu nähen. Sie verdiente jeden Tag genug Geld, um sich ihr eigenes Mittagessen zu kaufen, damit ihre Mutter sich keine Sorgen machen musste. Eva war jetzt dreizehn, und im nächsten Herbst würde sie mit den älteren Schülerinnen im Unterricht sein. Sie konnte es kaum erwarten.

Mr. B bemerkte weiterhin, dass sie lange blieb. Er lächelte sie an oder sagte Hallo, während er die Proben beobachtete. Eines Abends ging er auf sie zu, als sie Bänder an Spitzen-schuhe nähte.

»Wie alt bist du jetzt, Eva?«, fragte er und musterte sie.

»Dreizehn.« Eva blickte zu ihm auf.

Er legte den Kopf schief. »Du solltest Bänder an deine eigenen Spitzenschuhe nähen«, sagte er. »Du hast ein kräftiges Fußgewölbe, und ich denke, du bist jetzt bereit dafür. Sagen

Sie der Ballettmeisterin morgen, sie soll Ihnen Schuhe anpassen lassen, und sobald Sie sie haben, können Sie zusätzlich zu Ihren anderen täglichen Kursen mit dem Spitzentanzunterricht beginnen.«

Evas Herz pochte vor Freude. Sie hatte von der Zeit geträumt, in der sie mit dem Spitzentanzunterricht beginnen konnte. Das war ein Schritt näher daran, eine echte Ballerina zu werden. »Ja, Sir. Danke.« Sie sprang von ihrem Platz auf dem Boden auf und umarmte ihn.

Mr. B lächelte. »Sehr gern geschehen, meine Liebe. Ich erwarte, Sie eines Tages hier bei den Proben zu sehen, wie Sie genau diese Schritte tanzen.«

»Ich kann es kaum erwarten«, sagte sie ihm.

In dieser Nacht eilte sie nach Hause und erzählte ihrer Mutter, dass sie Spitzenschuhe bekommen würde. Gwen freute sich für sie, wusste aber auch, dass die Schuhe eine zusätzliche Ausgabe waren.

»Oh.« Evas Aufregung verflog. »Ich dachte, die wären im Schulgeld inbegriffen. Ich kann mein Geld sparen und helfen, sie zu kaufen«, sagte sie zu ihrer Mutter.

Gwen lächelte sie an. »Liebes. Wir schaffen das schon. Mach dir keine Sorgen.«

Als Eva am nächsten Tag zur Ballettmeisterin ging, um ihr zu sagen, dass Mr. B gesagt hatte, sie solle Spitzenschuhe angepasst bekommen, nickte die Frau.

»Ja, meine Liebe. Er hat mir eine Notiz hinterlassen«, sagte die Frau. Sie nahm Maß und schrieb es auf. »Fürs Erste besorgen wir nur die richtige Größe«, sagte die Frau. »Wenn du mit dem Tanzen anfängst, lassen wir sie speziell für deine Füße anfertigen. Aber das ist noch ein paar Jahre hin.«

Eva nickte, verstand nicht ganz, tat aber so.

»Die Schuhe kosten acht Dollar und fünfzig Cent pro Paar«, sagte die Ballettmeisterin.

Evas Herz sank. Es hätten auch achthundertfünfzig Dollar sein können.

»Keine Sorge, meine Liebe«, sagte die Frau, als sie ihren verzweifelten Gesichtsausdruck sah. »Ihr Stipendium wird dafür aufkommen. Passen Sie gut auf Ihre Schuhe auf, und sie sollten Ihnen gute Dienste leisten, bis Sie aus ihnen herauswachsen.«

»Oh, vielen Dank, Madame«, sagte Eva. »Ich werde gut auf sie aufpassen.«

»Und sobald Sie sie haben, lassen Sie sich von einem der älteren Mädchen zeigen, wie man sie einläuft, bevor Sie mit dem Unterricht beginnen. Sonst ist es, als würde man in Holzschuhen tanzen.«

»Ja, Madame«, sagte Eva. Sie hatte beobachtet, wie die älteren Mädchen ihre neuen Spitzenschuhe auf den Boden schlugen, sie bogen, sich daraufsetzten und alle möglichen Dinge taten, um sie weicher zu machen. Sie würde eines der Mädchen bei den Proben bitten, ihr zu sagen, was sie tun sollte.

Eine Woche später, nachdem sie das Gummiband und die Bänder angenäht und gelernt hatte, wie man die Schuhe weich klopft, damit sie sich biegen, nahm Eva ihre erste Spitzentanzstunde. Der Kurs fand zwischen ihren beiden anderen Kursen statt, zusammen mit anderen dreizehn- und vierzehnjährigen Schülerinnen. Eva hatte ihre Schuhe ein wenig weicher gemacht, aber nicht genug, um sie kaputt zu machen, damit sie länger hielten. Als sie an der Stange stand und die vielen vertrauten Schritte übte, die sie im normalen Unterricht machte, fühlte es sich an, als würde sie alles, was sie bereits gemeistert hatte, neu lernen. Die Relevés in allen Positionen waren schwieriger, und die Demi-Pointe war schwierig. Aber sie hielt so gut wie möglich mit den anderen Schülerinnen mit.

Nach dem Unterricht sagte die Lehrerin ihr, dass sie sich für eine Anfängerin gut geschlagen habe. »Machen Sie weiter so«, sagte die ältere Frau. »Sie haben ein gutes Gleichgewicht und ein kräftiges Fußgewölbe. Sie werden sich gut machen.«

Eva schwoll vor Stolz an. Sie würde hart arbeiten und ihr Bestes geben.

Als sie an diesem Abend nach Hause kam, war ihre Mutter bereits da und hatte einen kleinen Kuchen aus der Bäckerei gekauft.

»Was ist das?«, fragte Eva. Sie wusste, dass sie wenig zusätzliches Geld auszugeben hatten.

»Herzlichen Glückwunsch zu deinem ersten Tag im Spitzentanzunterricht!«, sagte Gwen zu ihr. »Und Glückwunsch auch an mich. Ich habe heute eine neue Stelle gefunden!«

»Oh, Mom!« Eva umarmte ihre Mutter. »Ich freue mich so. Wo ist sie denn?«

Gwen strahlte. »Ich werde für ein kleineres Immobilienbüro arbeiten, aber als Hauptsekretärin für die beiden Männer, die dort arbeiten. Und die Bezahlung ist höher als bei meinem letzten Job.«

»Das ist wunderbar«, quietschte Eva. »Wir hatten heute beide aufregende Tage.«

Gwen holte ein Messer und zwei Teller und schnitt jeder von ihnen ein Stück Kuchen ab. Es war Schokoladenkuchen mit geschlagener weißer Glasur. Eva fand ihn köstlich.

»Ich habe wirklich ein gutes Gefühl bei diesem Job«, sagte Gwen zu Eva. »Ich glaube, wir sind beide auf dem aufsteigenden Ast.«

Eva war zugleich aufgeregt und erleichtert. Jetzt musste sie sich keine Sorgen mehr machen, die Ballettschule aufgeben zu müssen, wenn sie im nächsten Jahr kein Stipendium bekam. Nach diesem Tag wusste sie, dass sie nur an dieser Schule und für dieses Ballett-Ensemble tanzen wollte. Sie wollte für Mr. B tanzen.

ZEHNTES KAPITEL

Maddie

»Es muss schwer sein, in Spitzenschuhen zu tanzen«, sagte Maddie, nachdem Eva eine Pause in ihrer Erzählung eingelegt hatte. »Wie lange hat es gedauert, bis du dich daran gewöhnt hast?«

Eva lachte. »Jahre! Aber ich habe es geliebt, auf Spitze zu tanzen. Es war eine ganz neue Erfahrung. Das ganze Training, das eine Tänzerin bis dahin absolviert, bereitet sie auf das Tanzen in Spitzenschuhen vor. Sobald man sich zurechtgefunden hat, ist es, als würde man schweben.«

»Ich hätte dich zu gern tanzen sehen«, sagte Maddie fasziniert. »Ich nehme nicht an, dass es online irgendwelche Videos von dir beim Tanzen gibt.«

Eva zuckte mit den Schultern. »Möglicherweise, aber ich habe noch keine gesehen. Es gibt ein paar alte Filmaufnahmen von Suzanne Farrell, einer meiner Zeitgenossinnen, aber die meisten sind körnig. Ich war zwei Jahre älter als Suzanne, als sie zur Kompanie kam, aber sie hat uns alle übertroffen. Sie wurde in den 1960er-Jahren zur Lieblingstänzerin von Mr. B, und das aus gutem Grund. Sie war eine unglaubliche Tänzerin und hatte eine enge Beziehung zu ihm.«

Maddie hatte noch nie von Suzanne Farrell gehört, also machte sie sich eine gedankliche Notiz, sie nachzuschlagen. Sie wollte alles über Evas Geschichte wissen.

Ginny servierte das Mittagessen – diesmal hatte sie eine hausgemachte Hühnernudelsuppe mit Crackern gemacht – und Maddie löcherte Eva weiter mit Fragen. Aber am Ende des Mittagessens sah Maddie, dass Eva müde wurde, also suchte sie nach einer Ausrede, um zu gehen.

»Danke für das Mittagessen«, sagte Maddie zu Ginny. »Es war köstlich.«

»Sicher, sicher«, sagte Ginny auf ihre beiläufige Art.

»Du kommst doch nächste Woche wieder vorbei, oder?«, fragte Eva. Sie war ins kleine Wohnzimmer gegangen und hatte sich auf das Sofa gesetzt.

»Ja. Auf jeden Fall«, sagte Maddie mit einem Lächeln. »Wäre es in Ordnung, wenn meine Mutter auch mitkommt? Ich weiß, sie würde euch beide gern sehen.«

»Oh, das wäre wunderbar«, sagte Eva und ihr Gesicht hellte sich auf.

Danach ging Maddie und fuhr mit dem Rasenmäher nach Hause. Ihre Mutter und ihre Schwester waren bereits zu Lilys Turnstunde aufgebrochen. Maddie duschte und setzte sich auf ihr Bett, um mehr von Evas Geschichte in ihr Notizbuch zu schreiben. Sie war fasziniert von Evas Hingabe zum Tanz in so jungen Jahren. Außer ihrer Freundin Livie hatte Maddie nicht viele junge Leute gekannt, die für ihren Sport oder andere Aktivitäten lebten und atmeten. Obwohl Maddie schon immer gerne geschrieben und oft geschrieben hatte, war das nichts im Vergleich zu Evas Training.

Maddies Mutter war mit dem Auto noch nicht zurück, als Maddie zur Arbeit im Freeze musste, also rief sie Livie an, um zu fragen, ob sie an diesem Abend arbeitete. Als Livie nicht abnahm, hatte sie keine andere Wahl, als Caden um eine Mitfahrgelegenheit zu bitten.

»Ja. Sicher. Ruf mich an, wenn du was brauchst«, sagte Caden, nachdem sie ihn gebeten hatte, sie zur Arbeit zu fahren.

»Schon gut. Ich laufe, wenn es sein muss«, sagte Maddie zu ihm, genervt von seiner Einstellung.

»Ich wollte dich doch nur auf den Arm nehmen«, sagte Caden. »Ich komme und hole dich.«

Diesmal hupte er nicht, als er in die Einfahrt fuhr, aber da keiner von Maddies Eltern zu Hause war, spielte es keine Rolle. Sie glitt in seinen Truck.

»Danke. Ich hätte dich nicht belästigt, wenn ich nicht eine Mitfahrgelegenheit gebraucht hätte«, sagte Maddie.

Caden seufzte.

»Was?«

»Ich wünschte nur, wir würden heute Abend ausgehen, anstatt dass du zur Arbeit gehst«, sagte Caden. »Ich vermisse die alten Zeiten. Wir hatten so viel Spaß zusammen.«

»Die vermisse ich auch«, gab Maddie zu. »Aber ich bin so beschäftigt. So ist das echte Leben, weißt du. Meine Eltern arbeiten die ganze Zeit und haben nie Zeit für Spaß. Wenn wir mit der Highschool fertig sind, wird es uns auch so gehen.«

»Mir nicht«, beharrte Caden. »Ich habe vor, mein Leben zu genießen, und nicht, es mit Arbeit zu vergeuden.«

Maddie sah ihm beim Fahren zu. »Machst du im August die ACTs? Livie und ich sind beide angemeldet.«

Caden lachte. »Bei meinen Noten? Das wäre Zeit- und Geldverschwendung.«

Maddie war enttäuscht. »Es gibt einen Auffrischungskurs nur für die ACTs in der Woche vor dem Test. Den werde ich auch machen. Du könntest dich noch anmelden.«

Er schüttelte den Kopf. »Ich bin nicht fürs College gemacht, Mads. Das weißt du doch.«

»Was ist mit einer Berufsschule?«, fragte sie.

»Nö. Werd ich nicht machen.«

»Was sind deine Pläne nach der Highschool?«, fragte Maddie. Jeder, den sie kannte, hatte einen Plan, auch wenn es nur darum ging, irgendwo einen Job zu finden.

»Ich habe einen Job in der Waschanlage. Oder ich kann was in einer Werkstatt für Ölwechsel finden«, sagte Caden. »Irgendetwas wird sich schon finden.«

Maddie hatte nichts dagegen, dass er nach der Highschool nur arbeiten wollte, aber es störte sie, dass er keine Pläne für seine Zukunft hatte.

Caden fuhr vor der Seitentür des Freeze vor. »Hey. Warum lässt du dich heute Abend nach der Arbeit nicht von mir abholen?«, fragte er. »Es gibt eine Party draußen in der Hütte eines Freundes. Das wird lustig.«

»Das kann ich nicht«, sagte Maddie. »Wenn ich auf einer Party erwischt würde, auf der Minderjährige trinken, wäre ich mein Auto für immer los.«

»Du bist so eine Moralapostelin«, sagte Caden spöttisch. »Unsere Teenagerjahre sollen doch Spaß machen.«

»Sie können auch Spaß machen, ohne Gesetze zu brechen«, schoss Maddie zurück. Sie stieg aus seinem Truck. »Danke für die Fahrt.« Sie wollte gerade die Tür schließen, drehte sich dann aber noch einmal um. »Caden?«

»Ja.«

»Pass auf dich auf, okay?«, sagte Maddie. Sie meinte es

ernst. Egal, was zwischen ihnen war, sie wollte nicht, dass ihm etwas zustieß.

»Ja, ja«, sagte er beiläufig. Sobald Maddie die Tür geschlossen hatte, raste er davon.

Verärgert ging Maddie ins Gebäude und hoffte, dass sie heute Abend nicht mit Carrie arbeiten musste. Das Letzte, was sie brauchte, war noch jemand mit schlechter Laune. Daher war sie froh, Livie an der Kasse zu sehen.

»Arbeitest du heute Abend?«, fragte Maddie.

»Ja. Tut mir leid, dass ich deinen Anruf verpasst habe«, sagte Livie. »Meine Mutter hat mir einen Vortrag gehalten, dass ich mich wieder auf mein Turnen konzentrieren muss, sonst bekomme ich kein Stipendium. Kein Stipendium, kein College.«

Maddie runzelte die Stirn. »Das ist eine Menge Druck.«

Livie nickte. »Aber es ist auch eine Menge Druck für meine Eltern. Ich weiß, sie wollen, dass ich aufs College gehe, aber sie könnten es sich niemals leisten, und unser Familieneinkommen qualifiziert uns nicht für Zuschüsse oder zinsgünstige Darlehen. Es frustriert meine Mutter, dass wir in diesem mittleren Einkommensbereich liegen, der zu viel, aber nicht genug ist.«

»Das ist frustrierend«, sagte Maddie. »Hoffentlich wird dir ein Platz im Team an der U of M angeboten.«

»Ja. Hoffentlich.« Livie seufzte.

Maddie ging in den hinteren Raum, um ihre kleine Tasche einzuschließen und ihre Schürze anzuziehen. Zwischen Cadens Verhalten und dem, was in ihrem eigenen und Livies Leben vor sich ging, waren alle gestresst.

Mitten in ihrer Schicht schrieb Sandy Maddie eine SMS und fragte, wie sie zur Arbeit gekommen sei.

»*Caden hat mich gefahren*«, schrieb Maddie zurück. »*Livie kann mich nach Hause fahren.«*

»*Okay, gut«*, schrieb Sandy. »*Tut mir leid, dass wir nicht rechtzeitig zurück waren, um dir das Auto zu überlassen. Lily ist länger geblieben, um mit ihrem Trainer über den nächsten Wettkampf zu sprechen.«*

»*Schon okay«*, schrieb Maddie. Sogar ihre kleine Schwester stand unter Leistungsdruck.

Die Nacht verging schnell, während sie Burger, Hähnchen-streifen und Pommes sowie endlose Eisleckereien servierten. Jerry, der als Vollzeitkoch arbeitete, war immer hinten in der Küche und sprach selten mit den Mädchen. Obwohl er mittleren Alters war, schien er in der Gegenwart der jüngeren Mädchen schüchtern zu sein. Aber seine Anwesenheit gab den Mädchen abends ein Gefühl der Sicherheit.

Als es auf den Feierabend zuging, summten die Handys beider Mädchen. Maddie ignorierte ihres und war damit beschäftigt, die Tische zu säubern und Vorräte aufzufüllen. Livie fand sie im hinteren Raum, blass aussehend.

»Hast du deine Nachrichten gecheckt?«, fragte Livie.

Maddie runzelte die Stirn. »Nein. Was ist los?«

»Es ist Caden«, sagte Livie mit zittriger Stimme.

»Was stellt er jetzt wieder an?«, fragte Maddie genervt.

»Er hatte einen schlimmen Unfall«, sagte Livie. »Er wurde ins Krankenhaus gebracht. Aaron hat versucht, dich zu erre-ichen. Er hat mir geschrieben.«

Maddie hielt inne und starrte Livie mit großen Augen an. »Was?«

»Ich glaube, es geht ihm nicht besonders gut. Er wird gerade operiert«, sagte Livie. »Aaron hat gefragt, ob du ins Kranken-haus kommen könntest.«

Maddies Herz zog sich zusammen. Das war real. Caden

war schwer verletzt. »Ich muss los«, sagte sie und zog ihre Schürze aus. Sie schnappte sich ihre Tasche und erinnerte sich dann daran, dass sie kein Auto hatte.

Jerry hatte das Gespräch mitangehört. »Livie. Fahr Maddie ins Krankenhaus. Ich kann heute Abend hier zumachen.«

Livie nickte und holte ihre Sachen von hinten. Beide eilten zu Livies kleinem Auto und fuhren zum Krankenhaus, das am anderen Ende der Stadt lag.

Während Livie fuhr, überprüfte Maddie ihre Nachrichten. Sie hatte zwei von Aaron und fünf von ihrer Mutter. Sie wählte schnell die Nummer ihrer Mutter.

»Geht es dir gut?«, fragte Sandy mit panischer Stimme. »Wir haben gerade von Caden gehört.«

»Mir geht es baik«, sagte Maddie, schockiert, dass sie schon davon gehört hatten. »Livie fährt mich gerade ins Krankenhaus, um Caden zu sehen.«

»Oh, Gott sei Dank.« Sandy seufzte. »Ich hatte Todesangst, dass du bei Caden im Truck gewesen bist. Wir sind auch auf dem Weg zum Krankenhaus. Wir sehen uns dort.«

Maddie legte auf und fragte sich, wie ihre Eltern bereits von dem Unfall erfahren hatten. Sie las Aarons SMS, aber darin stand nur, dass Caden einen Unfall hatte. Maddie fragte sich, ob Caden zu dieser Party mit Alkohol gegangen und dann versucht hatte, nach Hause zu fahren. Sie hoffte es nicht.

Fünfzehn Minuten später kamen sie im Krankenhaus an und betraten die Notaufnahme. Cadens Eltern waren bereits da, zusammen mit Aaron und seinen Eltern. Livie ging zu Aaron und umarmte ihn, und Maddie tat es ihr gleich.

»Habt ihr schon was gehört?«, fragte Maddie Aaron.

Er schüttelte den Kopf. »Du solltest seine Eltern fragen. Ihnen wurde gesagt, was los ist.«

Maddie kannte Cadens Eltern kaum, aber sie nahm an, dass sie wussten, wer sie war. Sie trat zögerlich auf sie zu. »Ich bin Maddie«, sagte sie zu der großen, dunkelhaarigen Frau und dem noch größeren braunhaarigen Mann. Sie schienen im gleichen Alter wie ihre Eltern zu sein, und Maddie wusste sofort, woher Caden sein gewelltes braunes Haar hatte. Sein Vater sah genauso aus wie er.

»Oh, Maddie«, sagte Mrs. Addams und zog sie in eine Umarmung. Sie hielt Maddie lange fest, während Maddie das Herz für sie brach. »Ich bin froh, dass Sie hier sind«, sagte sie und ließ sie schließlich los.

»Schön, Sie endlich kennenzulernen, Maddie«, sagte Mr. Addams. »Wir waren dankbar, dass Sie nicht bei Caden im Truck saßen, als wir von dem Unfall hörten.«

»Ich war bei der Arbeit«, sagte Maddie und es fehlten ihr die Worte. »Haben Sie schon gehört, wie es ihm geht?«

Tränen liefen über Mrs. Addams' Gesicht. »Er wurde ziemlich übel zugerichtet«, sagte sie leise. »Sie sagten, er hat eine punktierte Lunge und ein gebrochenes Bein. Er wird jetzt operiert, wegen der Lunge.«

»Oh, mein Gott!« Maddie schlang die Arme um sich.

»Der Polizist, der als Erster am Unfallort war, sagte, Caden habe sich mit dem Truck in einem Graben überschlagen, und wenn Aaron nicht hinter ihm gefahren wäre, wäre er vielleicht nicht so schnell gefunden worden. Sie waren auf einem Feldweg unterwegs«, sagte Mr. Addams mit finsterer Miene. »Aaron sagte, sie waren in der Hütte eines Freundes und er sei Caden nach Hause gefolgt.«

Maddie blickte über den Raum zu Aaron, der neben Livie saß. Er hatte den Kopf in die Hände gestützt, und Livie hatte einen Arm um ihn gelegt. Während sie die beiden beobachtete, fragte sie sich, wann sie sich so nahegekommen waren.

»Maddie? Wissen Sie, wohin Caden heute Abend gegangen ist?«, fragte Mrs. Addams und wischte sich die Tränen ab.

Maddies Blick kehrte zu Cadens Eltern zurück. »Er hat etwas davon erwähnt, sich mit Freunden in einer Hütte zu treffen, aber da ich arbeiten musste, bin ich nicht hingegangen«, sagte sie. Sie wollte nicht erwähnen, dass es eine Party war und Caden damit noch mehr Ärger einhandeln, als er ohnehin schon hatte.

»Es klingt, als wäre es eine Party gewesen, auf der getrunken wurde«, sagte Mr. Addams düster. »Der Beamte sagte, er konnte bei Caden Alkohol riechen. Aarons Test war allerdings negativ.«

»Ich verstehe das nicht«, sagte Mrs. Addams. »Caden macht so was nie. Er ist immer zu einer anständigen Zeit zu Hause oder ruft uns zumindest an.«

Maddie war von ihren Worten fassungslos. Soweit Maddie das mitbekommen hatte, trieb sich Caden zu allen Nachtzeiten herum, ohne seinen Eltern Bescheid zu sagen.

»Da bist du ja!« Maddies Mutter und Vater kamen auf sie zu und umarmten sie fest. »Ich hatte solche Angst«, sagte Sandy. »Gott sei Dank hast du gearbeitet.«

»Mir geht es gut, Mom«, sagte Maddie und löste sich. »Das sind Cadens Eltern. Sie haben mir gerade erzählt, was passiert ist.«

Die vier Erwachsenen standen im Kreis und redeten, und Maddie beobachtete, wie ihre Mutter Mrs. Addams umarmte, als wären sie alte Freundinnen. Es kam Maddie seltsam vor, dass sie und Caden seit über einem Jahr zusammen waren und sie seine Eltern trotzdem kaum kannte. Sie ging hinüber zu Livie und Aaron und setzte sich.

»Was ist passiert?«, fragte Maddie Aaron leise.

Aaron blickte auf, um sicherzugehen, dass die Eltern nicht zuhörten, und wandte sich dann wieder Maddie zu. Sein Gesicht war angespannt und er hatte dunkle Ringe unter den Augen. »Caden hat wieder zu viel getrunken. Ich habe versucht, ihn dazu zu bringen, mich nach Hause fahren zu lassen, aber er wurde ausfällig. Also bin ich ihm auf dem Feldweg gefolgt, aber er ist gefahren wie ein Wahnsinniger. Er war zu schnell, geriet dann auf etwas Schotter ins Schleudern, drehte sich und überschlug sich.«

»Das ist furchtbar!«, sagte Maddie.

»Ich hatte solche Angst«, sagte Aaron. »Ich bin zu ihm gegangen und habe gemerkt, dass ich ihn nicht anfassen sollte, weil er schwer verletzt war, also habe ich den Notruf gewählt. Er war bewusstlos und ist, soweit ich weiß, vor der Operation nicht mehr aufgewacht.«

»Er hätte nicht zu dieser Party gehen sollen«, sagte Maddie, plötzlich wütend. »Du auch nicht, aber Gott sei Dank bist du hinter ihm gefahren.«

»Ich hatte nie vor, auf der Party zu trinken«, sagte Aaron. »Ich kann nicht riskieren, in meinem letzten Schuljahr aus dem Football-Team geworfen zu werden. Ich wollte nur mit ein paar Freunden abhängen und Spaß haben. Aber Caden hat es übertrieben, wie immer. Es ist, als hätte er einen Todeswunsch.«

Aarons Worte trafen Maddie hart. Sie war der Grund, warum Caden an diesem Abend verärgert war, und sie vermutete, dass er zur Party gegangen war, um es ihr heimzuzahlen.

»Wirst du Ärger mit der Polizei bekommen?«, fragte Livie besorgt.

Aaron zuckte mit den Schultern. »Ich weiß nicht. Sie haben mich mehrmals gefragt, wo die Party war, aber ich habe mich einfach dumm gestellt. Ich sagte, ich sei Caden dorthin und wieder zurück gefolgt und hätte nicht aufgepasst. Aber das kaufen sie mir nicht ab.«

»Du solltest ihnen die Wahrheit sagen«, sagte Maddie. »Da du nicht getrunken hast, wirst du keinen Ärger bekommen.«

»Ja, aber in der Highschool werden mich dann alle eine Petze nennen, wenn ich es verrate«, sagte Aaron. »Das kann ich den anderen nicht antun. Einige sind im Football, andere im Hockey. Einige der Mädchen dort sind Cheerleader. Wir würden alle von unseren Aktivitäten ausgeschlossen werden, wenn ich die Wahrheit sagen würde.«

Maddie seufzte. Jeder von ihnen hatte etwas zu verlieren. Fast alle Schüler, die in die Abschlussklasse kamen, hofften auf ein Sport- oder akademisches Stipendium, um das College zu finanzieren. Das war eine Menge Druck für einen Siebzehnjährigen.

Sandy kam zu den Jugendlichen, und sie verstummten. »Maddie. Wir fahren nach Hause. Warum kommst du nicht mit uns?«

»Ich möchte gern bleiben, bis Caden aus der Operation raus ist«, sagte Maddie.

»Ich werde auch bleiben«, sagte Aaron. Livie nickte, dass sie ebenfalls bleiben würde.

»Ich weiß nicht«, sagte Sandy. Sie blickte zu ihrem Mann hinüber, der ihr leicht zunickte. »Na gut. Aber wie kommst du nach Hause?«

»Ich fahre sie«, sagte Livie. »Ich verspreche, wir sind vorsichtig.«

Sandy nickte und zog Maddie in eine Umarmung. »Ich bin so froh, dass du nicht in diesem Truck warst«, flüsterte sie Maddie zu, sich bewusst, dass Cadens Eltern nur wenige Meter entfernt waren. »Wir sehen uns morgen früh.«

Maddie umarmte ihre Mutter, dann ihren Vater und sah ihnen nach, wie sie den Warteraum verließen.

Maddie, Aaron und Livie gingen hinüber zu den Addamses und setzten sich neben sie. Mrs. Addams griff nach Maddies Hand.

»Danke, dass Sie bleiben. Caden wird das zu schätzen wissen«, sagte Mrs. Addams.

Es war eine lange Nacht. Die drei Teenager kauerten sich in ihre Sitze und schliefen schließlich einer nach dem anderen ein. Um drei Uhr morgens weckte Mrs. Addams sie.

»Er ist aus der Operation, schläft aber noch«, sagte sie zu ihnen. »Warum geht ihr drei nicht nach Hause und kommt morgen Vormittag zurück, um Caden zu besuchen? Im Moment könnt ihr nichts für ihn tun.«

Schlaftrunken standen Maddie, Livie und Aaron auf, und jeder umarmte Mrs. Addams zum Abschied. Schweigend gingen sie zu ihren Autos.

»Wird sich das Leben jemals wieder normal anfühlen?«, fragte Aaron die Mädchen. »Ich habe das Gefühl, heute Nacht hat sich alles verändert.«

Livie umarmte Aaron, und Maddie tat es ihr gleich. »Schlaf ein bisschen«, sagte Maddie. »Morgen wirst du dich besser fühlen.«

Livie fuhr Maddie nach Hause, und sie betrat ihr stilles Haus. Alles war dunkel, bis auf das Licht über dem Herd. Maddie ging leise nach oben und fiel auf ihr Bett. So viel war passiert, seit sie Stunden zuvor hier gesessen hatte. Sie schloss die Augen und schlief sofort ein.

KAPITEL ELF

Maddie

Maddie erwachte am nächsten Morgen um zehn. Als all die Erinnerungen an die vergangene Nacht auf sie einströmten, sprang sie aus dem Bett und griff nach ihrem Handy.

»*Gibt's was Neues von Caden?*«, schrieb sie Aaron.

»*Er ist wach, aber benommen. Seine Mutter hat mir geschrieben. Ich fahre bald hin.*«

Maddie duschte schnell, zog sich an und ging nach unten. Ihre Schwester saß im Wohnzimmer und spielte ein Videospiel, und ihre Mutter saß am Küchentresen.

»Willst du frühstücken?«, fragte Sandy.

»Nein. Ich nehme eine Banane oder so was«, sagte Maddie zu ihr. »Caden ist wach, also will ich ihn besuchen.«

Sandy nickte. »Okay. Sag uns Bescheid, wie es ihm geht.«

Maddie schnappte sich eine Banane vom Tresen und nahm die Schlüssel ihrer Mutter. »Wirst du die heute brauchen?«

»Ich kann den Jeep nehmen«, sagte Sandy.

Maddie hielt inne und starrte ihre Mutter an. Irgendetwas am Tonfall ihrer Stimme klang nicht richtig. »Was ist los?«

Sandy blickte zu ihrer Tochter auf. »Nichts. Ich versuche nur …«, zögerte sie.

»Was?«, fragte Maddie.

»Ich versuche nur, über den Schreck von letzter Nacht hinwegzukommen«, sagte Sandy und ließ die Schultern hängen. »Für einen Moment dachte ich, du wärst mit Caden im Truck gewesen. Es tut mir leid, dass er verletzt wurde, aber ich bin auch dankbar, dass du nicht mit ihm auf die Party gegangen bist.«

»Du wusstest, dass ich bei der Arbeit war«, sagte Maddie.

»Das wurde mir nach einem Moment des Schreckens klar.« Sandy sah ihr in die Augen. »Trinkt Caden oft? Ist das typisch für ihn?«

Maddie war sich nicht sicher, wie sie antworten sollte. Sie wollte Caden nicht noch mehr Ärger einbrocken, aber sie wollte auch ihre Mutter nicht anlügen. »Manchmal schon. Weißt du, wie Teenager das eben tun.«

»Gehst du mit ihm aus, um zu trinken?«, fragte Sandy.

Maddie holte tief Luft. »Ich war seit Anfang des Sommers nirgendwo mehr mit Caden«, sagte sie. »Weil ich immer arbeite. Also, nein. Ich gehe nicht mit ihm aus und trinke.« Ihre Stimme klang zorniger, als sie beabsichtigt hatte. Aber all der Stress des Sommers und Cadens Unfall zehrten an ihr.

»Ich will dich nicht aufregen, Mads«, sagte Sandy sanft. »Ich versuche nur, die Dinge zu verstehen. Cadens Eltern schienen ihn überhaupt nicht zu kennen. Als ich erwähnte, dass dein Auto gegen einen Baum gefahren ist, sagten sie, sie hätten nichts davon gehört. Beide Eltern sahen überrascht aus und meinten dann, sie hofften, es ginge dir nach dem Unfall gut. Sie dachten, du hättest ihn zu Schrott gefahren.«

Das überraschte Maddie nicht. Sie wusste, dass Caden es

seinen Eltern nicht erzählt hätte. »Hast du ihnen gesagt, dass Caden es war?«

Sandy schüttelte den Kopf. »Nein, aber dein Vater meinte danach, ich hätte es tun sollen. Sie müssen wissen, dass ihr Sohn unverantwortlich ist. Aber ich finde nicht, dass es an uns ist, ihnen das zu sagen.«

»Ich muss los«, sagte Maddie und ging zur Küchentür. »Ich bin später wieder da. Ich muss noch bei ein paar Leuten den Rasen mähen.«

»Okay. Bis später dann«, sagte Sandy.

Auf der Fahrt zum Krankenhaus dachte Maddie über die Worte ihrer Mutter nach. Es regte sie auf, dass ihre Mutter Caden als unverantwortlich bezeichnete, aber andererseits wusste Maddie bereits, dass er es war. Aber sie fühlte sich schuldig. Hätte sie sich nicht mit Caden gestritten, wäre er vielleicht nicht auf die Party gegangen und hätte so viel getrunken. Das lastete schwer auf ihr.

Im Krankenhaus angekommen, meldete sie sich am Empfang und erfuhr, dass Caden immer noch auf der Intensivstation lag. Sie durfte zwar auf die Intensivstation, aber nur mit Zustimmung eines seiner Elternteile in sein Zimmer. Fünf Minuten nach ihrer Ankunft kam Mrs. Addams aus dem Zimmer und führte Maddie hinein.

»Es sind immer nur zwei Besucher auf einmal erlaubt«, sagte Mrs. Addams. »Sein Vater ist also Kaffee holen gegangen, damit ich Sie zu Caden bringen kann.«

»Wie geht es ihm?«, fragte Maddie leise. Der Ort war still, bis auf das Piepen der Monitore überall, und Maddie hatte das Gefühl, flüstern zu müssen.

»Er hat das Schlimmste überstanden«, sagte Mrs. Addams. »Sie wollen ihn noch einen weiteren Tag überwachen, bevor sie ihn in ein normales Zimmer verlegen. Aber der Arzt sagte, er wird sich noch eine Weile im Krankenhaus erholen.«

»Also, er wird wieder gesund?«, fragte Maddie hoffnungsvoll.

Mrs. Addams lächelte. »Ja. Aber er ist ziemlich übel zugerichtet, seien Sie also gefasst.«

Sie betraten Cadens Zimmer, und Maddie war schockiert, wie schlimm er aussah. Sein Gesicht war geschwollen, schwarz und blau, und er hatte Verbände um den Kopf. Sein Bein war in einem Gips, und ein Gerät piepte bei jedem Herzschlag. Glücklicherweise schlief Caden, denn hätte er Maddies Gesichtsausdruck gesehen, wäre er erschrocken gewesen.

»Ich lasse Sie einen Moment allein«, sagte Mrs. Addams. »Er ist oft nicht ganz bei sich. Wenn Aaron kommt, schicke ich ihn auch hoch.«

Maddie nickte, und dann war sie allein mit Caden.

Sie setzte sich auf den Stuhl neben Cadens Bett und wusste nicht, was sie tun sollte. Sollte sie reden, um zu sehen, ob er wach war, oder ihn von selbst aufwachen lassen? Caden muss gespürt haben, dass jemand da war, denn seine Augenlider flatterten. Als sein Blick schließlich auf Maddie fiel, versuchte er zu lächeln, zuckte dann aber zusammen.

»Hi«, sagte er mit heiserer Stimme.

»Hi«, sagte Maddie lächelnd. »Ich würde dich ja fragen, wie du dich fühlst, aber es ist ziemlich offensichtlich, dass die Antwort ›nicht gut‹ lautet.«

Caden lachte kurz auf und zuckte wieder zusammen. »Es tut weh, sich zu bewegen, selbst mit den Schmerzmitteln«, sagte er. »Das Atmen tut auch weh. Diesmal habe ich es wirklich verbockt, Mads.«

»Das hast du«, stimmte sie zu, grinste aber. »Aber du bist noch da, und das ist gut so.«

Danach schlief Caden wieder ein. Aaron kam herein, und sie unterhielten sich leise, bis Caden wieder aufwachte. Maddie sagte Caden, dass sie für eine Weile zur Arbeit müsse, aber später wieder vorbeikommen würde. Sie wollte nicht zu lange bleiben, weil sie wusste, dass Cadens Mutter und Vater auch gern bei ihm sein wollten.

Als Maddie nach Hause kam, war sie bereits erschöpft. Ihre Mutter und ihre Schwester waren weg – wahrscheinlich zum Turnen –, also zog sie alte Kleidung an und fuhr den Rasenmäher die Straße hinunter zum Garten des Nachbarn. Als sie beide Rasenflächen fertig hatte, brummte ihr Handy. Sie warf einen Blick darauf, erkannte die Nummer aber nicht. Sie ging trotzdem ran, für den Fall, dass es Cadens Mutter oder Vater war.

»Hallo?«

»Maddie? Hier ist Eva«, sagte die ältere Frau mit unsicher klingender Stimme.

Maddies Herz schlug schneller. Eva hatte sie noch nie zuvor angerufen. Was, wenn ihr oder Ginny etwas zugestoßen war? »Ist alles in Ordnung?«

»Oje. Ich habe angerufen, um dir die gleiche Frage zu stellen«, sagte Eva. »Wir haben in der Zeitung gelesen, dass dein junger Mann einen Unfall hatte, und ich wollte sehen, wie es dir geht.«

»Oh.« Maddie seufzte erleichtert auf. »Das ist nett von dir. Mir geht es gut. Ihm geht es nicht so gut, aber er wird mit der Zeit wieder gesund.«

»Bist du beschäftigt? Ginny meinte, ich solle dich zum Mittagessen einladen, wenn du Zeit hast«, sagte Eva.

Maddie war überrascht. Ginny hatte also doch ein weiches Herz. »Ich bin gerade mit dem Rasenmähen beim Nachbarn fertig, also kann ich sofort rüberkommen. Danke.«

»Dann sehen wir uns gleich, meine Liebe.« Eva legte auf.

Maddie fuhr mit ihrem Rasenmäher die lange Auffahrt hinunter und fragte sich, warum die Damen sie eingeladen hatten. Vielleicht wollten sie sichergehen, dass sie in jener Nacht nicht im Truck gewesen war. Was auch immer der Grund war, sie war froh, dass sie sie eingeladen hatten.

»Hi«, sagte Maddie, als Eva die Tür öffnete. Sie trug einen ihrer langen, fließenden Röcke, diesen in Türkis, und eine weiche, weiße Bluse. Türkisfarbene Ohrringe hingen an ihren Ohren, mit einer passenden Kette um ihren Hals.

»Maddie. Ich bin so froh, dass du gekommen bist«, sagte Eva und umarmte sie. »Ginny macht deine Lieblings-Grillkäse-Sandwiches, und sie wusste, dass du die nicht verpassen wollen würdest.«

»Es riecht wunderbar«, sagte Maddie und zog ihre Schuhe aus.

Sie gingen durchs Wohnzimmer zum Tisch, und Ginny blickte von ihrem Platz am Tresen auf.

»Na, du siehst ja noch ganz und heil aus, Gott sei Dank«, sagte Ginny sachlich. »Ich nehme an, du warst nicht mit deinem Schatz im Truck.«

»Deswegen habt ihr mich eingeladen? Um sicherzugehen, dass ich noch lebe?«, neckte Maddie sie.

Ginny wurde rot. »Es war Evas Idee«, murmelte sie und widmete sich wieder ihrer Arbeit.

»Komm, meine Liebe«, sagte Eva. »Setz dich und erzähl uns, wie es deinem jungen Mann geht. Wurde er schwer verletzt?«

Maddie erzählte den Damen von Cadens Verletzungen und wie der Unfall passiert war, ließ aber die Tatsache aus, dass er getrunken hatte. Sie hatte ihnen schon einmal gesagt, dass er als

»schlimmer Finger« galt, also wollte sie ihn nicht noch schlechter dastehen lassen. Beide Frauen schüttelten mitfühlend die Köpfe und sagten, sie seien froh zu hören, dass er von seinen Verletzungen genesen würde.

Ginny servierte die Sandwiches zusammen mit Chips und Ranch-Dip. Die drei nahmen ein paar Bissen, bevor Eva wieder sprach.

»Ich bin so glücklich, dass du nicht in den Unfall verwickelt warst«, sagte sie. »Aber geht es dir gut? Es muss ein Schock für dich gewesen sein, dass das deinem Freund passiert ist.«

Maddie hielt inne, als sie gerade einen weiteren Bissen von ihrem Sandwich nehmen wollte. Eva war die Einzige, die daran gedacht hatte zu fragen, wie sie sich fühlte. Plötzlich stiegen ihr Tränen in die Augen, und sie griff nach ihrer Serviette, um sie wegzuwischen.

»Das ist so nett von dir, dass du fragst«, sagte Maddie mit zitternder Stimme. »Es war schwer. Ich hatte letzte Nacht so eine Angst, als ich im Krankenhaus wartete, und ihn dann heute zu sehen, war hart.«

Eva nickte und tätschelte ihren Arm. »Ich verstehe das vollkommen. Ich bin sicher, du hast versucht, für seine Eltern und deine anderen Freunde stark zu sein und nicht zugegeben, dass es dir auch wehtut.«

»Du hast recht. Ich war in letzter Zeit so gestresst, und dann ist das passiert. Ich weiß, ich habe nicht das Recht, an mich zu denken, wenn er Schmerzen hat, aber es war schwer«, sagte Maddie.

»Du hast jedes Recht, deine eigenen Gefühle zu haben«, sagte Ginny.

Maddie holte tief Luft. »Das Problem ist, er und ich haben uns gestritten, kurz bevor er losgefahren ist. Ich gebe mir die

Schuld daran, dass er zur Party gegangen ist und rücksichtslos fuhr. Ich war in letzter Zeit einfach so aufgewühlt, und ich glaube, ich habe es an ihm ausgelassen.« Wieder stiegen ihr Tränen in die Augen.

Eva blickte sie zärtlich an. »Meine Liebe, nichts davon ist deine Schuld. Er hat sich entschieden, rücksichtslos zu fahren. Du hast ihn nicht dazu gezwungen. Du darfst dir nicht die ganze Schuld geben. Glaub mir, ich weiß, wovon ich rede.«

»Wie hast du all den Druck ausgehalten, als du für deine Karriere als Tänzerin gelernt hast?«, fragte Maddie. »Du hast dich zu hundert Prozent deiner Kunst verschrieben, aber war es nicht schwer? Alle meine Freunde machen gerade das Gleiche durch wie ich. Wir versuchen herauszufinden, was unser nächster Schritt im Leben ist, und wir sind noch nicht einmal mit der Highschool fertig.«

Eva nickte. »Bei mir war das anders. Ich wusste von klein auf, dass ich tanzen wollte. Das war mein einziger Fokus. Sicher, ich musste trotzdem zur Schule gehen und zusätzlich Tanz studieren. Und es war nicht immer einfach. Aber ich habe mir den Druck selbst gemacht; niemand sonst. Meine Mutter sagte, ich könnte jederzeit aufhören, aber das wollte ich nicht. Ich wollte tanzen. Ich wollte für Mr. Balanchine tanzen.«

KAPITEL ZWÖLF

Eva – 1946

Eva lernte langsam, aber perfekt, in ihren Spitzenschuhen zu tanzen. Sobald sie ihr Gleichgewicht gefunden hatte, konnte sie sich mühelos auf Spitze bewegen. Ihre Freundin Mary kam ebenfalls in den Spitzentanz-Unterricht, doch ihr fiel es nicht so leicht. Eva verbrachte viele Nachmittage nach dem Unterricht mit ihr und zeigte ihr, wie sie ihre Gesäßmuskeln zum Balancieren anspannen musste, aber Mary bekam einfach nicht den Dreh raus.

»Das kommt schon noch«, sagte Eva zu ihrer hübschen blonden Freundin. »Du hast dich bisher so gut gemacht. Ich weiß, dass du das meistern kannst.«

Doch jeden Tag im Unterricht trat Mme Doubrovska an Mary heran und zeigte ihr leise, wie sie richtig stehen oder ihre Füße bewegen sollte. »Spannen Sie den Rist«, sagte sie dann zu Mary. »Er muss stark sein, um auf Spitze bleiben zu können.«

Mary sagte, sie fühle sich gemaßregelt, und sie hasse den Unterricht. Aber Eva sagte ihr, dass Mme Doubrovska nur versuche, ihr zu helfen.

»Sie korrigiert auch meine Füße«, sagte Eva. »Und meine Arme und alles andere. Du bist nicht die Einzige.« Aber Eva wusste, dass das nicht stimmte. Mme Doubrovska korrigierte Mary häufiger als alle anderen Schülerinnen.

Eines Nachmittags, etwa ein Jahr, nachdem Eva mit dem Spitzentanz begonnen hatte, kam Mr. B, um den Mädchen zuzusehen. Er sprach leise mit Mme Doubrovska und ging dann wieder. Nach dem Unterricht nahm Madame Eva beiseite.

»Mr. Balanchine möchte, dass Sie in die Elite-Klasse aufsteigen«, sagte sie lächelnd zu ihr. »Ich unterrichte diese Klasse auch. Die Mädchen tragen im Unterricht immer ihre Spitzenschuhe. Der Unterricht findet jeden Tag nach dem Spitzentanz-Unterricht statt.«

Evas Herz machte einen Sprung. Sie wusste, dass nur die Schülerinnen, die die vielversprechendsten Anwärterinnen für das NYCB waren, in diese Klasse eingeladen wurden. »Danke«, sagte sie zu Mme Doubrovska.

Die ältere Lehrerin lächelte. »Liebes, Sie haben es sich verdient. Mr. B sieht etwas in Ihnen, das ihn dazu bewogen hat, Sie hochzustufen. Arbeiten Sie hart, und Sie werden es gut machen.«

Anstatt sich umzuziehen, behielt Eva ihre Spitzenschuhe an und ging zur Tür, um in das andere Studio zu gehen. Mary holte sie an der Tür ein.

»Was hat Mme Doubrovska zu dir gesagt?«, fragte Mary.

Eva fühlte sich schlecht, denn sie wusste, dass dies ihre Freundin verletzen würde. Aber sie konnte nicht lügen. »Mr. B hat mich gebeten, nach dem Spitzentanz-Unterricht in die Fortgeschrittenenklasse zu kommen.«

Marys Mund klappte auf. »Oh, du hast so ein Glück. Ich wusste schon immer, dass du besser bist als wir alle. Ich werde nie in diese Klasse eingeladen werden. Ich sollte einfach aufhören.« Tränen füllten ihre Augen.

»Nein, Mary«, sagte Eva. »Du kannst nicht aufhören. Du hast so hart gearbeitet. Viele Schülerinnen, die nie in die Fortgeschrittenenklasse eingeladen wurden, sind trotzdem vom NYCB übernommen worden. Und du könntest in den nächsten Monaten immer noch eingeladen werden.«

Mary wischte sich die Tränen ab. »Es fühlt sich so sinnlos an«, sagte sie. »Du bist erst vierzehn, aber du wirst bei den älteren Schülerinnen sein. Ich sollte mittlerweile so gut sein.«

»Es tut mir leid«, sagte Eva. »Ich muss zum Unterricht, aber triff mich danach, und wir können ins Automatenrestaurant gehen und reden, okay?«

Mary nickte, drehte sich dann um und ging den Flur entlang.

Eva eilte zum Unterricht und fand einen freien Platz an der Stange. Alle Mädchen waren älter als sie und viel größer. Es waren auch Jungen in der Klasse, aber die Mädchen trugen alle Spitzenschuhe. Mme Doubrovska stand an der Spitze der Klasse und wartete auf die letzten ankommenden Schüler. Als die Pianistin endlich zu spielen begann, rief sie, in der ersten Position zu beginnen, und der Unterricht fing an.

Zuerst konnte Eva mithalten, denn es war wie ein normaler Unterricht. Sie machten Pliés und Relevés in der ersten, zweiten und fünften Position. Dann stellten sie sich zur Stange, als Madame rief: »Plié, Echappé, Plié, gestreckt. Plié, Relevé, Plié gestreckt.« Eva hielt mit, aber das Tempo erhöhte sich und sie bewegten ihre Füße schneller. Jetzt wusste Eva, warum dies die Fortgeschrittenenklasse war. Alles, was sie lernten, waren die Grundlagen – nur eben schneller.

Eva tat ihr Bestes, um mitzuhalten, aber als sie die Tendu-

Übungen in der ersten Position machten, war sie erschöpft. Madame rief: »Vor, Seite, zurück, erste. Vor, Seite, zurück, erste.« Während sie mitmachte, wurde das Tempo schneller. Eva musste ein paar Mal anhalten, weil sie aus dem Tritt gekommen war, und dann wieder von vorne anfangen. Aber sie gab nicht auf.

Nach dem Unterricht dehnte sich Eva länger als gewöhnlich, weil sie befürchtete, ihre Muskeln könnten sich verkrampfen. Die anderen Mädchen hatten schon ihre Sachen gepackt und waren gegangen, als Eva ihre Spitzenschuhe auszog und ihre Tasche packte.

Mme Doubrovska trat zu ihr. »Für Ihre erste Stunde haben Sie sich gut geschlagen, Eva. Es ist eine anspruchsvolle Klasse, aber ich weiß, dass Sie schnell aufholen werden.«

Eva hatte das Gefühl, sie würde gleich weinen. Sie unterdrückte die Tränen und sagte: »Ich hatte das Gefühl, ich wäre so weit zurück. Alles geht so schnell.«

Die ältere Frau lächelte auf sie herab. »Wenn Sie für Mr. Balanchine tanzen wollen, müssen Sie lernen, sehr schnell zu sein. Seine Tänze sind mit schnellen Takten und raschen Bewegungen gestaltet. Es braucht Zeit, aber das wird schon, Liebes.«

»Danke, Madame«, sagte Eva und stand auf. »Ich werde hart arbeiten, das verspreche ich.«

Es war schon spät, als Eva den Unterrichtsraum verließ, und sie erinnerte sich plötzlich daran, dass sie Mary gesagt hatte, sie solle sie nach dem Unterricht treffen. Aber als sie sich nach ihr umsah, war sie nicht da. In den anderen Studios fanden Proben statt, aber Mary war nirgends zu finden.

Als sie zu Hause ankam, freute sich Eva, ihre Mutter dort vorzufinden, die gerade das Abendessen kochte.

»Oh, Schatz«, sagte Gwen und rührte etwas auf dem Herd

um. »Ich hatte Heißhunger auf Tomatensuppe und gegrillte Käsesandwiches. Bist du hungrig?«

»Ausgehungert«, sagte Eva. Während sie ihrer Mutter half, das Brot zu buttern und es mit dicken Käsescheiben belegt auf die Grillplatte zu legen, erzählte sie ihr von ihrem Tag.

»Das ist wundervoll!«, sagte Gwen glücklich. »Du bist auf dem besten Weg, eine Ballerina zu werden. Ich bin so stolz auf dich.«

Eva war froh, dass ihre Mutter sich freute. Das Tanzen war so sehr ein Teil ihres Lebens geworden, dass sie sehr viel von sich selbst erwartete. Aber ihre Mutter gratulierte ihr bei jedem Schritt auf ihrem Weg. »Ich fürchte, Mary ist deprimiert, weil sie nicht für die Fortgeschrittenenklasse ausgewählt wurde«, erzählte sie ihrer Mutter, als sie sich zum Essen hinsetzten. »Ich fühle mich schlecht.«

»Es tut mir leid zu hören, dass sie enttäuscht ist, Liebes«, sagte Gwen. »Aber es ist nicht deine Schuld, dass du erfolgreich bist und sie nicht. Sie hat noch genug Zeit, voranzukommen, wenn sie hart arbeitet.«

»Ich weiß«, sagte Eva. »Aber ich möchte, dass sie auch glücklich ist.«

»Oh, Schatz.« Gwen legte ihr Sandwich ab und sah sie an. »Ich bin froh, dass du deiner Freundin Gutes wünschst, aber wir können andere Leute nur anfeuern. Du hast keine Kontrolle darüber, ob sie eine Tänzerin wird oder nicht. Das liegt ganz allein in ihrer Hand.«

Eva nickte. Auf einer gewissen Ebene verstand sie das. Aber sie wünschte sich, dass alle Erfolg hätten.

Im Laufe der Monate schaffte Eva es, in der Fortgeschrittenenklasse mitzuhalten. Sie versuchte, ihre Schritte zu kontrollieren, sodass sie nicht nur schnell, sondern auch präzise war. Sie hatte oft beobachtet, wie Mr. B den Tänzerinnen bei den Proben sagte, sie sollten schnell, aber präzise sein. Keine schlampigen Füße. Eva wusste, dass es Zeit brauchen würde, bis sie beides beherrschte, aber sie arbeitete hart.

Nachdem sie fünfzehn geworden war, wurde Eva mitgeteilt, dass sie nun auch die Adagio-Klasse besuchen könne. Man ließ sie eine ihrer Grundklassen fallen, sodass sie nur noch einmal am Tag Unterricht hatte. Dann hatte sie Spitzentanz-Unterricht, die Fortgeschrittenenklasse und Adagio. Die Adagio-Klasse wurde von einem der ersten Solotänzer des NYCB unterrichtet, Jacques d'Amboise, einem gut aussehenden Mann mit einem markanten Kiefer und wunderschönem dunklem Haar. Alle Mädchen waren in ihn verknallt, und Eva verstand, warum. Er war auch freundlich und geduldig, während er den Jungen in der Klasse beibrachte, wie sie die Mädchen stützen mussten, während diese sich drehten, sprangen und bewegten.

Eva liebte die Adagio-Klasse. Es war das erste Mal, dass sie mit Jungen in ihrem Alter und älter arbeitete. Bisher hatte sie nicht einmal an das andere Geschlecht gedacht, aber da sie Tag für Tag mit diesen jungen Männern zusammen war, verliebte sie sich in einige von ihnen. Aber sie behielt ihre Gedanken für sich.

Eva hatte niemanden mehr, dem sie sich anvertrauen konnte. Sie konnte nicht mehr mit Mary reden, die ihre beste Freundin gewesen war, seit sie die Tanzschule besuchte. Mary war missmutig und eifersüchtig geworden über Evas schnellen Aufstieg in den Fortgeschrittenenklassen. Das machte Eva traurig, aber wie ihre Mutter gesagt hatte, konnte sie nichts gegen Marys Gefühle tun. Trotzdem vermisste sie es, eine beste Freundin zu haben.

Eva wusste, dass Mr. B ihre Fortschritte im Auge behielt,

und er bot ihr weiterhin Stipendien an, damit sie an der SAB studieren konnte. Gelegentlich bekam sie kleine Rollen in größeren Balletten, wie *Der Nussknacker*, wenn eine große Besetzung benötigt wurde. Je öfter sie auftrat, desto weniger Angst hatte sie davor, auf der Bühne zu stehen.

Evas Privatleben war immer noch so hektisch wie ihr Leben an der SAB. Ihrer Mutter ging es gut in ihrem Job, nachdem sie dort zwei Jahre lang gearbeitet hatte. Gwen fing auch an, mit einem neuen Immobilienpartner auszugehen, der in die Kanzlei eingetreten war, Raymond Mandel. Ray war zwanzig Jahre älter als Gwen, aber er war ein freundlicher Mann und nett zu ihrer Mutter. An vielen Abenden, wenn Eva nach Hause kam, war ihre Mutter aus. Aber das machte Eva nichts aus. Sie war glücklich, dass ihre Mutter endlich einen netten Mann gefunden hatte, mit dem sie Zeit verbringen konnte.

Kurz nachdem Eva im März 1958 sechzehn geworden war, zogen sie und ihre Mutter in eine größere Wohnung im selben Gebäude. Sie zogen ein Stockwerk tiefer und hatten ein Schlafzimmer sowie ein etwas größeres Wohnzimmer, Esszimmer und eine Küche. Es fühlte sich an wie ein Schloss für die beiden Frauen, die jahrelang in Einzimmerwohnungen gelebt hatten, auch wenn sie sich ein Schlafzimmer teilen mussten.

An einem späten Nachmittag fand Eva ein leeres Studio, um nach ihrem Unterricht zu üben. Sie liebte es, auf Spitze zu tanzen, aber sie wusste, dass sie, um eines Tages ins NYCB aufgenommen zu werden, darin herausragend sein musste. Während also die älteren Tänzerinnen in den Studios den Flur hinunter probten, kam sie oft in das kleinere Studio und übte.

Nachdem sie sich an der Stange aufgewärmt hatte, stellte sich Eva in die Mitte des Raumes und übte ihre Pirouetten, Bourrées und Sprünge. Sie wollte lernen, ihre Schritte schnell und präzise auszuführen, genau wie Mr. B es von seinen Tänzerinnen erwartete.

Eva hörte die Probenmusik durch die Wände und begann, einen Tanz zu improvisieren, indem sie sich drehte, auf einem Bein balancierte und winzige Bourrée-Schritte über den Boden machte. Sie bewegte ihren Kopf und ihre Arme anmutig zur Musik, zusammen mit der Fußarbeit. Von einer Ecke des Raumes aus machte sie vier Schritte und sprang in die Luft, ihre Beine perfekt positioniert, ihre Arme anmutig ausgestreckt, wie sie es schon oft bei den anderen Tänzerinnen gesehen hatte. Aber als sie auf dem Boden landete und eine schwungvolle Verbeugung machte, fiel ihr Blick auf Mr. B, der lächelnd in der Tür stand.

Verlegen richtete Eva sich schnell auf. »Ich wusste nicht, dass Sie da sind.«

»Ich kann leise wie eine Katze sein«, sagte er kichernd. Jeder in der Schule wusste, dass Mr. B Katzen liebte und einige besaß.

»Ich habe geübt«, sagte Eva und verspürte das Bedürfnis zu erklären, warum sie dort war.

»Sie haben getanzt«, korrigierte Mr. B sie. »Welchen Tanz haben Sie aufgeführt?«

»Ich habe mir nur Schritte zur Musik ausgedacht, die ich aus dem anderen Raum gehört habe.«

Mr. B trat näher und neigte den Kopf. »Ah. Sie haben Ihr eigenes Ballett choreografiert. Versuchen Sie, mir meinen Job wegzunehmen?«

Eva konnte an dem amüsierten Ausdruck auf seinem Gesicht erkennen, dass er sie aufzog. »Niemals«, sagte sie mit einem Lächeln. »Niemand könnte Sie ersetzen.«

Er fuchtelte mit der Hand durch die Luft. »Jeder könnte

mich ersetzen. Zeigen Sie mir Ihren Tanz noch einmal. Ich würde ihn gerne sehen.«

»Ich erinnere mich nicht mehr, was ich gemacht habe. Ich habe nur improvisiert«, sagte Eva.

»Wie glauben Sie denn, dass Ballette entstehen? Ich improvisiere, bis ich die perfekten Kombinationen finde«, sagte Mr. B und trat vor sie. Er trug sein übliches Cowboyhemd mit einem Schal um den Hals, eine Hose und Jazzschuhe.

»Okay.« Sie schloss die Augen und lauschte der Musik, spürte ihren Rhythmus. Es war ein klassisches Stück, und sie konnte die Schritte vor ihrem inneren Auge sehen. Eva begann mit einer Glissade nach rechts, dann nach links, hin und her, ging dann auf Spitze in winzige Bourrée-Schritte über den Boden. Sie hielt in der vierten Position an, machte dann drei perfekte Pirouetten und kam in der vierten Position zum Stehen, streckte ihren rechten Fuß und verbeugte sich darüber, wie sie es bei Tänzerinnen auf der Bühne gesehen hatte. Als sie fertig war, stand sie auf und sah Mr. B verlegen an.

»Wunderschön«, sagte er sichtlich erfreut. »Jetzt versuchen wir die Pirouetten mal, wobei ich Ihnen Hilfestellung gebe, und dann halten Sie in einer hohen Arabeske an, während Sie sich an meinem Arm festhalten.«

Eva blinzelte. Er wollte mit ihr tanzen? »Soll ich von vorne anfangen?«

»Nein, nein. Ich denke, Sie sollten mit einer tiefen vierten Position beginnen, damit Sie sich schneller drehen können«, sagte er. »Ich zeige es Ihnen.« Er brachte seine Beine in die vierte Position und schob dann seinen vorderen Fuß noch weiter nach außen. Dann, mit seinen Armen zu einem Kreis geformt für den Schwung, drehte sich Mr. B auf halber Spitze. »Sehen Sie? Sie werden sich schneller drehen.«

Eva versuchte es, während Mr. B dicht bei ihr stand, seine Hände um ihre Taille gelegt, ohne sie zu berühren, genau wie es die jungen Männer in der Adagio-Klasse taten. Sie brachte ihre Füße in eine tiefe vierte Position und drehte sich, wobei sie mehr Schwung bekam als mit einer engeren vierten Position. Nach drei Drehungen hielt sie an, ihr Fuß flach auf dem Boden, und ging dann wieder hoch in eine wunderschöne Arabeske, der rechte Fuß auf Spitze und das linke Bein hoch in die Luft gehalten. Mr. B hielt sie gekonnt fest und bewegte sich anmutig vor sie, damit sie sich an seinem Arm festhalten konnte.

»Brava!«, sagte Mr. B mit einem breiten Lächeln. »Lassen Sie uns weitertanzen.«

Fast eine Stunde lang leitete Mr. B sie durch mehrere Tanzschritte, während er ihr assistierte. Er fragte sie, was sie dachte, und forderte sie dann auf, etwas allein zu versuchen. Es fühlte sich an, als würde sie die Rolle einer ersten Solotänzerin spielen, außer dass sie auch bei der Gestaltung der Schritte half. Es war berauschend.

»Sehr gut«, sagte Mr. B, als sie fertig waren. »Ich glaube, wir haben mein nächstes Ballett erschaffen.«

»Erschaffen Sie so ein Ballett?«, fragte sie, ihr Herz pochte immer noch von der harten Arbeit.

»Ja. Es ist viel einfacher, die Tänzer bei mir zu haben, und wir erschaffen die Schritte im Laufe des Prozesses. Sie hören gut zu. Und Sie sind mit Ihren Schritten viel weiter fortgeschritten, als ich dachte.« Mr. B lächelte. »Aber es ist spät, und wir sollten Sie nach Hause bringen. Wohnen Sie immer noch in der Richtung meiner Wohnung?«

Eva nickte. Sie setzte sich auf den Boden, zog ihre Spitzenschuhe aus und zog dann eine Hose über ihre Strumpfhose.

Sie schlüpfte in ihre Schuhe und ihren Mantel und nahm ihre Tasche. Nachts war es in New York immer noch kalt, und sie achtete darauf, sich warm anzuziehen.

»Ich werde Sie ein Stück des Weges begleiten«, sagte Mr. B. Er ließ ihr an der Tür den Vortritt und folgte ihr den Flur entlang, wo er sein Büro betrat, um seinen Mantel anzuziehen und in Straßenschuhe zu wechseln. Bald waren sie draußen und gingen die ruhige Straße entlang.

»Sind Sie daran interessiert, für die Kompanie zu tanzen?«, fragte Mr. B und sah sie neugierig an.

»Oh, ja«, sagte Eva. »Das ist alles, was ich jemals tun wollte.«

»Wie läuft es in der normalen Schule? Halten Sie mit Ihrem Lernstoff mit?«

»Ja«, sagte Eva. »Die Schule ist mir immer leichtgefallen. Ich habe noch zwei Jahre vor mir.«

»Gut. Gut. Wir möchten, dass unsere Tänzerinnen die High School beenden. Das ist wichtig«, sagte Mr. B.

Sie gingen schweigend bis zu seinem Wohnhaus und blieben davor stehen. »Kommen Sie von hier aus sicher nach Hause?«, fragte er besorgt.

»Das wird schon gehen, danke«, sagte Eva. »Das mache ich jeden Abend.«

Er grinste. »Sie sind eine harte Arbeiterin, Eva. Ich glaube fest daran, dass Sie es gut machen werden.«

»Danke, Mr. B. Gute Nacht.«

»Gute Nacht, Liebes.«

Sie ging weg, im Bewusstsein, dass er ihr nachsah, ihr Herz schlug immer noch schnell. Obwohl sie Mr. B kannte, seit sie zehn war, hatten sie noch nie so viel miteinander gesprochen wie heute Abend. Sie war begeistert, dass er sie für eine gute Tänzerin hielt, und sie hatte die Gelegenheit gehabt zu sehen, wie er seine Ballette schuf.

Am nächsten Tag trat Betty vor ihrer ersten Nachmittagsklasse an Eva heran. »Mr. Balanchine möchte, dass Sie seiner Ballettkompanie beitreten.«

Eva wäre fast in Ohnmacht gefallen. Mit sechzehn wurde sie gebeten, für das New York City Ballet zu tanzen.

KAPITEL DREIZEHN

Maddie

Maddie konnte Evas Geschichte nicht aus dem Kopf bekommen, noch lange nachdem sie nach Hause zurückgekehrt und ins Krankenhaus gefahren war, um Caden zu besuchen. Eva hatte Maddies Schuldgefühle wegen Cadens Unfall verstanden. Eva hatte dasselbe erlebt und sich schuldig gefühlt, weil sie im Tanzen herausragte, während ihre Freundin Mary es nicht tat. Dass Mary zurückfiel, war nicht Evas Schuld, genauso wie Cadens Unfall nicht Maddies Schuld war. Trotzdem war es schwer, sich nicht selbst die Schuld zu geben.

Als Maddie im Krankenhaus ankam, war Caden wach und weniger benommen. Seine Eltern waren für eine Weile nach Hause gegangen, also war sie mit ihm allein. Als sie eintrat, seufzte Caden.

»Gott sei Dank. Ein bekanntes Gesicht«, sagte er.

»Hattest du viele Besucher?«, fragte Maddie.

»Die Polizei war vor einer Weile hier«, sagte Caden. »Aaron hatte meinen Eltern eine SMS geschickt, um uns zu warnen, dass sie hierherkommen würden. Sie haben mich immer wieder gefragt, wo die Party war und wer Minderjährige mit Alkohol versorgt hat. Ich habe ihnen gesagt, dass ich mich nicht an die Adresse erinnere. Es war draußen an einem See südlich der Stadt und ich wusste nicht, wer die Party veranstaltet hat.«

»Haben sie dir geglaubt?«, fragte Maddie, die vermutete, dass sie es nicht getan hatten.

»Sie haben keine andere Wahl, als mir zu glauben«, sagte Caden. »Ich verpfeife meine Freunde nicht, und Aaron auch nicht. Er hat ihnen gesagt, er sei mir zum Haus gefolgt und kannte die Adresse ebenfalls nicht. Ich habe gesagt, man hätte mir gesagt, an welchem See es war, und ich sei der Straße gefolgt, bis ich einen Haufen Autos gesehen habe.«

Maddie seufzte. Sie verstand, dass er seine Freunde nicht verriet, aber diese Leute brachten das Leben junger Menschen in Gefahr. »Werden sie dich wegen Trunkenheit am Steuer anzeigen?«

Caden zuckte mit den Schultern und zuckte dann zusammen. »Ich muss daran denken, nicht mit den Schultern zu zucken«, sagte er, halb scherzhaft, halb ernst. »Sie drohen mir ständig mit einer Verhaftung, aber viel können sie nicht tun. Ich müsste eine Geldstrafe zahlen, würde meinen Führerschein verlieren, bis ich achtzehn bin, und müsste Fahrstunden nehmen. Sobald ich achtzehn bin, kann ich meinen Führerschein zurückbekommen, und das war's dann.«

Maddie lehnte sich in ihrem Stuhl zurück. Es beunruhigte sie, dass Caden das alles nicht ernst nahm. »Aber nach alledem hoffe ich, dass du es dir zweimal überlegst, ob du betrunken fährst. Du hättest sterben können.«

»Nun, bin ich aber nicht«, sagte Caden.

»Aber du hättest es können«, sagte Maddie eindringlicher.

Caden verdrehte die Augen. »Du hörst dich an wie meine Mutter.«

Sein unverschämter Ton traf einen Nerv. Maddie stand auf.
»Ich muss gehen. Ich muss heute Abend im Freeze arbeiten.«

»Warum bist du sauer?«, fragte Caden und runzelte die
Stirn. »Das ist nicht dir passiert, es ist mir passiert.«

Maddie funkelte ihn an. »Es ist jedem passiert, dem du
etwas bedeutest. Verstehst du das nicht? Wir hatten alle eine
Heidenangst, dass du sterben könntest. Und jetzt tust du so,
als wäre es nichts gewesen. Aber es war etwas. Etwas Großes.
Denk mal darüber nach.« Sie wirbelte herum und stürmte aus
dem Zimmer.

In ihrem Auto auf dem Krankenhausparkplatz sitzend, rief
Maddie Livie an.

»Hi, Mads«, sagte Livie. »Was ist los?«

»Arbeitest du heute Abend im Freeze?«, fragte Maddie. »Ich
könnte jetzt wirklich eine Freundin gebrauchen.«

»Nein, tue ich nicht«, sagte Livie. »Mein Turnwettkampf in
Minneapolis war heute. Wir fahren gerade nach Hause.«

»Oh, es tut mir so leid, das habe ich vergessen«, sagte
Maddie. Sie fühlte sich plötzlich schrecklich, weil sie Livie
letzte Nacht zbog Cadens Unfall lange wachgehalten hatte.
»Wie ist es gelaufen?«

»Ich war super! Ich habe in zwei meiner drei Kategorien den
ersten Platz und in der anderen den zweiten belegt. Ein Trainer
von der University of Denver war da und hat eine Weile mit
mir gesprochen. Ich schätze, ich habe jetzt zwei Optionen für
das College«, sagte Livie.

»Das ist wunderbar! Ich freue mich so für dich«, sagte
Maddie. »Es tut mir so leid, dass ich es vergessen und dich
letzte Nacht lange aufgehalten habe. Du hättest etwas sagen
sollen.«

»Schon gut, Mads«, sagte Livie. »Meine Eltern haben mich

zum Wettkampf gefahren, also habe ich auf dem Weg dorthin geschlafen. Alles ist gut.«

»Nun, ich bin froh, dass du so gut abgeschnitten hast«, sagte Maddie.

»Danke. Ich fahre heute Abend vorbei, wenn wir nach Hause kommen, und zeige dir meine Medaillen«, sagte Livie.

»Großartig. Bis dann.« Maddie legte auf und seufzte. Wenn Livie heute Abend nicht arbeitete, bedeutete das, dass die mürrische Carrie arbeitete.

Maddie fuhr nach Hause, aß ein schnelles Tiefkühlgericht, das sie in der Mikrowelle aufgewärmt hatte, und ging dann wieder zur Arbeit. Es war erst halb fünf, aber es fühlte sich bereits wie Mitternacht an, weil sie so erschöpft war. Sie fuhr auf den belebten Parkplatz, parkte und ging hinein.

»Beeil dich«, bellte Carrie sie an. »Siehst du nicht, dass ich hier total im Stress bin?«

Maddie ignorierte sie, ging nach hinten, um ihre Handtasche wegzulegen und ihre Schürze anzuziehen. Sie winkte Jerry zu, der mit Kochen beschäftigt war. »Danke für gestern Abend«, schrie sie über den Lärm der Fritteusen.

Er lächelte und nickte. »Ich hoffe, es geht ihm gut.«

»Es geht ihm besser. Danke«, sagte Maddie. Sie eilte zum Tresen und begann, die Bestellungen der langen Kundenschlange abzuarbeiten.

»Hat ja lange genug gedauert«, sagte Carrie und sah gestresst aus. Ihre dunklen Haare fielen ihr aus dem Pferdeschwanz und ihre Schürze war befleckt.

»Ich bin pünktlich zu meiner Schicht gekommen«, sagte Maddie leise, als sie zwei kleinen Kindern Eiswaffeln reichte.

»Wie auch immer«, sagte Carrie.

Sie waren eine Stunde lang beschäftigt, und dann wurde

es endlich ruhiger. Maddie ging in den Essbereich und wischte die Tische ab. Als sie hinter den Tresen zurückkehrte, knurrte Carrie sie fast an. »Füll die Waffeln und Becher auf. Sie sind fast leer.«

Maddie funkelte sie an. »Wechsle deine Schürze. Du siehst aus wie eine Köchin in einer schmierigen Pommesbude.«

Carrie hielt inne und starrte sie an, fassungslos, dass Maddie ihr widersprach. Dann blickte sie an ihrer Schürze hinunter. Ihr Lachen überraschte Carrie genauso sehr wie Maddie.

»Du hast recht. Ich bin total schmutzig.« Sie grinste.

Maddie starrte sie an, als wäre sie verrückt geworden. »Du hast gelacht. Ich habe dich angeschrien, und du hast gelacht.«

»Es war lustig«, sagte Carrie und wischte sich mit dem Handrücken die Stirn. »Du hast mir noch nie widersprochen.«

»Und das findest du lustig?«

»Ja«, sagte Carrie. »Ich dachte, du wärst zu brav, um Widerworte zu geben. Ich schätze, du hast ja doch Rückgrat.« Sie ging, um ihre Schürze zu wechseln.

Maddie starrte ihr nach. Was war los mit Carrie? Musste sie sie erst anschreien, damit sie nett war?

»Warum warst du allein?«, fragte Maddie, nachdem Carrie zurückgekehrt war. »Jemand hätte mit dir arbeiten sollen, bis ich drankam.«

»Sie hat sich in letzter Minute krankgemeldet«, sagte Carrie. »Highschool-Mädchen. Man kann sich nicht darauf verlassen, dass sie arbeiten.«

»Hey!«, sagte Maddie.

Carrie lächelte. »Okay, manche Highschool-Mädchen. Du bist immer pünktlich.«

»Besser«, sagte Maddie lächelnd.

Während sie arbeiteten und den Laden wieder in Ordnung

brachten, erzählte Maddie Carrie von Cadens Unfall.

»Ich habe von dem Unfall gehört«, sagte Carrie. »Ich wusste nicht, dass er es war. Ich bin froh, dass es ihm gut geht, aber ehrlich gesagt, ist er ein Arschloch. Du kannst was Besseres haben. Was viel Besseres.«

Maddie wollte Caden verteidigen, aber sie konnte nicht. Carrie hatte recht, er war in den letzten Monaten ein Arschloch gewesen.

Livie tauchte später am Abend mit ihren Medaillen in der Hand auf.

»Herzlichen Glückwunsch!«, sagte Maddie. »Und jetzt hast du eine weitere Wahl für das College. Das ist großartig.«

»Wow! Die hast du gewonnen?«, fragte Carrie. »Das ist so toll.«

Livie starrte Carrie an, als hätte sie zwei Köpfe. »Äh, danke.«

»Ich wusste, dass du turnst, aber mir war nicht klar, dass du so gut bist. Supercool.« Carrie ging nach hinten, um Jerry beim Reinigen der Grills zu helfen.

Livie starrte Maddie an und flüsterte. »Was ist mit Carrie passiert? Ist sie krank?«

Maddie lachte. »Nein. Sie ist also doch ein Mensch.«

Maddie ging direkt nach dem Schließen nach Hause. Sie war erschöpft von ihrem langen Tag und weil sie in der Nacht zuvor nicht viel geschlafen hatte. Sie überlegte, Caden eine SMS zu schicken, überlegte es sich dann aber anders. Sie war immer noch sauer auf ihn. War er wirklich so unreif zu denken, dass das, was ihm passiert war, keine große Sache war?

Es war halb elf, als sie nach Hause kam, und niemand war mehr wach. Also schaltete sie die Küchenlichter aus und ging in ihr Zimmer. Nachdem sie sich in ein langes T-Shirt umgezogen hatte, fühlte sich Maddie plötzlich hellwach, also holte sie das Notizbuch hervor, in das sie Evas Geschichte geschrieben hatte, und begann, mehr von ihrer Geschichte aufzuschreiben.

Eva war gebeten worden, der Ballettkompanie von Mr. Balanchine beizutreten. Das war eine riesige Sache gewesen. Maddie konnte sich nicht vorstellen, mit nur sechzehn Jahren um so etwas gebeten zu werden. Hier war sie, ein Jahr älter als das, und sie wusste immer noch nicht, auf welche Schule sie gehen wollte. Aber Eva hatte ihr Leben bereits im Alter von sechzehn Jahren für sich geplant gehabt.

Maddie fragte sich, ob es daran lag, dass die Menschen damals in ihren Teenagerjahren reifer waren, oder ob es nur Eva war, die reif wirkte.

Am nächsten Tag musste Maddie nicht arbeiten, also ging sie am späten Vormittag ins Krankenhaus, um Caden zu besuchen. Er war in ein normales Zimmer verlegt worden und konnte mehr Besucher empfangen. Als sie ankam, war er allein, saß aufrecht im Bett und aß sein Mittagessen.

»Ich dachte, du wärst sauer auf mich«, sagte Caden schmollend.

»Bin ich auch. Aber ich mache mir trotzdem Sorgen, wie es dir geht.« Maddie setzte sich auf den Stuhl neben dem Bett.

»Nun, alle sind sauer auf mich, also kannst du es auch sein.« Caden biss in sein Sandwich und kaute langsam.

»Wer ist noch sauer?«

»Meine Eltern. Aaron. So ziemlich jeder, den ich kenne«, sagte Caden. »Ihr nehmt das alle so furchtbar ernst. Unfälle passieren eben, deshalb nennt man sie ja Unfälle.«

»Was dir passiert ist, war ein selbst verschuldeter Unfall«, sagte Maddie. »Du hast dich entschieden, betrunken zu fahren, und hast dich mit deinem Truck überschlagen. Nüchtern wäre das nicht passiert.«

»Meine Güte, Mads. Wie alt bist du? Dreißig? Also gut, ich habe ein bisschen was getrunken. Junge Leute machen so was. Zumindest einige von uns, aber du nicht. Nicht jeder ist so ein Unschuldslamm.«

Maddie wurde wütend. »Wann bist du eigentlich so dumm geworden? Oder warst du schon immer so dumm, und ich habe es nur ignoriert?«

Caden sah sie an. »Nicht ich habe mich verändert, Mads. Ich bin immer noch derselbe, der ich immer war. Du bist diejenige, die solche Angst davor hat, das Leben zu genießen.«

»Es gibt einen Unterschied zwischen ›das Leben genießen‹ und ›sein Leben ruinieren‹«, sagte Maddie und stand auf. »Und du scheinst fest entschlossen zu sein, deins zu ruinieren. Na, dann viel Glück dabei.« Sie stürmte aus dem Zimmer und zum Aufzug. Ihr Herz hörte nicht auf zu hämmern, bis sie im Auto ihrer Mutter auf dem Parkplatz saß.

Endlich kamen die Tränen. War es das? Kam sie endlich zur Vernunft und machte mit Caden Schluss?

Ihr Telefon summte und sie ignorierte es, bis es erneut summte. Sie holte tief Luft, wischte sich die Augen und sah darauf. Ihre Mutter rief an.

»Hallo«, sagte Maddie und versuchte, normal zu klingen.

»Hallo«, sagte ihre Mutter. »Eva hat gerade angerufen und gefragt, ob wir zum Mittagessen zu ihr rüberkommen wollen. Willst du hingehen?«

Maddie musste lächeln, als sie an Eva dachte. Es war, als wüsste sie immer, wann Maddie eine Freundin brauchte. »Klar. Ich fahre gerade vom Krankenhaus los.«

»Okay. Komm zuerst nach Hause, dann können wir zusammen hinübergehen.«

Maddie überprüfte ihre Wimperntusche, um sicherzugehen,

dass sie nicht verlaufen war, bevor sie nach Hause fuhr. Sie wollte ihrer Mutter nicht erklären müssen, warum sie geweint hatte. Sie parkte das Auto in der Einfahrt und ging in die Küche, wo ihre Mutter wartete.

»Geht ihr zwei wirklich zum Mittagessen ins Haus der Hexe?«, fragte Lily aus dem Wohnzimmer.

»Sie sind keine Hexen«, sagte Maddie bestimmt. »Nenn sie nicht so. Sie sind nette Damen.«

»Du solltest mit uns zum Mittagessen kommen«, sagte Sandy zu Lily. »Dann kannst du dich selbst davon überzeugen, dass sie ganz normale Leute sind.«

Lilys Augen wurden groß und sie schüttelte den Kopf. »Auf keinen Fall. Ihr könnt euch beide in Öl sieden lassen, aber ich nicht.«

Maddie verdrehte die Augen, während ihre Mutter kicherte.

»Komm«, sagte Sandy zu ihrer ältesten Tochter. »Gehen wir.«

Sie gingen das kurze Stück die ruhige Quartierstraße entlang zum Haus. »Hast du Caden heute gesehen?«, fragte Sandy.

»Ja.«

»Wie geht es ihm?«

»Er benimmt sich dumm«, platzte es aus Maddie heraus. »Er findet nicht, dass das, was passiert ist, eine große Sache war. Und er ist sauer, weil ihm alle in seinem Umfeld sagen, er müsse erwachsen werden.«

Sandy sah Maddie von der Seite an. »Was meinst du?«

»Ich weiß, dass er erwachsen werden muss«, sagte Maddie.

Sie blieben am Anfang der langen Einfahrt stehen und sahen beide hinauf.

»Als kleines Mädchen habe ich es geliebt, hierherzukommen«,

sagte Sandy. »Es war überhaupt nicht unheimlich. Wir wussten alle, dass Mlle Arthur nett war, und obwohl Mrs. Robertson mürrisch war, war sie nicht furchteinflößend. Ich weiß nicht, wann die Gerüchte in deiner Generation anfingen, aber ich habe es gehasst.«

»Es ist schön, dass du glückliche Erinnerungen an diesen Ort hast«, sagte Maddie. »Aber warum hast du sie nie besucht?«

Sandy seufzte. »Das habe ich, ein paar Mal. Aber das Leben kam einfach dazwischen, und mit der Zeit muss man seine Kindheitsträume hinter sich lassen. Ich schätze, es war einfacher, nicht mehr hierherzukommen.«

»Das ist traurig«, sagte Maddie.

Sie folgten der Einfahrt zum Haus und gingen die Treppe hinauf. Maddie ging voran und klopfte an die Tür. Sie wurde sofort geöffnet.

»Maddie, meine Liebe«, sagte Eva und lächelte strahlend. »Ich bin so froh, dass du es geschafft hast.« Sie spähte an Maddie vorbei, sah Sandy, und ihr Lächeln wurde noch breiter. »Oh, Sandy. Es ist so schön, dich zu sehen.« Eva streckte die Arme aus, und Sandy trat in ihre Umarmung.

»Es tut mir leid, dass es so lange gedauert hat«, sagte Sandy, während ihr Tränen über die Wangen liefen.

»Es fühlt sich an, als wäre es erst gestern gewesen«, sagte Eva sanft.

Maddie beobachtete, wie sich Lehrerin und Schülerin umarmten. Sie spürte, wie ihr selbst die Augen feucht wurden. Maddie hatte nie daran gedacht, dass ihre Mutter ein Leben gehabt hatte, bevor sie geboren wurde, geschweige denn, dass sie eine junge Frau gewesen war. Ihr wurde jetzt klar, dass es so viel gab, was sie nicht über ihre Mutter wusste.

»Kommt rein und schließt die Tür, bevor ihr die ganzen

Fliegen hereinlasst«, sagte Ginny vom Küchendurchgang aus.

Maddie kicherte. Ginny war immer die Vernünftige.

Sandy ging zu Ginny hinüber. »Es ist schön, Sie zu sehen, Mrs. Robertson. Und danke, dass Sie mich zum Mittagessen eingeladen haben.«

»Ach, vergiss diesen Mrs.-Robertson-Unsinn«, sagte Ginny. Sie umarmte Sandy und trat dann zurück. »Nenn mich Ginny. Mein Gott, du hast dich kein bisschen verändert, was? Immer noch jung und schön.«

Sandy sah verblüfft aus. »Danke. Aber ich habe mich verändert. Ich habe jetzt Teenager-Töchter.«

»Nun, das könnte dein Tod sein«, sagte Ginny.

Sandy lachte. Sie ging hinüber zu der Stelle, wo Maddie und Eva am Tisch standen.

Maddie bemerkte, dass ihre Mutter auf die Flügeltüren starrte. Auch Eva bemerkte es.

»Du willst den Tanzsaal sehen, das merke ich«, sagte Eva. »Er hat sich wirklich kein bisschen verändert. Maddie, meine Liebe. Übernimmst du die Ehre?«

Maddie nickte und zog zuerst die eine und dann die andere Tür auf. Die Sonne durchflutete den großen Raum durch die riesigen Fenster.

Sandy ging langsam in den Raum, während Eva und Maddie zusahen. Sie betrachtete die großen Porträts der tanzenden Eva, ging dann zu einer der Ballettstangen und legte ihre Hände darauf.

»Du spürst es wieder, nicht wahr?«, fragte Eva und trat näher an Sandy heran. »Das Verlangen zu tanzen. Es zieht dich in seinen Bann, genau wie vor all den Jahren.«

Maddie sah zu, wie die Hände ihrer Mutter die Stange liebkosten. Sie sah ihr Spiegelbild im Fenster. Das Gesicht ihrer

Mutter sah verträumt aus, als ob sie sich an all die Jahre erinnerte, die sie hier tanzend verbracht hatte.

Sandy drehte sich um. »Nichts hat sich verändert. Es ist immer noch derselbe wunderschöne Ort.«

Eva lächelte. »Es ist immer noch der perfekte Ort, um Ballett zu unterrichten. Ich habe immer davon geträumt, dass jemand in meine Fußstapfen tritt und hier weiterhin Tanzunterricht gibt. Ich hatte gehofft, diese Person wärst du.«

Sandy kicherte. »Es war genau das. Nur ein Traum. Ich habe das Tanzen geliebt, aber es gab keine Zukunft darin.«

Eva neigte den Kopf und musterte Sandy. »Vielleicht könnte es die immer noch geben. Du bist jung. Du könntest abends und im Sommer Ballett unterrichten.«

Sandy schüttelte den Kopf. »Oh, nein. Ich könnte nicht mehr tanzen, geschweige denn unterrichten. Ich bin zu lange raus.«

»Das ist wie Fahrradfahren, meine Liebe«, sagte Eva sanft. »Dein Körper vergisst die Bewegungen nie. Es würde dir innerhalb von Tagen wieder einfallen.«

Sandy sah skeptisch aus, ging aber weiter wie in Trance durch den Raum.

»Sei vorsichtig«, sagte Ginny vom Durchgang aus. »Wenn es nach Eva geht, lässt sie dich morgen schon kleine Ballerinen anmelden.«

Sandy drehte sich um und lächelte Ginny an. »Es würde Spaß machen, das gebe ich zu. Aber es wäre auch Arbeit.«

»Du müsstest dir einen neuen Pianisten suchen«, sagte Ginny. »Meine knorrigen alten Finger lassen mich nicht mehr spielen.«

»Oder du könntest Musik und Lautsprecher verwenden«, sagte Maddie. »Das ist zwar nicht dasselbe wie ein Pianist, aber es würde funktionieren.«

»Das ist die richtige Einstellung«, sagte Eva.

Sandy schüttelte langsam den Kopf. »Das klingt reizend, aber ich hätte keine Zeit dafür.«

Evas Lächeln verblasste. »Es ist aber etwas, worüber man nachdenken kann.«

»Nun, denken wir erst mal über das Mittagessen nach, bevor es alt wird«, sagte Ginny und drehte sich weg. Sandy ging leise über den Tanzboden und half Maddie, die Türen zu schließen, wobei sie ihre Erinnerungen hinter sich ließ.

»Ich glaube, du würdest es lieben, Tanz zu unterrichten«, sagte Maddie leise zu ihrer Mutter. »Du bist Lehrerin, das würde dir von Natur aus liegen.«

Sandy musterte ihre Tochter einen Moment lang, dann senkte sie den Blick. Sie setzten sich alle an den kleinen Tisch und begannen zu essen. Ginny hatte Club-Wraps gemacht und kleingeschnittenes Gemüse mit Dip auf den Tisch gestellt.

»Erzähl mir mehr von deiner Geschichte«, sagte Maddie und blickte Eva an. »Letztes Mal hast du aufgehört, als du von Balanchine engagiert wurdest, um dem New York City Ballet beizutreten.«

Eva lächelte. »An diesem Tag hat sich meine ganze Welt verändert. Es war wie ein wahr gewordener Traum.«

»Ich würde die Geschichte liebend gern hören«, sagte Sandy.

»Nun, du wirst sie bald lesen können«, sagte Eva mit einem Grinsen. »Maddie schreibt meine Geschichte auf.«

Sandy wandte sich ihrer Tochter zu. »Wirklich? Du schreibst über sie?«

Maddie wurde plötzlich verlegen. »Ich schreibe nur auf, was sie mir erzählt.«

»Und ich bin sicher, es wird wundervoll«, sagte Eva. Sie

spülte einen Bissen ihres Essens mit einem Schluck Eistee hinunter und begann dann. »Am Tag, nachdem ich gebeten worden war, dem Ballett beizutreten, änderte sich alles. Es war Arbeit, aber ich liebte jeden Moment davon. Ich wurde stärker und eine bessere Tänzerin. Aber zuerst musste ich die Rollen schnell lernen. Es gab keine Zeit für Bummeleien, wenn man für den großen Mr. B arbeitete.«

KAPITEL VIERZEHN

Eva – 1958

Eva begann sofort, an Mr. Bs täglichem Unterricht teilzunehmen, wo er nicht nur Technik lehrte, sondern auch mit Tänzerinnen arbeitete, die Ballette probten. Anfangs war sie überfordert, da sie mit den vielen talentierten Ersten Solotänzerinnen und Solistinnen sowie mit Frauen, die schon seit mehreren Jahren im Corps de Ballet waren, trainierte. Doch als sie übte, verlor sie sich in der Musik und den Schritten und versuchte, ihre Gefühle der Unzulänglichkeit beiseitezuschieben.

Eva nahm jeden Morgen an einem einstündigen Unterricht teil und hatte dann einstündige Proben für jedes Ballett, das sie lernte. Die Spielzeit war bereits vorüber, aber die Tänzerinnen hörten nie auf zu arbeiten. Sie gingen auf eine Sommertournee durch die Städte im Norden des Staates New York, also mussten sie bereit sein.

Man gab Eva kleine Rollen im Corps de Ballet und wies sie an, sie schnell zu lernen. Während ihrer Sommertournee sollte sie in fünf verschiedenen Balletten tanzen. Sobald Mr. Bs Unterricht beendet war, war sie mit den anderen Tänzerinnen unterwegs, schaute zu und lernte unter dem wachsamen Auge der Lehrer so schnell sie konnte.

Eva hatte das Gefühl, als wären all ihre Träume wahr geworden – und das früher, als sie es erwartet hatte. Sie lernte kleine Rollen in *Stars & Stripes*, *Western Symphony*, *Sinfonie in C* und war ein Schwan im Hintergrund in *Schwanensee*. Sie spielte auch eine Fee im Hintergrund in *Ein Sommernachtstraum*. Es gab so viel zu üben und zu lernen, aber sie hatte diese Ballette so oft gesehen, dass es ihr leichtfiel, die Schritte zu lernen. Und das Allerbeste war, dass sie nun eine bezahlte Tänzerin war und ihre Mutter bei den Ausgaben unterstützen konnte. Darauf war sie am allermeisten stolz.

Ihre Schularbeiten traten jedoch gegenüber dem Tanzen in den Hintergrund. Eva war entschlossen, ihren Abschluss zu machen und Mr. Bs Wunsch zu erfüllen, dass all seine Tänzerinnen die Highschool beendeten. Aber es war schwer. Sie lernte morgens, begann dann um zehn mit dem Tanzunterricht und probte den Rest des Tages. Am Abend war sie erschöpft.

»Wie gefällt es Ihnen, für meine kleine Kompanie zu tanzen?«, fragte Mr. B eines Abends, als sie beide den Bürgersteig entlang nach Hause gingen. Er hatte gegrinst, als er »kleine« sagte.

»Ich liebe es«, erwiderte Eva, die sehr wohl wusste, dass Mr. B alle Tänzerinnen genau beobachtete und im Auge behielt, wie gut sie zurechtkamen. »Ich könnte mir nichts Besseres wünschen.«

Er blieb stehen und wandte sich ihr zu. »Sie meinen, Sie möchten keine Solistin oder Erste Solotänzerin sein?«

Auch Eva blieb stehen. »Oh, nein. Ich meine, ja. Ich wäre liebend gern eine Solistin oder Erste Solotänzerin. Aber ich genieße es, im Corps zu lernen, damit ich vielleicht eines Tages auf eine höhere Stufe aufsteigen kann.«

Mr. B lachte. »Sie sind eine talentierte Tänzerin, und Sie arbeiten hart. Ich zweifle nicht daran, dass Sie bald an die Spitze aufsteigen werden.« Er blieb vor einem kleinen Café stehen, das auch spät abends noch geöffnet hatte. »Möchten Sie etwas essen, bevor Sie nach Hause gehen?«

Evas Herz pochte. Sie mochte Mr. B und respektierte ihn sehr. Aber sie hatte auch die Gerüchte gehört, wie er sich in seine Tänzerinnen verliebte. Sie wollte nicht in eine Situation geraten, in der ihre Beziehung zu ihm unangenehm werden würde.

»Danke, aber ich muss nach Hause«, sagte sie schnell. »Meine Mutter macht sich Sorgen, wenn ich spät nachts nach Hause laufe.«

Mr. B musterte sie einen Moment lang, dann nickte er. »Natürlich. Wir wollen Ihre Mutter nicht beunruhigen. Gehen Sie nur nach Hause. Ich glaube, ich werde eine Kleinigkeit essen.« Er lächelte sie an und ging dann ins Café.

Eva ging den Rest des Weges nach Hause und hoffte, dass sie Mr. B nicht beleidigt hatte. Nach all der Arbeit, die sie in ihr Tanzen gesteckt hatte, wäre sie am Boden zerstört, wenn er sie feuerte.

Glücklicherweise waren Evas Sorgen unbegründet. Am nächsten Tag im Unterricht behandelte Mr. B sie genauso wie immer. Er bat sie sogar, vor die Klasse zu treten und die perfekte Piqué-Drehung vorzuführen.

»Sehen Sie zu, wie Eva sich dreht«, sagte er zu den anderen Tänzerinnen. »Ihre Arme bewegen sich perfekt, während ihre Drehungen sanft sind, als ob sie in der Luft schweben würde. Wie schön wäre es, wenn jede so eine Piqué-Drehung machen würde.«

Es war sowohl peinlich als auch aufregend, dass Mr. B vor der Klasse sagte, ihr Schritt sei perfekt. Und sie war dankbar, dass er ihr den Vorabend nicht übel nahm, weil sie nicht mit ihm mitgegangen war.

Natürlich schätzten es die älteren Tänzerinnen nicht, gesagt zu bekommen, sie sollten wie die jüngste Tänzerin tanzen. Nach dem Unterricht gingen mehrere an ihr vorbei und nannten sie »Little Miss Piqué«. Eva wurde sofort klar, dass es keine gute Sache war, von Mr. B besonders behandelt zu werden.

»Kümmern Sie sich nicht um sie«, sagte Allegra Kent, eine Erste Solotänzerin, zu Eva. »Sie werden leicht eifersüchtig. Sie sind für Ihr Alter eine talentierte Tänzerin und sind Mr. B ins Auge gefallen, und das stört viele der älteren Tänzerinnen.«

»Danke«, sagte Eva und fühlte sich, als hätte sie einen Star vor sich. Aber sie wusste, dass Miss Kent recht hatte. Sie musste jede negative Aufmerksamkeit ignorieren und weiterhin ihr Allerbestes geben.

Eva hatte eine wundervolle Zeit auf der Sommertournee, aber zum allerersten Mal wurde ihr klar, dass das ununterbrochene Tanzen auf Spitze anstrengend und schmerzhaft war. Zuvor hatte sie immer nur einstündige Unterrichtsstunden genommen. Jetzt tanzte sie mehrmals am Tag auf der Bühne, und das war eine große Belastung für ihre Füße, Knöchel und Knie.

Wie die anderen Tänzerinnen wickelte sie sich zuerst Verbände um die Zehen, bandagierte ihre Füße und stopfte die Schuhe dann mit allem Weichen aus, um zu verhindern, dass ihre Füße an den rauen Stellen der Schuhe scheuerten. Sie fand, dass Steppwatte am besten funktionierte, aber selbst die wurde platt gedrückt und tat schließlich weh. Sie versuchte es auch mit zusammengeknüllten Kosmetiktüchern oder Papiertüchern, wie es einige der Tänzerinnen taten. Aber der Schmerz war immer da, und sie musste ihn ignorieren und tanzen, als würde sie auf Luft schweben. Das alles gehörte dazu, eine Ballerina zu sein.

Nach der Tournee nutzte sie die paar freien Wochen vor der Herbstsaison, um Ginny zu besuchen, durch die Museen der Stadt zu schlendern und täglich zu üben, um ihre Kraft zu erhalten. Als die neue Saison begann, kehrte sie glücklich in Mr. Bs morgendlichen Unterricht zurück, begierig darauf, als Tänzerin stärker und disziplinierter zu werden.

In Balanchines Unterricht ging es mehr um ein schnelles Aufwärmen und dann um den Übergang zu den Proben. Eva hatte schnell gelernt, früher zu erscheinen und zusätzliche Übungen an der Stange zu machen, bevor Mr. B ankam, damit sie aufgewärmt und bereit war. Viele der anderen Tänzerinnen taten das auch, aber im Laufe der Wochen bemerkte Eva, dass einige nicht am Unterricht von Mr. B teilnahmen und stattdessen den Unterricht eines anderen Lehrers besuchten. Eva konnte an Mr. Bs Gesichtsausdruck erkennen, dass ihm das nicht gefiel. Er erwartete von allen, dass sie so tanzten, wie **er** es lehrte, und es war eine Beleidigung für ihn, dass sie einen anderen Unterricht wählten.

»Diejenigen von Ihnen, die täglich erscheinen, werden mehr davon profitieren als diejenigen, die bis zum Ende der Woche verschwinden«, sagte er an einem Freitagmorgen und sah verärgert aus. »Sie werden schneller Fortschritte machen.«

Eva respektierte Mr. B für alles, was er bis zu diesem Zeitpunkt für sie getan hatte, und hätte nicht einmal daran gedacht, seinen Unterricht zu verpassen.

Neben den kleinen Rollen, die sie im Frühjahr gelernt

hatte, bekam sie die Rolle einer weißen Schneeflocke im *Nussknacker*. Zu ihrer großen Überraschung wurde sie auch als eines der Ensemble-Mädchen in blauen Kleidern im Ballett *Serenade* besetzt. Es war eine Ehre, in diesem mitreißenden Ballett zu tanzen, dem ersten, das Mr. Balanchine in Amerika schuf. Bei der ersten Probe war Eva sowohl aufgeregt als auch ängstlich. Sie hatte das Ballett unzählige Male gesehen und hoffte, dass sie mit der schnellen Musik und den hohen Kicks mithalten konnte. Oft hatte sie die anderen Tänzerinnen keuchend und nach Luft ringend von der Bühne kommen sehen, weil der Tanz so körperlich anstrengend war.

Mr. B beaufsichtigte die ersten Proben für die diesjährige Aufführung von *Serenade*. Unter seinem wachsamen Auge lernte Eva die Schritte, wirbelte, rannte und stand in ausladenden Arabesken, bevor sie sich weiterbewegte. Wenn Eva oder eine andere Tänzerin einen Schritt verpasste oder den Faden verlor, sagte Mr. B nur: »Bewegt euch weiter. Niemand im Publikum wird wissen, dass ihr einen Fehler gemacht habt. Bleibt einfach im Fluss der Musik.«

Einmal, als Eva die vielen hohen Kicks machte, die die Tüllröcke zum Fliegen bringen würden, sobald sie ihre Kostüme trugen, rief Mr. B sie heraus.

»Eva, meine Liebe«, sagte er und stoppte die Musik. »Sie kicken hoch, aber können Sie Ihr Bein auch so hoch halten?«

Evas Gesicht wurde rot, und sie war entsetzt, in den Mittelpunkt gestellt zu werden. »Ich bin nicht sicher«, antwortete sie schließlich.

»Kommen Sie, meine Liebe.« Mr. B ließ sie aus der Gruppe der Frauen treten und bat sie, ihren höchsten Kick zu machen, ihn aber dort zu halten und nicht fallen zu lassen.

Mit pochendem Herzen stand Eva da und schwang ihr

Bein hoch in die Luft, aber genau wie Mr. B vermutet hatte, konnte sie es nicht so hoch halten, und es fiel herunter.

»Sehen Sie«, sagte er freundlich. »Wenn wir kicken, müssen wir es mit Kontrolle tun. Kicken Sie nur so hoch, wie Sie es halten können. Es spielt keine Rolle, ob Sie nicht so hoch kicken können wie ein anderes Mädchen, es kommt nur darauf an, dass Ihre Bewegungen kontrolliert sind.«

Eva nickte, immer noch verlegen, und rannte zurück an ihren Platz in der Gruppe.

»Und das gilt für euch alle«, sagte Mr. B. »Keine verrückten Kicks. Nur kontrollierte Kicks.«

Die Frauen murmelten, dann setzte die Musik wieder ein. Während Eva durch das Probenstudio tanzte, wurde ihr klar, dass Mr. B recht hatte. Wenn sie ihre Bewegungen kontrollierte, sahen sie immer noch frei und schwungvoll aus, aber sie wirkte auch stabiler und konnte leichter in die nächste Bewegung übergehen.

Serenade war der erste Tanz der Saison am Premierenabend, und Eva war stolz, ein Teil davon zu sein. Die Tänzerinnen standen in blauen Kleidern mit langen Tüllröcken, rosa Strumpfhosen und rosa Spitzenschuhen da. Mit denselben Kostümen und zu Dutts hochgesteckten Haaren waren sie schwer auseinanderzuhalten. Aber wenn sie unisono tanzten, war es ein wunderschöner Anblick. Eva fühlte sich wie ein Teil einer gut geölten Maschine, die sich perfekt gemeinsam über die Bühne bewegte, siebzehn Mädchen, die sich alle wie eine bewegten. Es war ein aufregendes Gefühl, dort oben zu sein.

Später lobten ihre Mutter und Tante Bea ihren Tanz, und Ginny starrte sie ehrfürchtig an. Ginny, jetzt ebenfalls sechzehn, war größer als Eva und hatte die Figur einer Frau. Eva war immer noch zierlich und schmal und sah jünger aus, als sie war. Aber Ginny war von ihrer Cousine beeindruckt.

»Du warst wunderschön da oben, wie du dich in diesen hübschen Kostümen gedreht und gewirbelt hast«, sagte Ginny zu ihr. »Ich beneide dich um dein Talent.«

Eva lächelte. »Danke. Ich habe hart dafür gearbeitet, da oben zu stehen.«

»Ich weiß«, sagte Ginny. »Und die ganze Arbeit hat sich gelohnt. Eines Tages wirst du der Star auf der Bühne sein.«

Evas Herz tanzte. Sie hoffte, dass das stimmte.

Mr. B trat mit einem Strauß roter Rosen auf Eva zu. »Für Sie, meine Liebe. Sie haben hart gearbeitet und meine Ballette wunderschön getanzt.«

Eva war verblüfft, als sie die Rosen annahm. »Das hätten Sie nicht tun müssen«, sagte sie.

Mr. B lachte. »Musste ich auch nicht. Ich habe sie von einem der Gönner bekommen. Aber sie gebühren Ihnen, weil Sie so wunderschön getanzt haben.« Er nickte Evas Mutter, Tante und Cousine zu und machte sich dann auf den Weg dorthin, wo die Presse darauf brannte, ihm Fragen zu stellen.

Während Ginny und Bea ehrfürchtig zusahen, wie Mr. B wegging, wanderte Gwens Blick von den Rosen zu ihrer Tochter.

»Pass bei ihm auf, Liebes«, flüsterte sie Eva zu.

»Er war nur freundlich«, sagte Eva zu ihrer Mutter. Aber als sie hinter die Bühne ging, um ihre Sachen zu holen, würdigten die anderen Tänzerinnen sie keines Blickes. Nachdem sie so wunderschön als Einheit getanzt hatten, fühlte sich Eva nun unter ihnen wie eine Ausgestoßene. Eva war nicht auf besondere Aufmerksamkeit von Mr. B aus, aber die anderen Mädchen schienen das anders zu sehen.

Sie ging mit ihrer Familie zu einem späten Abendessen und

hoffte, dass das mulmige Gefühl in ihrer Magengrube vergehen würde. Sie hatte eine ganze Saison des Tanzens mit den
Frauen vor sich, die ihr hinter der Bühne die kalte Schulter
gezeigt hatten. Sie würde es nicht ertragen können, wenn sie
alle sie ignorierten, nur wegen eines Dutzend Rosen.

Am nächsten Tag gingen der Unterricht und die Proben
wie gewohnt weiter, ohne dass Mr. B ihr besondere Aufmerksamkeit schenkte. Eva ging ihrer Arbeit nach und ignorierte die
anhaltenden Blicke oder das Geflüster hinter ihrem Rücken.

Dadurch, dass Eva so damit beschäftigt gewesen war, die
Tänze zu lernen, hatte sie keine Zeit gehabt, nach ihrer Freundin Mary zu sehen. Eines Abends nach den Proben fuhr sie mit
dem Bus zu Marys Wohnhaus, wo sie mit ihren Eltern lebte.
Eva war im Laufe der Jahre schon mehrmals dort gewesen, also
dachte sie, es würde nichts ausmachen, wenn sie uneingeladen
auftauchte.

Mary wohnte in einem schöneren Wohnhaus als Eva, das
beim Eintreten einen Portier und einen Concierge-Schalter
hatte. Die Frau hinter dem Schalter fragte, wen Eva besuchen
wolle, also sagte sie ihr, Mary Rasmussen. Nachdem die Frau
aufgelegt hatte, bat sie Eva, Platz zu nehmen, Miss Rasmussen
würde in Kürze herunterkommen.

Eva war verwirrt. Normalerweise wurde ihr gesagt, sie
solle nach oben in die Wohnung gehen. Aber sie fand einen
Plüschsessel in der wunderschön dekorierten Lobby, setzte sich
und wartete.

Ein paar Minuten später kam Mary auf sie zu.

»Oh, Mary! Ich bin so froh, dich zu sehen«, sagte Eva, sprang
auf und umarmte sie. Aber Mary machte keine Anstalten, Eva
zurückzuarmen, also löste sie sich und sah ihre Freundin an.
»Ist alles in Ordnung?«

»Warum bist du hier?«, fragte Mary, stand steif da und strich sich ihr langes, blondes Haar hinter die Schulter.

»Ich bin gekommen, um dich zu besuchen«, sagte Eva, verletzt von ihrer scharfen Frage. »Ich war so beschäftigt, ich hatte keine Gelegenheit, bei der SAB vorbeizuschauen und dich zu besuchen.«

Marys Gesicht verhärtete sich. »Du willst mir also deinen Erfolg unter die Nase reiben?«

Eva klappte der Mund auf. »Nein. Überhaupt nicht. Ich habe dich vermisst.«

»Warum hat es dann Monate gedauert, bis du nach mir gesehen hast?«, sagte Mary. »Ich bin all diese Monate zu Hause gewesen, und du bist nicht ein einziges Mal vorbeigekommen.«

»Ich war … ich war beschäftigt«, sagte Eva. »Nachdem ich gebeten wurde, in die Compagnie einzutreten, musste ich neue Tänze lernen, um für die Tournee im Norden von New York bereit zu sein, und dann hatte ich im August nur einen Monat frei.«

»Oh, du Arme.« Mary verschränkte die Arme. »Dein Traum ist wahr geworden, und du hattest keine Zeit für deine Freunde.«

Eva senkte den Blick. Sie spürte, wie sich heiße Tränen dahinter bildeten. Sie hatte gedacht, Mary würde sich für sie freuen, aber wie die Frauen in der Compagnie war sie eifersüchtig. »Es tut mir leid, dass es dich aufregt, dass ich zum Tanzen ausgewählt wurde, aber ich kann nichts dafür, wer ausgewählt wird und wer nicht. Du hast noch zwei Jahre Unterricht und könntest jederzeit ausgewählt werden. Ich hatte nur Glück, dass ich früh ausgewählt wurde.«

»Du bist wirklich ichbezogen gewesen, nicht wahr?«, sagte Mary. »Du hast nicht einmal bemerkt, dass ich nicht zum

Unterricht an der SAB zurückgekehrt bin. Ich habe aufgehört. Es hat keinen Sinn, dort zu bleiben, wenn ich nie eine Tänzerin werde.«

»Was?« Eva war fassungslos. »Du hast aufgehört? Nach all den Jahren des Trainings?«

Mary hob das Kinn. »Ich habe an der SAB aufgehört, nicht mit dem Ballett. Ich nehme Unterricht beim American Ballet Theater. Dort weiß man mein Talent zu schätzen.«

»Oh.« Eva wusste nicht, was sie sagen sollte. Obwohl sie wusste, dass es eine gute Schule war, hätte sie nie auch nur daran gedacht, die SAB für die ABT zu verlassen. Evas Traum war es immer gewesen, für das NYCB und Mr. B zu tanzen. »Nun, ich freue mich, dass du immer noch tanzt. Ich hoffe, sie sehen, wie talentiert du bist, und machen dich bald zu einem Mitglied der Compagnie.«

»Ich muss gehen«, sagte Mary und trat einen Schritt zurück. »Ich habe lange Tage mit Schule und Tanzen, wie du ja weißt. Viel Glück beim Tanzen für Mr. B.«

»Danke«, sagte Eva. An Marys Tonfall konnte sie erkennen, dass sie sarkastisch war. »Dir auch viel Glück«, sagte Eva zu ihr.

Schweren Herzens drehte sich Eva um, um das Gebäude zu verlassen. Würde es immer so sein? Dass sie wegen ihrer Leistungen keine Freunde haben würde.

Plötzlich tippte eine Hand auf ihre Schulter, und sie wirbelte herum. Mary stand ihr gegenüber, mit Tränen in den Augen. Sie umarmte Eva fest. »Du hast in *Serenade* wunderschön getanzt«, flüsterte Mary ihr ins Ohr. Dann ließ sie los und rannte zum Aufzug.

Eva ging weinend und fand ihren Bus nach Hause.

* * *

Eva war die ganze Saison über beschäftigt, tanzte jeden Abend in mehreren verschiedenen Balletten und an den Wochenenden in den Matineen. Sie mochte es, beschäftigt zu sein. Es ließ sie vergessen, dass sie keine Zeit für Freunde und Spaß hatte. Das Tanzen war ihre Unterhaltung, ihr Lebensunterhalt und ihr bester Freund.

»Das Tanzen ist alles«, sagte Mr. B zu ihr, als er eines Tages nach dem Unterricht ihr unglückliches Gesicht sah. Die anderen Frauen sprachen nie mit ihr, und das war ihm aufgefallen. »Je besser man wird, desto weniger Freunde hat man. Aber das Tanzen, das bleibt einem immer.«

Eva nickte. Sie liebte das Tanzen wirklich, aber manchmal wünschte sie sich, sie hätte eine Freundin, mit der sie ihre Gefühle teilen könnte. Sie sah selten ihre Mutter, die entweder arbeitete oder mit Ray aus war. Und sie sah selten Ginny, die mit Freunden, der Schule und dem Genuss eines normalen Teenagerlebens beschäftigt war. Evas Leben bestand aus Arbeiten, Schule, Essen, Schlafen – alles in dieser Reihenfolge.

»Kommen Sie mit«, sagte Mr. B eines Nachmittags nach dem Unterricht, nahm ihre Hand und zog sie mit sich. Er führte sie in ein leeres Studio, winkte dann Randy, einen der jungen Männer aus der Compagnie, herein. Mr. B schloss die Tür, trat zum Plattenspieler und begann, Musik abzuspielen.

»Ich möchte an etwas arbeiten, das ich schon lange im Kopf habe«, sagte Mr. B. »Es ist ein langsames, aber kompliziertes Stück, aber ich denke, es wäre perfekt für Sie beide.«

Mr. B startete die Platte neu und ging in die Mitte des Raumes. Als die Melodie begann, bewegte sich Mr. B zur Musik, schwankte hin und her wie bei einem Walzer, bis die Musik schneller wurde und er sich durch den Raum drehte und sprang.

Eva sah staunend zu, wie Mr. B sich so mühelos über den Boden bewegte. Sie hatte ihn schon viele Schritte vorführen sehen, aber nie einen ganzen Tanz. Es war faszinierend, zuzusehen.

»So. Genau so«, sagte Mr. B, als er fertig war. Er atmete schwer. »Haben Sie alles mitbekommen?« Er lachte.

»Ich glaube, Sie müssen es mir noch einmal zeigen«, sagte Eva und lachte mit.

»Sie werden als Partner tanzen«, sagte er, brachte Randy auf dem Tanzboden in Position, dann Eva. »Beginnen Sie gemeinsam mit den langsamen Schritten unisono, und dann werden Sie sich für die Pirouetten und Sprünge trennen. Dann wieder zusammen und wiederholen. Versuchen wir es.«

Über eine Stunde lang zeigte Mr. B Eva und Randy die Schritte, und sie ahmten ihn nach, bis Eva das Gefühl hatte, sie sich eingeprägt zu haben. Beim letzten Versuch tanzten sie und Randy die kurze Nummer, während Mr. B am Rand stand und seine typischen, aufgeregten Kommentare zurief.

»Gleiten! Drehen! Bumm! Peng! Perfekt!«, rief er, während sie sich drehten, sprangen und dann über den Boden fegten.

»Ah, sehen Sie? Ich habe Ihnen gesagt, dass Sie beide perfekt dafür sind. Wir werden an einem anderen Tag weiter daran arbeiten«, sagte Mr. B. Er verließ den Raum und ließ eine verblüffte Eva und einen ebenso verblüfften Randy zurück.

»Hat Mr. B gerade einen neuen Tanz für uns choreografiert?«, fragte Eva, die kaum glauben konnte, dass es wahr war. Mr. B choreografierte Tänze nur für seine Primaballerinen, in die er für gewöhnlich verliebt war.

Randy sah ebenso überrascht aus. »Ich glaube schon.« Er lächelte, und zum ersten Mal bemerkte Eva, wie gut aussehend er war. Randy war etwas älter als sie, aber noch neu in der Compagnie. Er war zwei Jahre zuvor vom American Ballet Theater gekommen und hatte hart gearbeitet, um mit Balanchines Tanzstil mitzuhalten.

Sie gingen beide zu ihrer nächsten Probe, aber zum ersten Mal seit Monaten fühlte sich Evas Herz leicht an. Es spielte keine Rolle, ob sie eine gute Freundin in der Compagnie hatte. Alles, was zählte, war, dass sie für George Balanchine und das New York City Ballet tanzte. Das musste genug sein.

Kapitel Fünfzehn

Maddie

»Hast du diesen neuen Tanz jemals professionell aufgeführt?«, fragte Maddie, als Eva ihre Geschichte beendet hatte.

Eva schüttelte traurig den Kopf. »Nein, leider nicht. Ich habe mich immer danach gefragt, aber Mr. B hat es uns nie wieder proben lassen. Aber er hat Randy und mich zusammengebracht, und wir sind gute Freunde geworden. Und dafür war ich dankbar«, sagte Eva.

»Vielleicht war das die ganze Zeit über seine Absicht«, sagte Sandy. »Es klingt, als hätte Mr. B sich um dich gekümmert.«

Eva lächelte. »Das habe ich auch schon gedacht. Er war nur freundlich zu mir, trotz dem, was die anderen Frauen in der Kompanie dachten. Bald wurde eine andere Tänzerin seine Favoritin, aber er hat mich nicht ignoriert. Ihm lagen meine Interessen immer am Herzen.«

Auf dem Heimweg fragte Maddie ihre Mutter, ob sie ernsthaft in Erwägung zog, Tanzkurse zu geben.

»Oh, ich bezweifle es«, sagte Sandy. »Ich habe jetzt schon kaum Zeit für alles. Das ist nur ein schöner Traum.«

»Aber kannst du dir nicht die Zeit dafür nehmen?«, fragte Maddie. »Wenn es etwas ist, das du gerne tun würdest, solltest du es tun.«

»Ich wünschte, das Leben wäre so einfach«, sagte Sandy. Dann zuckte sie mit den Schultern. »Ich werde aber darüber nachdenken.«

An diesem Abend saß Maddie nach dem Abendessen in ihrem Zimmer und schrieb alles auf, was Eva ihr an diesem Tag erzählt hatte. Es erstaunte sie immer wieder, dass Eva schon als Kind genau wusste, was sie mit ihrem Leben anfangen wollte. Maddie wusste, dass sie vom Schreiben leben wollte, aber sie war sich nicht sicher, wie sie das anstellen sollte. Selbst wenn sie Kreatives Schreiben studieren würde, wie sollte sie ihren Lebensunterhalt verdienen, wenn sie mit dem College fertig war? Es war ja nicht so, als würde ein Verleger nur darauf warten, dass sie ihren ersten Roman schrieb. Aber sie wollte auch nicht jahrelang studieren, nur um dann einen Job mit Mindestlohn anzunehmen, bis – wenn überhaupt – ihr großer Durchbruch kam. Das war alles so entmutigend.

Nachdem sie alles aufgeschrieben hatte, klappte Maddie ihren Laptop auf und gab *Serenade* von George Balanchine ein. Dutzende Videos erschienen. Einige waren in Schwarz-Weiß, andere, neuere, in Farbe. Sie überflog die Jahreszahlen, konnte aber keine aus den 1960er Jahren finden. Also öffnete sie ein neueres und sah es sich mit aufgedrehter Musik an.

Maddie schaute ehrfürchtig zu. Es war ein so wunderschöner Tanz.

Es klopfte an ihrer Tür, und ihre Mutter steckte den Kopf herein. »Was hörst du dir da an?«, fragte Sandy.

»Ich schaue mir ein Video vom Ballett *Serenade* an. Die Musik ist wunderschön.«

Sandy kam herein und setzte sich neben sie aufs Bett. Ein kleines Lächeln umspielte ihre Lippen, während sie mit ihrer Tochter zusah.

Als das Video zu Ende war, wandte sich Maddie ihrer Mutter zu. »Eva hat das getanzt. Ist das nicht unglaublich? Ich wünschte, es gäbe ein Video von ihrer Aufführung von damals.«

»Ich habe einen Teil davon getanzt, aber nur für eine Aufführung«, sagte Sandy.

Maddies Brauen hoben sich. »Wirklich? Hat Eva es dir beigebracht?«

»Ja. Ich habe das Solo des russischen Mädchens getanzt. Es hat so viel Spaß gemacht. Die Musik war schnell und die Schritte waren rasant. Ich habe es geliebt.«

Maddie sah das Gesicht ihrer Mutter aufleuchten. So aufgeregt war Sandy nie, wenn sie über ihren Lehrerjob sprach. »Ich kann mir vorstellen, dass das Spaß macht.« Sie wartete einen Moment. »Bist du sicher, dass du nicht wieder mit dem Tanzen anfangen willst?«

Sandy kicherte. »Du bist ganz schön hartnäckig.«

»Manchmal«, sagte Maddie. »Wenn ich das Gefühl habe, dass es wichtig ist. Findest du nicht, dass jeder seine Träume verfolgen sollte?«

Sandy wurde ernst. »Doch. Das finde ich. Wenn es möglich ist.« Sie strich über Maddies weiche Bettdecke, als wollte sie unsichtbare Falten glätten. »Und ich hoffe, es wird für dich möglich sein«, sagte sie zu Maddie. Sie lächelte und verließ das Zimmer.

Maddie lief ein Schauer über den Rücken. Es war das erste Mal, dass ihre Mutter anerkannt hatte, dass sie ihrem Herzen folgen und nicht nur praktisch veranlagt sein sollte. Dennoch wusste Maddie, dass es die sichere Variante war, praktisch zu sein. Aber war es auch die richtige?

Maddie war in der nächsten Woche beschäftigt mit ihrer Arbeit im Freeze, dem Rasenmähen und einem zweitägigen Auffrischungskurs zur Vorbereitung auf die ACTs. Sie wusste, dass der Kurs und der Test Geld kosteten, und sie wollte beim ersten Mal ihr Bestes geben, damit ihre Eltern nicht ein zweites Mal Geld für sie verschwendeten. Der Druck war jedoch groß. Für einen so großen Test zu pauken, war nicht einfach.

»Ich hasse das«, sagte Livie, als sie am letzten Tag den Kurs verließen. »Ich weiß, es wird uns helfen – vielleicht –, aber ich habe das Gefühl, ich bin gerade in zwei Tagen durch meine ganze Schulzeit gerauscht.«

»Sind wir auch«, sagte Maddie. »Ehrlich gesagt kann ich es kaum erwarten, diesen Test und das ganze Abschlussjahr hinter mich zu bringen. Alle sagen, das Abschlussjahr sei das beste Jahr deines Lebens, aber es ist das stressigste. Und es hat noch nicht einmal angefangen.«

Livie und Maddie hielten zum Mittagessen in einem kleinen, lokalen Restaurant an. »Ich weiß, wie du dich fühlst, aber ich hasse es, mir zu wünschen, dass mein Leben einfach schnell vorbeigeht«, sagte Livie. »Hast du Caden in letzter Zeit gesehen? Wie geht es ihm?«

Maddie zuckte mit den Schultern. »Ich weiß nicht. Ich habe ihn nicht mehr gesehen, seit ich letzte Woche einfach gegangen bin. Ich hoffe, es geht ihm besser, aber ich glaube nicht, dass wir noch ein Paar sein können. Er nimmt nichts ernst. Und das muss ich im Moment.«

Livie nickte. »Aaron und ich sind im Moment so was wie zusammen. Ich hoffe, das stört dich nicht.«

»Seid ihr das?«, Maddie war überrascht. »Das ist toll. Caden hat immer gesagt, dass Aaron dich mag. Tut mir leid, ich war in letzter Zeit zu sehr mit mir selbst beschäftigt, um das zu bemerken.«

Livie lächelte. »Du hattest eine Menge um die Ohren. Wir beide. Meine Eltern drängen mich, nächstes Jahr an die U of M zu gehen, aber mir gefällt die Idee, an die University of Denver zu gehen, von wo der andere Trainer war. Es wäre schön, von zu Hause wegzukommen – weit weg –, wo ich eine Verschnaufpause von meinen Eltern habe.«

»Wow.« Maddie wollte gerade in ihren Burger beißen, legte ihn aber wieder ab. »Denver. Das ist wirklich weit weg. Aber ich verstehe, wie du dich fühlst. Der Druck wäre geringer, wenn du weiter weg wärst.«

»Ja.« Livie spielte mit ihren Pommes frites. »Aber meine Eltern wollen bei meinen Wettkämpfen dabei sein können, und das könnten sie nicht, wenn ich so weit weg wäre. Also, wem soll ich es recht machen? Mir oder meinen Eltern?«

Maddie schüttelte den Kopf. »Das kann ich dir nicht beantworten. Ich habe dasselbe Problem. Studiere ich etwas Praktisches, um es meinen Eltern recht zu machen, oder tue ich das, was ich tun will?«

»Du könntest dich auch an der DU bewerben«, sagte Livie, und ihre Augen leuchteten auf. »Wir könnten zusammen hingehen. Ich habe nachgesehen, die haben ein wirklich gutes Programm für Kreatives Schreiben.«

»Das würde Spaß machen«, sagte Maddie. Sie lächelte. »Vielleicht bewerbe ich mich. Vielleicht könnten wir uns ein Zimmer im Wohnheim teilen.«

Livie setzte Maddie zu Hause ab, und sie zog sich um, um sich für ihre Schicht im Frosty Freeze fertig zu machen. Seit Carrie netter geworden war, machte es Maddie nichts mehr aus, mit ihr zu arbeiten. Aber sie arbeitete immer noch lieber mit Livie.

Bevor sie das Haus verließ, summte Maddies Telefon. Sie warf einen Blick darauf und sah, dass es eine Nachricht von Caden war.

»*Also, ignorierst du mich jetzt?*«, fragte er.

Maddie seufzte. »*Ich war sehr beschäftigt.*«

»*Wirst du mich nicht mehr besuchen kommen? Niemand besucht mich hier.*«

Das überraschte Maddie nicht. Livie hatte ihr erzählt, dass Aaron eine Menge Ärger bekommen hatte, weil er auf der Party war, und die Polizei ihn ständig wegen Informationen belästigte. Das Letzte, was Aaron tun wollte, war, Caden sagen zu hören, es sei keine große Sache.

»*Ich muss zur Arbeit. Mach's gut*«, textete Maddie. Sie wollte es dabei belassen. Wenn sie sich trennten, wollte sie es nicht am Telefon tun.

Im Freeze war viel los, weil es so heiß draußen war, also holten sich alle ein Eis, nachdem sie den ganzen Abend auf dem See verbracht hatten. Maddie versuchte, sich auf die Arbeit zu konzentrieren, aber Cadens Nachricht hatte sie beunruhigt. Solange sie ihn ignoriert hatte, machte sie sich keine Sorgen darüber, was zwischen ihnen los war. Aber jetzt musste sie sich der Tatsache stellen, dass sie es von Angesicht zu Angesicht beenden musste, wenn sie mit ihm Schluss machen wollte. Maddie hasste diese Vorstellung.

»Was ist heute Abend mit dir los?«, fragte Carrie, als sie nach einem weiteren Ansturm aufräumten. »Du bist sonst besser gelaunt.«

»Ärger mit dem Freund«, sagte Maddie. Früher hätte sie Caden nie mit Carrie besprochen, aber jetzt hatte sie das Gefühl, dass sie es konnte.

»Was hat er jetzt schon wieder angestellt?«, fragte Carrie und verdrehte die Augen.

»Nichts. Er ist immer noch im Krankenhaus. Aber ich habe ihn ignoriert, in der Hoffnung, dass er von selbst verschwindet«, sagte Maddie. »Ich schätze, das ist nicht die erwachsene Art, die Dinge zu beenden.«

Carries Brauen schossen in die Höhe. »Du machst mit ihm Schluss? Wow. Aber ich finde, das ist eine gute Idee. Er hat dich ausgebremst.«

»Das habe ich nie so gesehen«, sagte Maddie verteidigend.

»Nun, vielleicht noch nicht, aber er wird es tun«, sagte Carrie, während sie die Pappbecher nachfüllte. »Zuerst wird er dich anbetteln, nicht zum Studieren wegzugehen, weil er es nicht tut, also gehst du hier aufs College. Dann wird er dich von deinen Kursen ablenken, und du wirst anfangen durchzufallen. Bevor du dich versiehst, übernimmt er dein Leben, während du immer noch hier im Freeze arbeitest, lange nachdem ihr zwei fünf Kinder habt.«

Maddie war fassungslos. »Wow. Du hältst nicht viel von mir, was? Glaubst du wirklich, ich würde meine Zukunft für einen Typen aufgeben?«

Carrie hörte auf, die Theke abzuwischen. »Tut mir leid. Ich wollte dich nicht beleidigen. Es ist nur so, dass ich das schon eine Million Mal bei meinen Freundinnen aus meiner Heimatstadt gesehen habe. Und ich wäre auch fast in diese Falle getappt. Highschool-Freunde sind toll, wenn sie mit einem zusammen wachsen wollen. Aber ich habe das Gefühl, Caden ist damit zufrieden, ein ewiger Lausbub zu bleiben und wird nicht viel aus seinem Leben machen.«

»Nun ja, da hast du recht. Er hatte schon vor dem Unfall keine Pläne.« Maddie seufzte. Tief im Innern hatte sie immer gewusst, dass sie und Caden nicht gut zusammenpassten, aber sie hatte immer darüber hinweggesehen. Und er war ihr wichtig. Aber jetzt? Es war endlich Zeit, weiterzuziehen.

Am nächsten Tag, nachdem Maddie ein paar Rasenflächen gemäht hatte, fasste sie all ihren Mut zusammen und besuchte Caden im Krankenhaus. Als sie ankam, waren Aaron und Livie in Cadens Zimmer. Niemand sprach, und die Spannung im Raum war zum Schneiden dick.

»Na sieh mal einer an, wer mich endlich besuchen kommt«, sagte Caden und beobachtete, wie Maddie das Zimmer betrat. »Habt ihr das alle geplant? Die ganze letzte Woche war niemand hier.«

»Das haben wir nicht geplant«, sagte Aaron mit zusammengebissenen Zähnen. »Warum sollten wir?«

»Vielleicht, weil ihr euch alle schuldig fühlt, weil ihr mich im Stich gelassen habt«, sagte Caden. »Ich hänge hier fest, und ihr könnt alle euer normales Leben weiterführen. Das ist nicht fair.«

»Vergiss nicht, wessen Schuld es ist, dass du hier bist«, sagte Aaron. Er stand auf und griff nach Livies Hand. »Lass uns gehen und Maddie und Caden reden lassen. Bis später, Maddie.«

»Tschüss«, sagte Maddie, als sie das Zimmer verließen. Sie wandte sich Caden zu. »Du hättest nicht so gemein zu ihnen sein sollen. Du hast dich beschwert, dass dich niemand besucht, und dann bist du unhöflich.«

Caden verdrehte die Augen. »Keiner von euch weiß, wie es ist, den ganzen Tag, jeden Tag, hier im Bett festzusitzen. Es ist zum Kotzen.«

»Das glaube ich dir. Aber alle zu verjagen, hilft auch nicht«, sagte Maddie zu ihm.

Caden runzelte die Stirn. »Also, warum bist du hier? Weil ich dir ein schlechtes Gewissen gemacht habe?«

Maddie schüttelte den Kopf. »Nein. Ich bin zum Reden gekommen.«

»Das kann nichts Gutes bedeuten«, sagte Caden. »Willst du wirklich mit mir Schluss machen, während ich im Krankenhaus liege? Das ist echt armselig, Mads.«

Maddie atmete tief durch. »Ich denke, es ist das Beste. Wir streiten uns schon eine ganze Weile. Wir tun uns einfach nicht mehr gut. Es tut mir leid.«

»Wir haben uns nicht gestritten – *du* hast gestritten. Alles wegen deines blöden Autos!«, schrie Caden. »Ich wünschte, ich wäre dein dämliches Auto nie gefahren. Es ist sowieso eine Schrottkarre.«

Maddie stand auf. »Hör auf, deine Freunde von dir zu stoßen, Caden. Bald hast du keine mehr.«

»Hey, du bist diejenige, die mich im Stich lässt«, sagte Caden. »Also, geh schon. Du willst nicht hier sein. Hau ab.«

Maddie ging zur Tür. Sie drehte sich im Türrahmen um und sah Caden an. »Ich hatte gehofft, wir könnten wenigstens Freunde bleiben. Ich bin nicht wütend auf dich. Es ist nur so, dass wir beide verschiedene Dinge vom Leben wollen.«

»Freunde? Von wegen!« Cadens Gesicht lief rot an vor Wut. »Ich will dich nicht als Freundin. Du warst meine feste Freundin, keine *Freundin*. Geh einfach. Ich brauche dich nicht. Ich brauche Aaron auch nicht. Ich habe genug *Freunde!*«

Maddie seufzte. »Ich hoffe, es geht dir bald besser«, sagte sie leise. »Leb wohl.« Sie ging den Flur entlang zum Aufzug. Ihr Herz raste, aber sie war überrascht, dass sie sich nicht traurig fühlte. Sie fühlte sich erleichtert. Sich von Caden zu trennen, war das Richtige gewesen.

* * *

Maddie war die ganze Woche damit beschäftigt, Rasen zu mähen und zu arbeiten. Sie hatte fast genug Geld, um ihren Eltern die Autoreparaturen zurückzuzahlen. Ihr Auto war repariert worden, stand aber noch in der Werkstatt und wartete, bis Maddie ihre Eltern ausbezahlt hatte.

Das Komische war, dass Maddie es ihren Eltern nicht übelnahm, dass sie sie auf ihr Auto warten ließen. Sie hatte den ganzen Sommer so hart gearbeitet, um Geld zu verdienen, und sie fühlte sich tatsächlich gut dabei, dass sie sie würde zurückzahlen können. Sie war stolz auf sich.

Als Maddie eines Nachmittags nach Hause kam, bemerkte sie, dass der Jeep in der Einfahrt stand, aber als sie hineinging, saß ihre Schwester allein am Küchentresen und aß zu Mittag.

»Wo ist Mom?«, fragte Maddie. Sie ging zum Kühlschrank, um zu sehen, was sie sich zum Mittagessen machen konnte.

»Sie ist vor ein paar Minuten zum Laufen gegangen«, sagte Lily und biss in ihr Sandwich.

»Bei dieser Hitze? Sie läuft doch immer morgens, wenn es kühl ist.«

»Sie ist diese Woche immer später gelaufen«, sagte Lily. »Komisch ist es aber schon. Sie trug heute einen weiten Pullover und Leggings, als sie ging. Das ist eine Menge, um bei dieser Hitze zu laufen.«

Maddie runzelte die Stirn. Das war seltsam.

Sie fand ein paar Reste vom Vorabend und wärmte sie sich zum Mittagessen auf, dann setzte sie sich zu Lily an den Tresen. »Wie läuft das Turnen?«, fragte Maddie.

Lily zuckte mit den Schultern. »Okay. Ich habe nächste

Woche einen Wettkampf in Duluth. Kommst du?«

»Ich werde es versuchen«, sagte Maddie und ließ sich die Details geben. Es würde Spaß machen, ihre Schwester beim Wettkampf zu sehen.

Sandy kam durch die Küchentür, gerade als Maddie das Mittagsgeschirr aufräumte.

»Wie war dein Lauf?«, fragte Maddie.

»Lauf?« Sandy starrte sie einen Moment an. »Oh, ja. Er war gut.«

»War dir in den ganzen Sachen nicht heiß?«, fragte Maddie. »Es sind fast dreißig Grad da draußen.«

»Hä?« Sandy holte eine Wasserflasche aus dem Kühlschrank. »Oh. Nein. Mir ging es gut.« Sie rief Lily zu, die im Wohnzimmer eine Spielshow schaute. »Ich gehe mich kurz abduschen, und dann bringe ich dich zum Turnen.«

»Okay«, murmelte Lily, kaum zuhörend.

Maddie sah ihrer Mutter nach, wie sie die Treppe hinaufging. Etwas stimmte nicht, aber sie konnte nicht genau herausfinden, was.

»Ich gehe rüber zu Evas Haus, um nach ihrem Rasen zu sehen«, sagte Maddie zu Lily. »Bis später.«

Wieder murmelte Lily nur und schenkte ihr kaum Beachtung.

Maddie ging langsam die Straße hinunter zu Evas und Ginnys Haus. Sie dachte darüber nach, wie seltsam sich ihre Mutter verhielt. Vielleicht lag es nur an der Hitze. Diese heißen Tage machten alle ein wenig gereizt.

Als sie am großen Haus ankam, sah sie, dass der Rasen noch nicht gemäht werden musste. Die Hitze, zusammen mit dem fehlenden Regen, hatte das Gras so ziemlich vertrocknen lassen. Trotzdem ging Maddie die Stufen zum Haus hinauf, um nach dem Rechten zu sehen und sie wissen zu lassen, dass sie den Rasen im Auge behielt.

»Oh, wunderbar«, sagte Eva, als sie die Tür öffnete. »Du bist hier! Komm herein.«

»Ich wollte dich nicht stören. Ich wollte dich nur wissen lassen, dass ich den Rasen beobachte«, sagte Maddie.

»Beobachten, was er tut?«, warf Ginny ein. »Er stirbt da draußen bei dieser Hitze.«

Maddie lachte. »Das stimmt. Aber diese Hitzewellen enden immer mit einem großen Gewitter, also werden wir bald Regen haben.«

»Komm trotzdem rein, dann kann ich dir mehr von meiner Geschichte erzählen«, sagte Eva. »Setzen wir uns heute aufs Sofa. Das ist bequemer.«

»Hast du Hunger?«, fragte Ginny. »Wir haben schon zu Mittag gegessen.«

»Ich habe gegessen, bevor ich kam«, sagte Maddie.

»Aber wir können immer ein paar von Ginnys Ingwerkeksen haben«, sagte Eva. »Und etwas Eistee.«

»Oh, das klingt gut«, sagte Maddie. Ginny backte die besten Ingwerkekse.

»Ich nehme an, du möchtest, dass ich welche hole«, beschwerte sich Ginny.

Maddie und Eva lachten. Sie wussten beide, dass Ginny sie gerne brachte.

»Hast du aufgeschrieben, was ich dir beim letzten Mal erzählt habe?«, fragte Eva, ihre blauen Augen funkelten.

»Habe ich. Es erstaunt mich immer noch, wie viel du mit sechzehn Jahren schon erreicht hast«, sagte Maddie zu ihr. »Ich bin ein Jahr älter als das und habe nichts erreicht.«

»Oh, Liebes«, sagte Eva. »Sag das nicht. Du hast dein

ganzes Leben vor dir, um Großes zu vollbringen. Als Ballerina hat man nur ein paar gute Jahre in der Jugend, um zu glänzen. Man muss früh anfangen. Ich war eine der Glücklichen, die mit sechzehn angefangen haben. Die meisten traten mit achtzehn in die Kompanie ein.«

»Na ja, ich bin trotzdem beeindruckt«, sagte Maddie.

Ginny brachte einen Teller mit Keksen und drei Gläser Eistee auf einem Tablett. Sie stellte es auf den Couchtisch und setzte sich dann in den braunen Ledersessel. »So. Wir sind bereit für die Geschichtenstunde.«

Kichernd begann Eva zu erzählen. »Ich war zwei Jahre im Corps de Ballet, und dann hat Mr. B mich zur Solistin befördert. Das war so aufregend. Solisten tanzen wichtige Rollen in vielen Balletten. Es ist nicht so unglaublich wie eine Erste Tänzerin zu sein, aber es ist nah dran. Die Solisten haben eine größere Garderobe, die sie sich teilen, und wir haben nicht so viele Rollen getanzt wie im Corps de Ballet, aber wenn wir tanzten, waren alle Augen auf uns gerichtet. In vielen meiner Rollen war ich Partnerin von Randy, was Spaß gemacht hat. Er und ich waren gute Freunde und haben gerne zusammen geprobt. Dann, nach zwei Jahren als Solistin, passierte etwas Aufregendes. Wir wurden gebeten, auf eine Tournee zu gehen, um in der Sowjetunion und in Europa zu tanzen. Ich kann dir gar nicht sagen, wie unglaublich aufgeregt und doch verängstigt wir alle waren.«

KAPITEL SECHZEHN

Eva – 1962

Eva war aufgeregt. Das NYCB sollte für drei Monate in der Sowjetunion und in Europa tanzen. Sie konnte es kaum glauben.

Während ihrer Jahre bei der Kompanie war Eva für Auftritte durch die Vereinigten Staaten gereist, aber noch nie ins Ausland. Und nun stand ihnen die Reise ihres Lebens bevor.

Dabei wäre die Reise beinahe geplatzt. Mr. Balanchine wollte nicht in die Sowjetunion fahren. Er war in St. Petersburg aufgewachsen – er hatte die Kaiserliche Theaterschule besucht, um tanzen zu lernen, obwohl seine wahre Liebe der Musik galt – und nachdem er die Revolution miterlebt hatte, als Zar Nikolaus II. zur Abdankung gezwungen worden war, wollte Mr. B die Sowjetunion nie wiedersehen. Er erinnerte sich an Tod, Hunger und Tyrannei, und nachdem er die Freiheit in den Vereinigten Staaten genossen hatte, wollte er seine schreckliche Kindheit nicht noch einmal durchleben.

Mr. B hatte auch Angst. Er war mit fragwürdigen Papieren in die USA gekommen, die Lincoln Kirstein für ihn besorgt hatte, und er wollte nicht gezwungen werden, in Russland zu bleiben.

Aber das US-Außenministerium überredete ihn, als Geste des guten Willens zu gehen. Die beiden Länder befanden sich mitten im Kalten Krieg, und die Entsendung des NYCB und Balanchines nach Russland, während das russische Bolschoi-Ballett durch die USA und Kanada tourte, sollte dazu beitragen, die beiden Länder einander näherzubringen.

Also gab Mr. B nach.

Nach der Sommerpause arbeiteten die Tänzer ernsthaft an den Proben für ihre Tournee. Mr. B, normalerweise recht ruhig und gefasst, wirkte bei diesen Proben beinahe fieberhaft. Er wollte, dass seine Tänzer perfekt waren. Seine Ballette würden auf der ganzen Welt zu sehen sein, und er beabsichtigte, seine Wahlheimat stolz auf ihn zu machen.

»Mehr! Mehr!«, rief Mr. B, als er einem jungen Tänzer zusah, der in die Luft sprang. »Höher! Schneller!«

»Nicht denken! Einfach tun!«, sagte er zu einer anderen Tänzerin, als sie über einige schwierige Schritte stolperte. »Tanzen Sie aus dem Herzen! Fühlen Sie es in Ihrer Seele!«

Als Eva an der Reihe war, ein kurzes Solo für die Tournee zu proben, lagen ihre Nerven blank. Sie fürchtete, Mr. B könnte ihren Tanz missbilligen und sie zurück ins Corps de ballet schicken. Als sie sich in einer schnellen Pirouette drehte, während ihr Partner dicht bei ihr stand, um ihr am Ende das Gleichgewicht zu halten, herrschte nur Stille. Nachdem sie ihre Schritte beendet hatte, schüttelte Mr. B den Kopf.

»Liebes. Das war gut, aber nicht großartig. Wofür heben Sie sich das auf? Geben Sie jetzt alles, nicht später.«

Zuerst war Eva verlegen, doch dann trafen sie seine Worte

und sie verstand. Bei jeder Probe, bei jedem Tanz, erwartete Mr. B von seinen Tänzern, dass sie einhundertzehn Prozent von sich gaben. Als sie sich also das zweite Mal drehte, nutzte sie all ihre Kraft und gab alles.

»Brava!«, rief Mr. B. »So wird das gemacht!«

Eva verließ die Probe erleichtert und durch Mr. B.s Lob ermutigt.

Eva hatte kurz vor ihrer Abreise noch mit einer weiteren bedeutenden Veränderung in ihrem Leben zu kämpfen. Ihre Mutter und ihr langjähriger Freund Ray hatten sechs Monate zuvor geheiratet und waren in den Norden von Minnesota gezogen. Ray näherte sich dem Rentenalter und wollte zu einer ruhigeren Lebensweise zurückkehren. Er besaß eine schöne Hütte am Cedar Lake, die er umbauen und vergrößern wollte, damit sie darin leben konnten. Nachdem sie zwanzig Jahre lang eine Wohnung mit ihrer Mutter geteilt hatte, fühlte sich Eva ohne sie verloren. Eva hatte ihre Wohnung behalten, weil sie sich die Miete von ihrem Gehalt leisten konnte, aber es war seltsam, dass ihre Mutter nicht mehr da war.

Im August versammelten sich einundsechzig Tänzer zusammen mit Mr. B, Lincoln Kirstein, Betty Cage, dem Kompaniearzt sowie vier Dirigenten und vier Pianisten am Idlewild Airport in New York für die erste Etappe ihrer dreimonatigen Reise. Der Bühnenmanager und eine kleine Crew reisten ebenfalls mit, ebenso wie das Garderobenpersonal. Auch die Mütter von drei der minderjährigen Tänzerinnen kamen als Anstandsdamen mit.

Eva, jetzt zwanzig Jahre alt, wünschte sich, ihre Mutter könnte auch mitkommen, aber da sie mit ihrem Mann ihr neues Leben in Minnesota begann, fragte Eva sie nicht. So reiste Eva, wie die anderen Tänzer auch, zum ersten Mal allein.

Mr. B war wunderbar und vergewisserte sich bei jedem, dass niemand zurückblieb. Ihren ersten Monat würden sie in Europa verbringen, dann zwei Monate lang durch die Sowjetunion touren. Die Sicherheit seiner Tänzer hatte für Mr. B oberste Priorität.

»Bleiben Sie zusammen und streifen Sie in den Städten, die wir besuchen, nicht allein umher«, sagte Mr. B zu allen. »Besonders in der Sowjetunion. Wir wollen ihnen keinen Vorwand liefern, einen von Ihnen zu verhaften.«

Eva nahm seine Warnungen ernst. So sehr sie auch all die Orte erkunden wollte, die sie besuchten, so sehr war ihr doch klar, dass er recht hatte. Sie hoffte, dass einige von ihnen Europa als Gruppe erkunden könnten, wenn sie vorsichtig wären.

In den letzten zwei Jahren hatte Mr. B eine neue Lieblingstänzerin gefunden. Eva bekam zwar immer noch gute Solo-Rollen zu tanzen, aber sie war froh, dass Mr. B ihr nicht mehr so viel Aufmerksamkeit schenkte. Die neue Tänzerin war eine junge Frau, also waren natürlich viele der älteren Tänzerinnen eifersüchtig und lästerten über sie. Aber Eva mochte sie und es machte ihr nichts aus, dass sie sein Liebling war. Und nun hatten die anderen Tänzerinnen Eva in ihren Freundeskreis aufgenommen, sodass sie endlich wieder Freundinnen hatte.

»Das ist alles albern«, sagte Randy leise zu Eva auf dem Flug nach Amsterdam. »Die Frauen in der Kompanie können so kleinlich sein.«

Eva lachte. »Ach, und ihr Männer werdet nie eifersüchtig auf Rollen, für die ihr gerne ausgewählt worden wärt. Wenn ich mich recht erinnere, hattest du gehofft, inzwischen ein Solotänzer zu sein, wie Jacques.«

Randy zuckte mit den Schultern. »Okay. Du hast recht.

Aber immerhin darf ich die meiste Zeit mit dir tanzen. Wir sind ein gutes Paar.«

»Das sind wir.« Eva liebte es, mit Randy zu tanzen, und war immer froh, wenn Mr. B sie zusammen einteilte. Er hatte die richtige Größe für sie, selbst wenn sie auf Spitze stand, und sie tanzten schon so lange zusammen, dass sie die Stärken und Schwächen des anderen kannten. Wenn sie in seine Arme sprang, wusste sie, dass er sie immer auffangen würde. Das bedeutete viel, wenn man sein Schicksal in die Arme eines anderen legte.

In Amsterdam tanzten sie nicht, sondern begannen ihre Tournee in Hamburg. Das Publikum liebte sie, aber leider war das Glück nicht auf ihrer Seite. Der Solotänzer Jacques d'Amboise und die Solistin Victoria Simon wurden von einer Straßenbahn erfasst und zogen sich Verletzungen zu. Mit gebrochenen Rippen und einer Gehirnerschütterung konnte Jacques seine Hauptrolle in *Apollo* und anderen Balletten nicht tanzen, was die Kompanie sofort ins Trudeln brachte. Conrad Ludlow wurde in Jacques' Rolle versetzt, aber das bedeutete, dass andere in den Tänzen umbesetzt werden mussten. Eva erhielt ein zusätzliches Solo, damit eine andere Solistin Victorias Platz einnehmen konnte. Das war zwar gut für Evas Karriere, aber es verärgerte viele, dass sie statt ihnen eine so wichtige Rolle bekam.

»Gut für dich, schlecht für mich«, beschwerte sich Randy eines Tages im Tanzunterricht. Sie hatten immer noch Unterricht, um gelenkig und in Form für die abendliche Vorstellung zu bleiben.

»Na, danke«, sagte Eva. »Ich kann nicht beeinflussen, wem sie die Tänze geben.«

»Entschuldigung«, sagte Randy und blickte verlegen drein.

»Ich hatte gehofft, die Hauptrolle in *Apollo* tanzen zu dürfen. Ich hätte wissen müssen, dass sie sie niemals jemandem wie mir geben würden.«

»Deine Zeit wird noch kommen«, sagte Eva zu ihm. Er tat ihr leid, aber sie war ja auch keine Solotänzerin. Es war ja nicht so, als hätte einer von ihnen ein Mitspracherecht gehabt, welche Ballette sie tanzten.

Sie reisten mit hervorragenden Kritiken durch Europa und mussten ständig Tänzer wegen eines verletzten Knies oder eines verstauchten Knöchels auswechseln. Eva bekam verschiedene Soli, die sie noch nie zuvor geprobt hatte, und musste sie schnell lernen.

»Deshalb gebe ich sie Ihnen«, sagte Mr. B eines Nachmittags zu ihr, während sie daran arbeitete, ein neues Solo zu lernen. »Sie lernen die Schritte schnell.«

Obwohl Eva sein Kompliment zu schätzen wusste, wusste sie, dass sie Schritte nicht leicht lernte. Es erforderte Zeit und Arbeit, ein neues Solo in nur wenigen Stunden zu lernen. Randy half ihr manchmal, ebenso wie Jacques, der inzwischen genesen war. Aber es war trotzdem schwierig.

Schließlich kam der Tag, an dem sie in der Sowjetunion ankamen. Als sie in Moskau aus dem Flugzeug stiegen, ließ Mr. B alle Tänzer vor ihm aussteigen. Dann kam er die Treppe hinunter, seine Solotänzerin Diane Adams am Arm, als ihn die Presse, sowjetische Beamte und amerikanische Diplomaten begrüßten.

»Willkommen in Russland, der Heimat des klassischen Balletts«, sagte ein Diplomat zu Balanchine, während die Presse seine Rückkehr nach Russland beobachtete und aufzeichnete. Aber Mr. B ließ das nicht so stehen.

»Nein, Russland ist die Heimat des romantischen Balletts«,

sagte Mr. B mit erhobenem Kopf. »Amerika ist die Heimat des klassischen Balletts.«

Eva und die anderen Tänzer hielten den Atem an und warteten auf eine wütende Antwort des Diplomaten, aber es kam keine. Balanchine hatte seinen Standpunkt klargemacht. Er war stolz darauf, einen neuen Ballettstil geschaffen zu haben, und würde seinem ehemaligen Land nicht erlauben, die Anerkennung dafür für sich zu beanspruchen.

Bald darauf trat Mr. B.s jüngerer Bruder Andrei, den er seit fast vierzig Jahren nicht mehr gesehen hatte – nicht mehr seit dem Tag, an dem Balanchine im Alter von nur neun Jahren an der Kaiserlichen Theaterschule zurückgelassen worden war –, auf ihn zu, und sie umarmten sich zur Begrüßung. Es war eine herzerwärmende Szene, und Eva hatte sogar Tränen in den Augen.

Die Tanzkompanie wurde im Hotel Ukraine untergebracht, das im Vergleich zu ihren früheren Hotels in Europa spärlich möbliert und kalt war. Die Tänzer wurden gewarnt, nichts Politisches oder Negatives über die Sowjetunion zu sagen, nicht einmal in ihren Zimmern, da überall Abhörgeräte waren. Als Eva in der ersten Nacht endlich ihren Zimmerschlüssel von der mürrisch dreinblickenden Etagenfrau erhielt, war sie schockiert, wie schrecklich das Zimmer war. Es gab nur zwei kleine Feldbetten, eine Kommode und ein winziges Badezimmer. Sie teilte sich das Zimmer mit einer anderen Solistin, und beide Frauen bissen sich auf die Zunge, um nichts zu sagen, was sie in Schwierigkeiten bringen könnte. Aber an den Blicken, die sie einander zuwarfen, erkannten sie, was die andere dachte.

Aber alle Tänzer waren Profis, und sie waren da, um eines zu tun – zu tanzen. Und um das NYCB und George Balanchine gut aussehen zu lassen. Und genau das taten sie, Abend für

Abend, vor einem Publikum, das seine Begeisterung zurückhielt, aber dennoch sowohl das Bolschoi-Theater als auch den Kongresspalast füllte.

Eva ging tagsüber mit ein paar anderen Tänzern los, um die Stadt zu besichtigen, aber sie waren sich stets bewusst, beobachtet zu werden. Den Frauen war gesagt worden, sie sollten nur Kleider tragen, da sie die Vereinigten Staaten repräsentierten. Die schwulen Männer in der Kompanie wurden ebenfalls ermahnt, diskret zu sein. Eine falsche Bewegung, und sie würden im Gefängnis landen. Es war für sie alle eine einzigartige, wenn auch etwas beängstigende Situation.

Die Essenssituation war nicht viel besser. Sie aßen alle in einem großen Speisesaal unten in ihrem Hotel, und es gab nicht viel Auswahl. Es gab sehr wenig Gemüse, und oft wurden Kartoffeln, Brot und weiße Soße serviert. Eva war dankbar, dass sie vor dem Mangel an gutem Essen gewarnt worden waren, und jeder Tänzer hatte einen Koffer mit Lebensmitteln mitgebracht, um sie bis zu ihrer Heimkehr über Wasser zu halten.

Eines, was man den Tänzern nicht sagte, war, dass während sie die Menschen in Russland unterhielten, sich die Kubakrise zwischen den Vereinigten Staaten, Russland und Kuba abspielte. Später erfuhr Eva, dass die amerikanische Botschaft in der Sowjetunion Lincoln Kirstein und Betty Cage mitgeteilt hatte, dass die Botschaft ihnen nicht würde helfen können, sollte es wegen der Krise zu Problemen kommen.

An jenem Abend nahmen die Tänzer wie gewohnt ihre Plätze ein und tanzten, die meisten ohne zu ahnen, was hätte geschehen können. Nachdem sie getanzt hatten, jubelte die Menge und verlangte nach mehr. Aber Mr. B betrat die Bühne, dankte ihnen und sagte dem Publikum dann, dass die Tänzer am nächsten Tag wieder da sein würden.

Glücklicherweise wurde die Krise abgewendet, und die Tänzer traten tatsächlich am nächsten Tag auf. Als sich Gerüchte in der Kompanie verbreiteten, erfuhren sie bald von der Tragödie, die hätte eintreten können, wären die beiden Länder in den Krieg gezogen. Zum Glück taten sie es nicht.

Während sie durch die Sowjetunion tanzten, wurden die Tänzer von der Erschöpfung, dem Mangel an gesunder Nahrung und dem ständigen Stress, beobachtet zu werden, zermürbt. An dem Tag, als sie aus der Sowjetunion ausflogen, hob sich ihre Stimmung. Sie flogen nach Hause.

Sobald sie in New York City ankamen, gab eine der Mäzeninnen des NYCB in ihrem Haus einen Empfang für Mr. Balanchine, Lincoln Kirstein und die Ersten Solisten und Solotänzer der Kompanie. Mr. B beklagte sich darüber, an der Veranstaltung mit Smokingpflicht teilnehmen zu müssen, aber Eva war aufgeregt. Sie war noch nie zuvor auf einem so eleganten Empfang gewesen. Es fühlte sich so erwachsen an.

Eva bat Ginny, ihr bei der Suche nach einem für den Anlass passenden Cocktailkleid zu helfen. Da ihre Mittel knapp waren, überquerten sie die Brooklyn Bridge und gingen zum Einkaufen in das bekannte Kaufhaus Loehmann's.

Eva fand ein schlichtes schwarzes Chiffonkleid mit V-Ausschnitt vorn und hinten und einem weiten, fließenden Rock. Dazu kaufte sie schwarze Lackschuhe mit Kitten-Heels. Es war ein schlichtes, aber elegantes Kleid, das zu ihrem jungen Alter passte.

»Ich liebe es!«, sagte Ginny, als Eva es anprobierte. »So schick und doch schlicht. Ich wünschte, ich hätte auch mal einen Anlass, mich schick zu machen. Meine Freunde gehen immer nur ins Kino oder trinken Kaffee im Café um die Ecke.« Ginny hatte nach der Highschool zwei Jahre lang eine

Wirtschaftsschule besucht und arbeitete nun als Sekretärin in einer Versicherungsagentur.

»Führt dich dein Freund Marty denn nie schick aus?«, fragte Eva, während sie sich vor dem Spiegel hin und her drehte und das Kleid bewunderte. Ginny und Marty waren seit sechs Monaten zusammen.

Ginny zuckte mit den Schultern. »Früher ist er mit mir tanzen gegangen oder hat mich zu einem schönen Essen ausgeführt, aber in letzter Zeit sehen wir bei meinen Eltern fern oder essen in einem billigen Restaurant zu Abend. Ich weiß, dass er auf eine eigene Wohnung spart, aber es wäre schön, mal wieder irgendwo nett auszugehen.«

»Das ist das erste Mal, dass ich irgendwo schick hingehe«, sagte Eva. »Und du hast wenigstens einen Freund. Ich hatte noch nie mit jemandem eine Verabredung. Ich bin mit dem Tanzen zu sehr beschäftigt.«

»Was ist mit diesem Randy, mit dem du tanzt? Steht der nicht auf dich?«, fragte Ginny.

Eva lachte. »Wir sind nur Freunde und Tanzpartner. Er sieht mich als eine Art Schwester. Als wir auf Tournee waren, hat er mich zu verschiedenen Orten begleitet und auf mich aufgepasst, aber er hat keine wirklichen Absichten bei mir.«

»Möchtest du denn, dass er welche hat?«, fragte Ginny und zog vielsagend die Augenbrauen hoch.

»Nein, nicht wirklich. Aber es wäre schon schön, einen Freund zu haben«, sagte Eva. »Mr. B sagt, wir sollten nur Freunde haben und niemals heiraten. Er meint, dass Tänzerinnen, die heiraten, zu Frau Soundso werden und ihre Identität als Tänzerin verlieren.«

Ginny runzelte die Stirn. »Ist Mr. Balanchine nicht verheiratet? Mit einer ehemaligen Tänzerin?«

»Doch, ist er. Aber das ist etwas anderes.« Eva lachte. »Mr. B hat immer einen Ratschlag parat. Er will nur seine besten Tänzerinnen nicht verlieren.«

Am nächsten Abend begleitete Eva, in Begleitung von Randy, die anderen Tänzer und Mr. B, der seine neueste Lieblingstänzerin mitgebracht hatte, zu einem Hochhaus in Manhattan. Der Aufzug brachte sie ins Penthouse, und als sie eintraten, schnappte Eva nach Luft. Die Wohnung war groß und wunderschön, mit prächtigen Möbeln und einem atemberaubenden Blick auf die Stadt.

»Es ist schön, Geld zu haben, nicht wahr?«, flüsterte Mr. B ihr mit einem Grinsen zu.

Eva stimmte ihm zu. Sie hatte noch nie eine so geräumige und verschwenderisch eingerichtete Wohnung gesehen. Eine ganze Menschenmenge war dort, die darauf brannte, Mr. B und die Tänzer, die durch die Sowjetunion getourt waren, kennenzulernen. Alle waren stilvoll gekleidet und tranken Wein, Champagner und Cocktails. Kellner und Kellnerinnen gingen durch die Menge und boten eine Vielzahl köstlicher Appetithäppchen an.

»Möchtest du etwas trinken?«, fragte Randy sie, als ein Kellner mit einem Tablett voller Champagnergläser vorbeikam.

»Ich habe noch nie zuvor Champagner oder irgendeinen Alkohol getrunken«, sagte Eva und fühlte sich kindisch. Sie war zwanzig Jahre alt und hatte sehr wenig Lebenserfahrung.

»Wir ignorieren mal die Tatsache, dass du minderjährig bist, und lassen dich heute Abend etwas probieren«, sagte Randy mit einem Grinsen. Er nahm zwei Champagnerflöten vom Tablett und reichte eine an Eva.

Zögernd nippte sie an der perlenden Flüssigkeit. Ihr Gesicht rötete sich, als das Getränk ihre Kehle hinunterlief.

»Er schmeckt gut«, sagte sie zu Randy.

»Und er ist umsonst«, flüsterte er. »Also, genieß es. Aber zuerst sollten wir etwas essen, damit du nicht betrunken wirst.«

Randy war im Umgang mit neuen Leuten weitaus gewandter als Eva, also blieb sie in seiner Nähe, während sie mit den vielen Leuten im Raum sprachen. Die Frauen wollten wissen, wie es sich anfühlte, so wunderschön auf der Bühne zu tanzen, und die Männer wollten wissen, ob sie Single war. Die Frauen zeigten auch großes Interesse an Randy, schwärmten von seinem Tanzstil und seinem guten Aussehen. Eva konnte sich ein Lächeln nicht verkneifen. Randy liebte die Aufmerksamkeit, aber die in Diamanten und Smaragde gekleideten Frauen schmachteten ihn förmlich an.

»Dein Freund scheint ja eine Menge Aufmerksamkeit auf sich zu ziehen«, sagte ein Mann mit dunklem, gewelltem Haar und britischem Akzent zu Eva, als die älteren Frauen sie beiseiteschoben. Mit zwei Gläsern Champagner intus war sie nicht mehr schüchtern.

»Er liebt die Aufmerksamkeit«, sagte sie. »Und er ist nicht mein Freund. Er ist mein Tanzpartner.«

Die kühlen blauen Augen des gut aussehenden jungen Mannes leuchteten auf, als er sie anlächelte. »Das ist gut zu hören. Kann ich dir ein frisches Glas bringen?« Er nickte zu der Champagnerflöte in ihrer Hand.

»Danke, aber lieber nicht. Er steigt mir schon zu Kopf«, sagte Eva zu ihm. Sie musterte ihn von oben bis unten und versuchte, es sich nicht anmerken zu lassen. Er sah in seinem Smoking ziemlich gut aus.

»Ich bin Colin«, sagte der Mann und streckte ihr die Hand entgegen. »Colin Hughes.«

Eva legte ihre Hand in seine, um sie zu schütteln, doch

stattdessen hob er ihre Hand an seine Lippen und hauchte einen sanften Kuss darauf. Es war so unerwartet, dass Evas Herz bis zum Hals pochte. Noch nie zuvor hatte ein Mann so etwas bei ihr getan.

»Ich bin Eva Ashford«, sagte sie atemlos zu ihm. »Schön, dich kennenzulernen.«

Colin lächelte wieder, seine Augen funkelten, während er immer noch ihre Hand hielt. »Meine Liebe. Es ist mir definitiv eine Freude, dich kennenzulernen.«

Eva stieg die Röte ins Gesicht, und sie zog sanft ihre Hand zurück. Nervös sprach sie schnell. »Bist du mit der Gastgeberin befreundet?«

Colin griff nach einem Glas Weißwein, als ein Kellner vorbeikam, lächelte Eva aber weiterhin an. »Eigentlich ist mein Vater ein Freund der Gastgeberin. Aber die Damen der Gesellschaft laden mich immer zu ihren Partys ein. Ich glaube, sie schmieden alle Pläne, mich mit einer ihrer Töchter zu verheiraten.«

»Na, dann musst du aber vorsichtig sein«, sagte Eva spielerisch. »Du würdest es sicher hassen, mit irgendeiner verwöhnten reichen Göre verheiratet zu werden.«

Colin starrte sie einen Moment lang an, dann lachte er laut auf. Die Leute um sie herum hielten inne und starrten, dann widmeten sie sich wieder ihrem eigenen Geplapper.

»Ich glaube, da hast du absolut recht«, sagte Colin. »Was für ein Glück, dass du hier bist, um mich vor diesem Schicksal zu bewahren.«

Sie fanden eine ruhige Ecke des Raumes an einem großen Fenster mit Blick auf New York City und setzten sich in weiche, bequeme Sessel. Während sie sich unterhielten, verschwanden die übrigen Gäste, und Eva fühlte sich, als wären sie die einzigen beiden Menschen im Raum. Colin sprach von seiner Kindheit in einem englischen Internat und davon, wie er mit seinem Vater, der überall Immobilien besaß, um die ganze Welt gereist war.

»Meine Mütter – ja, Plural – kamen und gingen, da mein Vater oft wieder heiratete, aber mein Vater war meistens da und aufmerksam. Also schätze ich, dass ich in dieser Hinsicht Glück habe«, sagte Colin und nippte an seinem Wein. Sie hatten einem Kellner ein ganzes Tablett mit Horsd'œuvres abgenommen und genossen sie.

»Was ist mit deiner leiblichen Mutter passiert?«, fragte Eva fasziniert. »Hast du sie oft gesehen?«

Colin schüttelte den Kopf. »Sie war eine junge Dame der Gesellschaft, als sie meinen Vater heiratete, und als ich erst einmal geboren war, konnte sie nicht mehr stillsitzen. Also kam sie zurück nach New York City, hat einen neuen Ehemann gefunden, und ich sehe sie nie.«

»Das tut mir leid«, sagte Eva. »Obwohl ich verstehe, wie es sich anfühlt, nur einen Elternteil zu haben. Mein Vater hat uns verlassen, als ich klein war, und ich kenne ihn überhaupt nicht. Aber meine Mutter war meine ständige Begleiterin während meiner ganzen Kindheit. Erst vor Kurzem hat sie wieder geheiratet und ist weggezogen, aber ich freue mich für sie.«

»Na dann können wir ja zusammen die Teil-Waisen sein«, sagte Colin, und seine Augen funkelten, als er lächelte.

Die Zeit verging wie im Flug, und bald näherte sich Mr. B dem jungen Paar in der Ecke.

»Eva, meine Liebe. Wir gehen jetzt alle«, sagte er und musterte Colin mit scharfen Augen. Er bot ihr den Arm an, als sie aufstand, und sie hakte sich bei ihm ein.

»Es war schön, mit Ihnen zu reden«, sagte Eva zu Colin, der

höflich aufgestanden war, um sich zu verabschieden.

»Ich hoffe, wir sehen uns bald wieder«, sagte Colin und machte ihr eine kleine Verbeugung. Er nickte Mr. B zu, bevor Eva und Balanchine sich umdrehten und zur Tür gingen.

»Pass bei dem da auf, meine Liebe«, flüsterte Mr. B ihr ins Ohr. »Er ist ein bisschen zu geschmeidig.«

Eva runzelte die Stirn. »Geschmeidig?«

»Nein, Liebes. Geschmeidig. Wie Öl, das einem durch die Finger rinnt. Glitschig«, sagte Mr. B mit seinem starken Akzent.

Eva wollte lachen, aber sie wusste, dass Mr. B es ernst meinte. »Ach, Sie meinen aalglatt. Keine Sorge, ich werde vorsichtig sein«, sagte sie. »Aber er scheint harmlos zu sein.«

Als sie sich der Gruppe von Tänzern näherten, die an der Haustür wartete, schüttelte Mr. B den Kopf. »Kein Mann ist harmlos in der Nähe einer so süßen jungen Dame wie dir.« Er half ihr in den Mantel, und sie machten sich alle auf den Weg zum Aufzug.

Eva war es egal, was Mr. B über Colin dachte. Sie hatte ihm ihre Telefonnummer gegeben – dem ersten Mann, bei dem sie das je getan hatte – und sie hoffte, dass er sie anrufen würde.

KAPITEL SIEBZEHN

Maddie

Maddie dachte über Evas Geschichte nach und darüber, wie Mr. B den Mann, den sie kennengelernt hatte, aalglatt nannte. Obwohl es eine lustige Geschichte war, erinnerte sie Maddie auch an ihren jetzigen Ex-Freund Caden. Ihn würde sie als aalglatt beschreiben. Er hatte sie vor fast einem Jahr um den Finger gewickelt, indem er außerordentlich nett zu ihr gewesen war, und dann war langsam alles zerfallen, als seine wahre Persönlichkeit zum Vorschein kam. Schade, dass Maddie keinen Mr. B gehabt hatte, der sie warnte.

Obwohl sie zugeben musste, dass ihr Vater oft seine Abneigung gegen Caden erwähnt hatte und Maddie nicht darauf gehört hatte. Also hätte sie vielleicht auch Mr. Bs Rat ignoriert.

Maddie hatte die letzte Geschichte, die Eva ihr erzählt hatte, bereits aufgeschrieben und freute sich darauf, mehr zu hören. Wenn sie nicht so viele Rasen mähen und im Freeze arbeiten müsste, wäre sie jeden Tag drüben und würde Evas Erzählungen lauschen.

Maddie verbrachte eine weitere Woche damit, trotz der

Hitze ein paar Rasenflächen zu mähen, und verbrachte einige Zeit mit Lily und Livie am See. Obwohl ihre Schwester und ihre beste Freundin fünf Jahre auseinander waren und auf unterschiedlichen Niveaus turnten, hatten sie viel gemeinsam. Während sie auf einem Handtuch am Strand in der Nähe des Wassers lagen, verglichen Livie und Lily also ihre Erfolge, gewonnene und verlorene Wettkämpfe und die Ziele für ihre Zukunft in diesem Sport.

»Ich hoffe, ich bekomme auch ein Turnstipendium fürs College, so wie du eins angeboten bekommen hast«, sagte Lily zu Livie. »Ich will professionell turnen, und das College ist der beste Ausgangspunkt dafür.«

»Wow. Das planst du jetzt schon?«, fragte Maddie. »Du bist doch noch nicht einmal auf der Highschool.«

»Na und?«, sagte Lily abwehrend. »Ich weiß, dass ich das machen will. Ich habe jede Menge Zeit, darauf hinzuarbeiten.«

»Du weißt schon mehr als ich in deinem Alter«, sagte Livie. »Ich liebe Turnen, aber ich habe es nie als Möglichkeit gesehen, mein College bezahlt zu bekommen. Obwohl es eine gute Möglichkeit ist, meinen Eltern Geld zu sparen.«

»Aber liebst du es genug, um die nächsten Jahre an Wettkämpfen teilzunehmen?«, fragte Maddie.

»Ich schätze schon«, sagte Livie. »Es ist einfacher, entdeckt zu werden, wenn man in einem College-Team ist, als wenn man nur an Wettkämpfen teilnimmt, um zu versuchen, es ins Olympiateam zu schaffen. Das war schon immer mein Ziel.«

»Das wäre fantastisch«, sagte Lily. »Meine Trainerin sagt, weil wir aus so einer kleinen Stadt kommen, werden wir es wahrscheinlich nie so weit schaffen.«

Entsetzt stützte Livie sich auf die Ellbogen und sah zu Lily hinüber. »Wie kann sie so etwas sagen? Ist das die neue

Trainerin? Hör bloß nicht auf sie. Nur weil sie selbst im Turnen nie weit gekommen ist, heißt das nicht, dass du es nicht schaffen wirst.«

Maddie lächelte über Livies Entschlossenheit. Sie liebte es, dass Livie sich so sehr um ihre kleine Schwester sorgte, dass sie ihr sagte, ihren Träumen seien keine Grenzen gesetzt.

Als Maddie und Lily nach Hause kamen, kam ihre Mutter gerade ebenfalls zur Tür herein.

»Wo warst du?«, fragte Maddie und bemerkte, dass sie wieder Leggings und einen weiten Pullover über einem Tanktop trug.

Sandy runzelte die Stirn. »Muss ich dir alles erzählen, was ich tue?«

Verblüfft sagte Maddie: »Entschuldige. Ich habe nur gefragt.«

Sandy seufzte. »Ich war nur laufen, das ist alles. Hatten die Mädels Spaß am Strand?«

Maddie starrte auf die Kleidung ihrer Mutter. Sie trug nie einen dicken Pullover, wenn sie laufen ging, besonders nicht, wenn es draußen über dreißig Grad hatte. »Ja. Wusstest du, dass Lily plant, ein Turnstipendium fürs College zu bekommen? Sie plant ihr Leben schon früh.«

Sandy goss sich ein Glas Eiswasser ein und trank einen langen Schluck. »Ich finde es toll, dass sie so zielstrebig ist.«

»Das ist eine Menge Druck für eine Zwölfjährige«, sagte Maddie.

Sandy zuckte mit den Schultern. »Das Leben ist eine Menge Druck. Zumindest weiß sie, was sie will. Und außerdem könnte sie morgen aufwachen und Turnen hassen, man weiß also nie, was das Leben bringt.«

Maddie war schockiert, wie pessimistisch ihre Mutter

klang. Normalerweise war ihre Mutter die Optimistin.

An diesem Abend hatte Maddie eine Schicht mit Carrie im Freeze. Sie hatten ihren üblichen Ansturm am späten Nachmittag, dann wurde es ruhiger.

»Was studierst du am College?«, fragte Maddie Carrie. »Ich glaube nicht, dass du dein Hauptfach jemals erwähnt hast.«

»Betriebswirtschaft mit Nebenfach Rechnungswesen«, sagte Carrie. Sie grinste. »Klingt aufregend, nicht wahr?«

Maddie lachte, während sie die Eismaschinen abwischte. »Hat dich das schon immer interessiert?«

»Oh ja. Genau«, sagte Carrie. »Als Kind habe ich immer Büroleiterin gespielt und die Steuererklärung meiner Eltern gemacht.«

»Okay«, sagte Maddie. »Mir ist klar, dass du dich irgendwann dafür entschieden hast. Was wolltest du als Kind werden, wenn du groß bist?«

Carrie musterte Maddie einen Moment lang. »Lach nicht. Ich wollte Ballerina werden.«

»Wirklich?« Maddie war fassungslos. »Hast du als kleines Mädchen Tanzunterricht genommen?«

»Natürlich«, sagte Carrie. »Ich habe mit fünf mit Ballett angefangen und es bis zu meinem fünfzehnten Lebensjahr gemacht.«

»Warum hast du aufgehört?«, fragte Maddie.

Carrie zuckte mit den Schultern. »Jungs. Freunde. Ich wollte meine Abende nicht mit Pliés und Relevés verbringen, wenn ich auch mit meinen Freunden im Kino sein oder im Einkaufszentrum abhängen konnte.«

»Bereust du es, aufgehört zu haben?«, fragte Maddie.

Carries Augen verengten sich. »Was ist das hier, ein Kreuzverhör?«

Maddie lachte. »Nein. Meine kleine Schwester hat mir heute erzählt, dass sie ihr Leben mit zwölf schon komplett durchgeplant hat. Ich frage mich nur, ob ich die Einzige bin, die ihr Leben noch nicht geplant hat.«

Carrie schüttelte den Kopf. »Nein. Niemand hat sein Leben im Griff, nicht nur du. Ich habe mein Hauptfach schon zweimal gewechselt. Zuerst wollte ich Grundschullehrerin werden, aber nach meinem ersten Jahr hier habe ich beschlossen, dass ich kein Fan von Kindern mit klebrigen Fingern bin.« Carrie lachte. »Also bin ich zu BWL gewechselt. Wie du dir denken kannst, bin ich bei Regeln und Zahlen sehr pingelig, also passt das zu mir.«

»Na ja, du machst die Dinge gern nach Vorschrift«, sagte Maddie grinsend.

»Mach dir keine Sorgen über die nächsten zwanzig Jahre«, sagte Carrie. »Such dir ein College aus, geh hin, und du wirst irgendwann ein Hauptfach finden, das dir gefällt. Keiner von uns hat alles durchschaut.«

Maddie nickte, während sie weiterarbeitete und den Laden saubermachte. Ihre Mutter hatte im Grunde dasselbe gesagt.

Spät in der Nacht zog ein Gewitter auf, und das Wetter wurde kühler. Es war eine Erleichterung, dass die Luftfeuchtigkeit niedriger und die Temperaturen kühler waren. Es war bereits die erste Augustwoche, also standen ihnen noch viele heiße Tage bevor.

Mitte der Woche ging Maddie zu Eva und Ginnys Haus hinunter, um nach deren Rasen und Gärten zu sehen. Selbst wenn sie nicht mähen musste, konnte sie mehr von Evas Geschichte hören. Sie stieg die Steinstufen hinauf und klopfte an die orangefarbene Tür. Jetzt, da sie die Damen kannte, lächelte Maddie jedes Mal, wenn sie die leuchtend gestrichene Tür sah.

Von drinnen hörte sie ein Klavier spielen. Spielte Ginny? Sie hatte sich immer beklagt, dass sie wegen ihrer Arthritis nicht mehr Klavier spielen konnte. Als niemand auf ihr Klopfen antwortete, ging sie den Holzweg durch den Garten zu den Flügeltüren, die mit dem großen Raum verbunden waren. Maddie spähte hinein und sah Ginny am Klavier am anderen Ende des Raumes sitzen, und Eva saß in einem Stuhl und klopfte mit ihrem Stock zum Takt der Musik. Es erwärmte ihr das Herz, die Damen so vergnügt zu sehen.

Plötzlich tauchte eine weitere Gestalt auf. Eine Frau ging zu einer der Ballettstangen, legte eine Hand darauf und begann sich zu bewegen. Ihre Bewegungen waren anmutig und geschmeidig, als sie tiefe Pliés ausführte, während sich ihr Arm im Einklang bewegte. Unterrichtete Eva wieder?

Wie gebannt sah Maddie zu, wie die Frau sich bewegte, sich dann zur anderen Seite drehte und wieder der Musik folgte. Ihr braunes Haar war zu einem Pferdeschwanz gebunden, und sie trug schwarze Leggings, ein Tanktop und Ballettschuhe. Plötzlich traf Maddie die Erkenntnis, und sie wich von der Tür zurück und schnappte nach Luft. Die anmutige Frau war ihre Mutter!

Die Musik hörte auf, und ein Gesicht erschien im Fenster und starrte Maddie an. Maddie zuckte zusammen.

»Na, willst du da stehen und starren, oder kommst du rein?«, rief Ginny durch die Tür. »Die Vordertür ist offen.«

Peinlich berührt, weil sie erwischt worden war, aber neugierig auf das, was vor sich ging, ging Maddie zur Vordertür und trat ein. Sie ging durch die offenen Türen des großen Raumes, und da standen Ginny, Sandy und Eva.

»Was ist hier los?«, fragte Maddie, als niemand ein Wort sagte.

Eva lächelte. »Komm rein, meine Liebe. Wir haben Tanzunterricht.«

Maddie trat näher an Eva heran und bemerkte, dass ihre Mutter genauso verlegen aussah wie sie sich fühlte. Plötzlich tat es ihr leid, in die geheime Tanzstunde ihrer Mutter hineingeplatzt zu sein. »Es tut mir leid«, sagte Maddie. »Ich kam, um nach dem Rasen und den Gärten zu sehen, und ich habe Musik gehört. Ich kann gehen, wenn ihr wollt.«

Ihre Mutter stand immer noch am anderen Ende des Raumes, zog schnell ihren großen Pullover an und hob ihre Turnschuhe auf. »Ich war sowieso schon fertig«, sagte sie.

»Es gibt keinen Grund, jetzt schon aufzuhören«, sagte Eva und sah enttäuscht aus. »Du hast dich gerade erst aufgewärmt.«

»Ich sollte Lily wahrscheinlich zum Turnen bringen«, sagte Sandy.

Maddie fühlte sich schrecklich. »Geh nicht, Mama. Lily schaut glücklich eine Spielshow im Fernsehen und isst zu Mittag. Es geht ihr gut. Ich kann gehen.«

»Keine von euch beiden geht«, sagte Ginny und nahm die Situation in die Hand. »Ich mache uns allen ein Mittagessen.« Ginny drehte sich zur Küche und ging weg.

»Das wäre reizend«, sagte Eva fröhlich, als wäre alles in Ordnung. »Maddie, Liebes. Komm und hilf mir, den Tisch zu decken.« Eva stand auf und ging langsam zum kleinen Esszimmer. Maddie hatte keine andere Wahl, als ihr zu folgen.

Sandy folgte ihnen ebenfalls. Maddie beschäftigte sich damit, Servietten und Besteck zu holen und sie auf den Tisch zu legen, während Eva sich auf einen der Stühle setzte.

»Deine Mutter ist immer noch in wunderbarer tänzerischer Form«, sagte Eva stolz. »Wie ich ihr gesagt habe, man vergisst nie, wie man sich bewegt.«

Maddie sah ihre Mutter endlich direkt an, und ihre Blicke trafen sich. »Warst du hier, anstatt zu laufen?«

Sandy nickte. »Ja. Eva war so freundlich, mich üben zu lassen, damit ich entscheiden konnte, ob ich Tanz unterrichten möchte.«

»Ich habe Klavier gespielt«, meldete sich Ginny aus der Küche. »Das ist keine Kleinigkeit.«

Die anderen lächelten.

»Du warst wundervoll«, sagte Sandy zu Ginny. »Du hast es nicht verlernt.«

Ginny drehte sich um und sah Sandy an. »Und du auch nicht. Du hättest all die Jahre tanzen sollen, aber besser spät als nie.«

»Wirst du anfangen, Tanz zu unterrichten?«, fragte Maddie.

»Ich denke ernsthaft darüber nach«, sagte Sandy. Sie zuckte zusammen. »Hältst du es für verrückt von mir, das nach all den Jahren zu tun?«

Maddie hatte ihre Mutter noch nie so unsicher gesehen. Vielleicht bedeutete Erwachsensein nicht, dass man alles durchschaut hatte. »Nein. Ich finde, wenn du das tun willst, solltest du es auch tun.«

Sandy seufzte. »Mir war nicht klar, wie sehr ich das Ballett vermisst habe. Die Arbeit hier mit Eva hat mich daran erinnert, welch großer Teil meines Lebens es all die Jahre war. Und wie wundervoll es sich anfühlt, zu tanzen.«

»Das Leben ist zu kurz, um nicht das zu tun, was man liebt«, sagte Ginny und brachte Teller mit Salat und kaltem gegrilltem Hähnchen an der Seite. »Seht uns an. Unser Leben ist so schnell vergangen. Man muss sich Zeit für das nehmen, was man tun will.«

»Gut gesagt, Ginny«, sagte Eva. »Ich hätte den Tanz auch

einmal fast verloren, aber ich hätte ein Stück meiner Seele verloren, wenn ich ihn nicht hätte unterrichten können.« Sie streckte die Hand aus und tätschelte Sandys Hand. »Du weißt, dass du unser Studio jederzeit für den Unterricht nutzen kannst. Es wäre erfrischend, diesen Ort wieder zum Leben zu erwecken.«

»Du bist viel zu gütig, Eva«, sagte Sandy. »Ich werde es mir überlegen. Es gibt viel zu bedenken, zwischen meiner Familie und der Arbeit.«

»Finde einen Weg, meine Liebe. Es wird deine Seele erfüllen.« Eva lächelte sie an und zwinkerte.

Später am Abend, als die Familie am Esstisch saß, sprach Sandy zögernd das Thema Ballettunterricht an. »Ich könnte während des Schuljahres an zwei Abenden in der Woche unterrichten und im Sommer dann an drei oder vier Tagen in der Woche«, sagte sie.

»Warte, was?« Davon hörte ihr Mann zum ersten Mal. »Wann hast du wieder mit dem Tanzen angefangen? Ist das nicht schon Jahre her?«

»Mama hat bei Eva und Ginny zu Hause geübt«, sagte Maddie, aufgeregt, dass ihre Mutter es ernsthaft in Erwägung zog. »Sie ist wirklich gut.«

»Nun, ich bin noch nicht ganz so weit, aber ich kann den Rest des Sommers üben«, sagte Sandy. »Ich würde hauptsächlich jungen Mädchen und Jungen die Grundlagen beibringen, keinen erfahrenen Tänzern.«

»Aber Mama«, sagte Maddie. »Du wurdest jahrelang von einer Frau ausgebildet, die für George Balanchine getanzt hat. Überleg mal. Du wirst die Balanchine-Methode des Balletts weitergeben. Das ist ein großes Vermächtnis.«

Matt starrte völlig verwirrt von Sandy zu Maddie. »Was

ist mit deinem Lehrerjob? Du wirst ihn doch nicht kündigen, oder?«

»Nein, natürlich nicht«, sagte Sandy. »Aber ich kann das auch machen. Es wird nicht einfach sein, aber es ist etwas, das ich liebe. Und es wird zusätzliches Geld einbringen.«

Lily runzelte die Stirn. »Du meinst, die letzten paar Wochen, als du gesagt hast, du wärst laufen, warst du in Wirklichkeit im Haus der Hexen und hast getanzt?«

»Sie sind keine Hexen!«, sagten Maddie und Sandy wie aus einem Munde und lachten dann.

»Sie sind nette ältere Damen«, sagte Maddie. »Du solltest wirklich mal mitkommen und sie kennenlernen«, sagte sie zu Lily.

»Ich bin verwirrt«, sagte Lily.

»Nun, da sind wir schon zwei«, sagte Matt. »Aber hey, wenn du einen weiteren Job annehmen willst, nur zu. Da Maddie aufs College geht, könnten wir ein zusätzliches Einkommen gut gebrauchen.«

Sandy schüttelte den Kopf und legte ihr Besteck ab. »Du verstehst das nicht, Matt. Es ist mehr als nur ein Job. Es ist etwas, das ich seit Jahren vermisst habe. Seit Jahrzehnten! Es ist etwas, das ich gerne tue, und ich kann es gleichzeitig anderen beibringen.«

»Was auch immer du tun willst, Schatz, ich stehe hinter dir«, sagte Matt sanft. »Mir war nicht klar, dass du das Tanzen so sehr vermisst hast.«

»Mir auch nicht. Eva und das Studio wiederzusehen, hat alles wieder zurückgebracht. Ich will das wirklich machen.«

Lily musterte ihre Mutter einen Moment lang. »Du solltest das tun, Mama. Ich liebe Turnen, und das darf ich auch machen. Und Dad spielt den ganzen Sommer Golf, weil er es liebt. Du solltest auch tun, was du liebst.«

Sandy lächelte ihre jüngste Tochter an. »Danke, Süße. Du hast recht.« Sie wandte sich an Maddie. »Wir sollten alle tun, was wir lieben.«

Ein Schauer lief Maddie über den Rücken. Sie wusste in diesem Moment, dass ihre Mutter ihr die Erlaubnis gab, die Vernunft zu vergessen und ihren Traum zu verfolgen.

KAPITEL ACHTZEHN

Eva – 1962

Jetzt, da die Ballettkompanie von ihrer Tournee zurück war, begannen sofort die Proben für die Weihnachtszeit. Es war wieder Zeit für den beliebten Weihnachtsklassiker, *Der Nussknacker*, und alle freuten sich darauf, dieses wunderschöne Ballett wieder aufzuführen. Sehr zu Evas Überraschung erhielt sie eine neue Rolle in dem Ballett.

»Mr. B möchte, dass Sie dieses Jahr die Rolle der Tautropfenkönigin im Blumenwalzer lernen«, sagte die Ballettmeisterin eines Tages nach dem Unterricht zu Eva. »Sie werden sie schnell lernen müssen. Das kommt zu Ihrem Auftritt im Schneeflockenwalzer noch hinzu.«

Eva war fassungslos, aber erfreut. Die Tautropfenkönigin war eine Hauptrolle. Obwohl sie oft eine Primaballerina für diese Rolle auswählten, entschieden sie sich manchmal auch für eine Solistin, und dies war ihre Chance, Mr. B ihr Können zu beweisen.

Sie wusste auch, dass sie doppelt so hart arbeiten würde wie im Jahr zuvor, da sie in zwei verschiedenen Akten tanzte. Aber da der Schneeflockentanz im ersten Akt und der Blumentanz im zweiten Akt war, gab ihr das reichlich Zeit, die Kostüme zu wechseln und auf die Bühne zurückzukehren.

Die Primaballerina, die im Vorjahr die Tautropfenkönigin getanzt hatte, probte mit Eva, damit sie die Rolle lernen konnte. Die Schritte waren nicht einfach. Der Tanz bestand aus schnellen Schritten, mehreren Pirouettenfolgen und Sprüngen. Es war eine anspruchsvolle Rolle, aber sie freute sich darauf, sie zu tanzen.

»Sie wissen, dass ich Sie wegen Ihrer perfekten Sprünge ausgewählt habe«, sagte Mr. B eines Tages zu ihr, nachdem er die Probe beobachtet hatte. »Springen Sie mit all Ihrer Kraft und Energie. Wie eine Katze!« Er deutete mit dem Arm an, wie eine Katze von einem Ort zum anderen springt, und lachte dann.

»Ich werde mich nicht zurückhalten. Ich werde es so tun, als wäre es das einzige Mal, dass ich je tanzen werde«, sagte Eva zu ihm. »So, wie Sie es uns immer sagen.«

»Gutes Mädchen. Ich wusste, dass Sie perfekt für die Rolle sind.«

Da *Der Nussknacker* das einzige Ballett war, das das NYCB über die Feiertage aufführte, hatte Eva nur diese beiden Rollen zu proben, was ihren Zeitplan etwas lockerte. Aber sie traten auch mindestens zweimal am Tag auf. Als sie einen Anruf von Colin erhielt, nahm sie seine Einladung zum Mittagessen an, da ein Abendessen nicht infrage kam, weil sie die meisten Abende tanzen würde.

»Du bist aber auch schwer zu fassen«, neckte Colin sie, als sie sich endlich in einem kleinen, aber charmanten Restaurant in der Innenstadt von Manhattan trafen. Colin hatte angeboten, sie abzuholen, aber sie hatte an diesem Morgen Unterricht gehabt und musste sich beeilen, um es zum Mittagessen zu schaffen.

»Tut mir leid«, sagte Eva zerknirscht. »Ich bin nie zu Hause. Ich bin morgens im Unterricht und habe nachmittags Proben. Ich musste heute Nachmittag sogar eine Probe sausen lassen, um mich mit dir zu treffen.« Sobald sie im Restaurant angekommen war, spürte sie sofort, dass es sich gelohnt hatte, den Unterricht ausfallen zu lassen. Colin sah in seinem hellblauen Pullover, der marineblauen Hose und dem marineblauen Kurzmantel so gut aus. Sein welliges Haar wirkte immer zerzaust, aber das ließ ihn nur noch attraktiver aussehen.

»Nun, ich bin froh, dass wir es geschafft haben, uns zu treffen«, sagte Colin, und sein Lächeln enthüllte perfekt gerade, weiße Zähne. »Ich würde lieber mit dir zu Abend essen, aber ich nehme mir jede Zeit, die ich kriegen kann.«

Sie bestellten Mittagessen und unterhielten sich über zwei Stunden lang. Eva genoss es, Colin zuzuhören, wie er über die bizarren Leute sprach, die er traf, und die lustigen Dinge, die sie taten. Er hatte wirklich ein interessantes Leben.

»Wie schaffst du es eigentlich, nicht zu arbeiten?«, fragte Eva und bereute es sofort. Sie fühlte sich bei ihm so wohl, dass sie es einfach herausgeplatzt hatte. »Entschuldige. Das war unhöflich.«

Er lachte. »Nein, das war überhaupt nicht unhöflich. Ich bin ein sehr glücklicher Mann, der einen sehr reichen Vater hat. Er hat meine Wohnung gekauft und gibt mir ein monatliches Einkommen. Ich schäme mich nicht, das zuzugeben. Aber ich habe ein Auge für Kunst, und ich habe mit einigen der reichsten Damen der Stadt zusammengearbeitet, um ihnen zu helfen, die besten Stücke für ihre Wohnungen zu finden.«

»Oh. Eher wie ein Dekorateur?«, fragte Eva.

»Nun, nicht ganz. Eher wie ein Kunstkenner. Ich begleite reiche Damen in Galerien, und wir besprechen die Kunstausstellungen und wählen aus, was ihnen gefällt und was meiner Meinung nach in Zukunft Geld wert sein wird. Es ist ein ziemlich lustiges Spiel, und sie bezahlen mich dafür, dass ich ihnen helfe.«

»Ach so.« Eva fand es einen seltsamen Job, aber zumindest nahm er nicht nur Geld von seinem Vater. »Bist du deshalb zu so vielen Partys eingeladen?«

»Ja, das bin ich. Ich habe mir einen ziemlichen Namen gemacht.« Er streckte die Hand über den Tisch und nahm ihre. »Aber genug von mir. Ich würde gerne mehr Zeit mit dir verbringen. Gehst du jemals aus, nachdem du getanzt hast? Wir könnten zu einer der vielen Weihnachtspartys gehen, zu denen ich eingeladen wurde. Oder einfach nur Zeit miteinander verbringen.«

»Das klingt nach Spaß«, sagte Eva. Sie würde gerne mit ihm auf ein paar Partys gehen. Es war ein ganz anderes Leben, von dem sie nichts wusste. »Ich könnte an den Abenden ausgehen, an denen ich am nächsten Tag keine Matinee habe.«

Da die Aufführungen des *Nussknackers* erst an Thanksgiving begannen, ging Eva nach den Proben mit Colin zu den vielen Partys, zu denen er eingeladen war. Manchmal gingen sie zu einem intimen Abendessen aus, und manchmal aßen sie mit großen Gruppen von Leuten zu Abend, die Eva nicht kannte. Aber es machte Spaß. Eva genoss die Zeit mit Colin, und das war alles, was für sie zählte.

Bei ihrem dritten Date küsste Colin sie unter den Sternen auf dem Balkon einer Penthouse-Wohnung, während im Hintergrund leise die Partymusik spielte. Es war eine kühle, sternenklare Nacht, und es fühlte sich magisch an.

An Thanksgiving verliebte sich Eva in den gut aussehen-den Colin, und das sah man am Leuchten auf ihrem Gesicht. Bei der letzten Generalprobe für den *Nussknacker* kam Mr. B nach dem Schneeflockentanz direkt auf Eva zu und fragte sie freiheraus.

»Haben Sie sich mit Mr. Sleek getroffen?«, fragte er vorwurfsvoll. »Sie strahlen ja regelrecht.«

Eva war überrumpelt, aber sie blieb standhaft. »Ich treffe mich mit Colin«, sagte sie und versuchte, unter seinem Blick nicht zu zittern. »Aber es beeinträchtigt meine Arbeit nicht.«

»Pah!«, sagte Mr. B. »Das wird es, warten Sie nur ab. Und es wird Ihre Karriere als Tänzerin ruinieren.«

»War ich in der Probe nicht gut?«, fragte Eva, plötzlich verängstigt, er würde ihr ihre Hauptrolle im Blumenwalzer wegnehmen.

Mr. B wedelte mit der Hand durch die Luft. »Doch. Sie sind perfekt. Sehen Sie zu, dass Sie so bleiben. Lassen Sie sich nicht von Mr. Sleek ruinieren.«

Eva seufzte erleichtert, als Mr. B wegging. Sie musste darauf achten, ausgeruht zu bleiben und während der gesam-ten Weihnachtszeit gut zu tanzen, jetzt, da Mr. B sie genau beobachtete.

An Thanksgiving wurde Eva von Ginnys Eltern zum Essen eingeladen, aber sie lehnte dankend ab und nutzte die Aufführung am nächsten Tag als Ausrede. Stattdessen aß sie in Colins wunderschöner Wohnung im historischen Gebäude The Alden gegenüber dem Central Park zu Abend. Es war das erste Mal, dass sie dort war, und Eva war überwältigt von der großen Lobby und wie geräumig Colins Wohnung war. Mit drei Schlafzimmern, zwei Bädern, einem großen Wohnzimmer und einer Küche fühlte es sich eher wie ein Haus als wie eine

New Yorker Wohnung an.

Er hatte ein komplettes Thanksgiving-Dinner für zwei Personen bestellt, und sie aßen, bis sie satt waren, und dann aßen sie noch Kürbiskuchen dazu. Danach kuschelten sie auf seinem bequemen Sofa vor dem Kamin, bis sie sich warm und schläfrig fühlte.

»Ich sollte wirklich nach Hause gehen«, sagte Eva träge, ohne sich jedoch zu bewegen.

Colin war einen Moment lang still, dann küsste er sie auf den Scheitel. »Geh nicht. Bleib heute Nacht bei mir«, sagte er sanft.

Ein warmes Gefühl durchströmte Eva. Sie war zwanzig Jahre alt, arbeitete seit ihrem sechzehnten Lebensjahr als Tänzerin und hatte noch nie einen Freund gehabt oder mit einem Mann geschlafen. Sie fühlte sich ängstlich und aufgeregt zugleich. Colin war sechsundzwanzig und weltgewandt. Würde er sie für zu unerfahren halten und sie albern finden?

»Ich will«, sagte sie. »Aber ich habe auch Angst.«

Er küsste sie erneut und zog sie enger in seine Arme. »Du musst keine Angst vor mir haben. Ich bete dich an. Ich verehre dich. Ich verspreche dir, dass ich mich dir in keiner Weise aufdrängen werde. Du kannst bestimmen, was passiert.«

Eva dachte daran, wie die Tänzerinnen über Sex sprachen und wie großartig er war. Es war nichts, was sie auf die leichte Schulter nahm, aber sie fühlte sich so zu Colin hingezogen, dass sie endlich verstand, wie es sich anfühlte, näher sein zu wollen. Sie drehte sich in seinen Armen und küsste ihn voller Leidenschaft.

»Ich bleibe«, flüsterte sie. Am Morgen bereute sie ihre Entscheidung nicht.

* * *

Am nächsten Abend befand sich Eva hinter der Bühne und beobachtete die Akte des *Nussknackers*, die vor dem Schneeflockentanz kamen. Ihr Herz pochte vor Aufregung. Das Theater war voll besetzt, und sie wusste, dass ihre Tante Bea, Onkel Roger, Ginny und Marty alle im Publikum saßen und darauf warteten, sie in ihrem Solo als Tautropfenkönigin tanzen zu sehen. Colin war auch da draußen, auf einem der besten Plätze im Haus. Er hatte vor Beginn des Balletts einen Rosenstrauß in ihre Garderobe geschickt.

»Na, du bist aber ein Glückspilz«, hatte eine der anderen Solistinnen gesagt und die Rosen bewundert. »Sind die von deinem Freund?«

»Ja«, sagte Eva stolz. »Er ist heute Abend im Publikum.«

Das Mädchen lächelte sie an. »Der ist ein guter Fang. Rosen sind teuer.« Sie zwinkerte und ging, um sich für die Bühne fertig zu machen.

Eva fand auch, dass er ein guter Fang war. Nachdem sie die letzte Nacht mit ihm verbracht hatte, war sie mehr als nur hin und weg. Sie war verliebt.

Auch Evas Mutter und ihr Stiefvater schickten Blumen mit einer lieben Nachricht. Ihre Mutter wünschte, sie könnte dabei sein, aber sie waren mit ihrem neu renovierten Haus beschäftigt und genossen ihren ersten Winter in Minnesota. Eva vermisste ihre Mutter, freute sich aber auch für sie.

An diesem Abend tanzte Eva wie auf Wolken. Sie segelte durch den Schneeflockentanz, dann eilte sie, um sich für ihren nächsten Auftritt anzuziehen. Ihr Kostüm für die Tautropfenkönigin war kurz, hellrosa und mit Kristallen verziert, damit sie unter den Lichtern funkelte. Sie trug auch einen

Kristallkopfschmuck. Als Eva angezogen war, stand sie in den Kulissen und wartete, ihr Herz schlug wie wild.

»Sie werden fantastisch sein«, sagte Mr. B, der sich neben sie gestellt hatte. Sie drehte sich um und sah das freundliche Lächeln auf seinem Gesicht. »Das sind Sie immer. Also, gehen Sie einfach da raus und glänzen Sie.«

Und das tat Eva. Es fühlte sich wie eine außerkörperliche Erfahrung an, als sie auf die Bühne schwebte und mit Leib und Seele tanzte. Ihre Füße schmerzten und ihre Knöchel fühlten sich an wie Gummi, aber sie spürte nichts davon. Sie flog und tanzte über die Bühne, und erst ganz am Ende, als die Musik aufhörte, hörte sie die Menge jubeln.

Sie hatte sich noch nie so lebendig gefühlt wie in diesem Augenblick.

Wieder hinter der Bühne, zog sie sich schnell um und ging, um den Rest des Balletts von den Kulissen aus zu sehen. In den nächsten Wochen würde sie in diesem unglaublichen Weihnachtsballett tanzen, und sie freute sich auf jede einzelne Vorstellung. Sie konnte es auch kaum erwarten, mehr Zeit mit Colin zu verbringen.

Nach dem Ballett traf sie sich mit ihrer Familie, und auch Colin erschien an ihrer Seite.

»Du hast wunderschön getanzt«, sagte Ginny aufgeregt. »Ich bin so stolz auf dich.«

»Wir sind alle stolz auf dich«, sagte Bea. »Ich wünschte, deine Mutter wäre hier, um dich zu sehen.«

Sie stellte Colin ihrer Familie vor, und sie standen eine Weile im Foyer und unterhielten sich. Bald war der Ort fast leer, also gingen sie alle ihre eigenen Wege.

»Lass uns mit einem späten Abendessen feiern«, sagte Colin, als sie in die kühle Nachtluft hinaustraten. Sie waren beide warm in Mäntel gehüllt. »Und dann, vielleicht kommst du mit zu mir?« Er sah sie hoffnungsvoll an.

Eva lachte. »Ich muss zuerst bei meiner Wohnung vorbeischauen und Wechselkleidung holen«, sagte sie. »Ich habe morgen früh Aufwärmübungen und dann wieder eine Vorstellung um zwei und um acht.«

»Meine Güte! Die arbeiten dich ja zu Tode«, sagte Colin.

»Nein. Es ist ein Privileg, dieses Ballett zu tanzen«, sagte Eva.

Colin zuckte mit den Schultern, als sie die paar Blocks zu ihrer kleinen Wohnung gingen. Als sie eintraten, sah sich Colin mit großen Augen um. »Es ist ein bisschen klein, nicht wahr?«

»Verglichen mit deiner Wohnung, ja«, sagte Eva, sah sich um und versuchte, es aus seiner Perspektive zu sehen. »Aber mehr kann ich mir nicht leisten. Meine Mutter und ich haben beide jahrelang hier gelebt.«

»Wirklich?«

Eva kicherte. »Wenn man nichts anderes kennt, denkt man nicht darüber nach.« Sie fand eine kleine Tasche und packte saubere Kleidung, Toilettenartikel und Tanzkleidung hinein.

Colin zog sie an sich und küsste sie. »Bedeutet das, dass du die Nacht bleibst?«

Sie lächelte. »Ja.«

Sie gingen zum Abendessen in ein schönes Restaurant und nahmen dann ein Taxi zu Colins Wohnung. Nach ihrem aufregenden Abend war Eva müde, und Colin verstand das. Sie verbrachten die Nacht in den Armen des anderen auf seinem bequemen Bett. Eva hatte es geliebt, in der Nacht zuvor mit Colin zu schlafen, aber auch, sich einfach nur zu umarmen, war etwas Besonderes. Sie fühlte sich sicher und geborgen in seinen Armen.

Während der Weihnachtszeit waren Eva und Colin unzertrennlich. Sie tanzte die Abendvorstellungen und manchmal die Matineen, und er nahm sie mit zu teuren Abendessen oder luxuriösen Weihnachtspartys in Penthouses in der ganzen Stadt. Eines Abends aßen sie im Haus eines berühmten Prominenten zu Abend und ein anderes Mal im Haus eines wohlhabenden Geschäftsmannes. Alle älteren, stilvollen Frauen vergötterten Colin und gewöhnten sich daran, Eva an seinem Arm zu akzeptieren. Sie war eine Ballerina – eine von George Balanchines Tänzerinnen – und das beeindruckte die elitäre High Society.

Heiligabend verbrachten sie bei ihrer Tante Bea. Bea und ihr Mann waren zuvorkommend zu Colin und gaben ihm das Gefühl, zur Familie zu gehören. Zur Überraschung aller machte Marty Ginny auf Knien einen Heiratsantrag, direkt vor dem funkelnden Weihnachtsbaum. Ginny schlug vor Freude die Hände zusammen und sagte ja, und alle klatschten und jubelten. Dann streifte sie sich den Diamantring über, den Marty ihr angeboten hatte. Es war der perfekte Abschluss eines wunderschönen Feiertags.

»Das ist es, was jede Frau will, nicht wahr?«, fragte Colin Eva, als sie im Taxi zu seiner Wohnung zurückfuhren. »Einen märchenhaften Heiratsantrag und ein ›glücklich bis ans Ende ihrer Tage‹?«

Eva musterte einen Moment lang sein schönes Gesicht und fragte sich, ob er es ernst meinte oder sarkastisch war. »Das ist es, was Ginny wollte«, sagte sie schließlich. »Alles, was ich jemals wollte, war zu tanzen.«

Er sah sie überrascht an. »Du willst nicht heiraten?«

»Vielleicht. Eines Tages. Wenn es richtig ist«, sagte sie.

»Du bist ein Mädchen wie keine Zweite«, sagte Colin und küsste sie.

Eva war von seinen Worten verwirrt, sagte aber nichts. Ja, sie wollte eines Tages heiraten. Aber sie erinnerte sich auch an Mr. Bs Warnungen, dass sie das Interesse am Tanzen verlieren würde, sobald sie heiratete. Eva wollte das Tanzen niemals aufgeben.

An Silvester nahm Colin sie mit zu einer Party im berühmten Dakota-Gebäude. »Das Gebäude ist unglaublich«, sagte Colin, als sie im Taxi fuhren. »Es wurde in den späten 1800er Jahren erbaut und ist mit nichts anderem in New York City zu vergleichen. Und nur die allerreichsten und berühmtesten Leute werden vom Vorstand zum Wohnen dort zugelassen.«

»Ich habe dich noch nie so beeindruckt über ein Wohnhaus gehört«, sagte Eva. »Es muss erstaunlich sein.«

»Das ist kein gewöhnliches Wohnhaus«, sagte Colin. »Es ist lebendige Geschichte.«

Sie betraten die große Lobby und fuhren mit dem Aufzug in den siebten Stock. Dort lebte eine berühmte Schauspielerin, bekannt für ihre Rollen als dummes Blondchen. Eva dachte, sie könne nicht so dumm sein, wie sie sich darstellte, um sich einen so wunderschönen Ort wie diesen leisten zu können.

Sie wurden von der Gastgeberin im großen Foyer begrüßt, wo viele der funkelnden Gäste umhergingen. Ein großer Kronleuchter hing in der Mitte, sein Licht glitzerte auf dem Spiegel über einem holzgetäfelten Kamin.

»Meine Güte«, sagte Eva und sah sich ehrfürchtig um. »Sieh nur, wie hoch die Decken sind. Dieser Ort ist wunderschön.«

»Wir sind erst im Eingangsbereich«, sagte Colin lachend.

»Oh, du bist die Ballerina!«, sagte die Gastgeberin und lächelte Eva an. »Du bist so schön. Ich habe dich gerade im *Nussknacker* über die Feiertage gesehen. Du tanzt wunderschön.«

»Danke.« Eva spürte, wie ihr eine warme Röte in die

Wangen stieg. Sie blickte die reizende, silberblonde Frau an, deren kurvige Figur in weißen Satin gekleidet war. Von einer Frau wie ihr als schön bezeichnet zu werden, war ein großes Kompliment.

»Und Colin, Liebling«, sagte die Frau mit einem breiten Lächeln. »Wie hast du diesen Shootingstar gefangen? Wenn du nicht aufpasst, wird sie dir davonschweben, wie eine Fee.«

»Ich bin ein glücklicher Mann«, sagte Colin lächelnd.

»Bitte geht und mischt euch unters Volk. Wir haben heute Abend unsere Türen geöffnet, und alle meine Nachbarn werden hier sein. Habt eine tolle Zeit, meine Lieben«, sagte die Frau, bevor sie sich ihrem nächsten Gast zuwandte.

Sie folgten einem langen Flur, der zum Esszimmer und Wohnzimmer führte. Sie gingen zwischen den vielen Leuten und Kellnern umher, die Getränke und Horsd'œuvres anboten, bis sie ein großes Fenster mit Blick auf den Central Park erreichten. Der Himmel war tintenschwarz, und die Sterne leuchteten hell um den fast vollen Mond.

»Besser als das wird es nicht, oder?«, fragte Colin, nahm zwei Gläser Champagner von einem Kellner und reichte Eva eines.

»Nein, wird es nicht«, sagte Eva, fasziniert von der Aussicht und den Leuten im Raum. Sie hatte nie von einem Leben wie diesem geträumt, berühmte Leute zu treffen oder in ikonischen Gebäuden zu stehen. Oder in den schönsten Mann dort verliebt zu sein.

»Ich liebe dich, Eva«, sagte Colin leise und zog sie an sich. »Ich habe so ein Glück, dich an meiner Seite zu haben.«

Eva schmiegte sich enger an ihn. »Ich liebe dich auch«, sagte sie. Sie stießen mit ihren Gläsern auf ihr Glück an, ein Glück, von dem Eva hoffte, es würde sie ein Leben lang begleiten.

KAPITEL NEUNZEHN

Eva - 1963

Nachdem die Feiertage vorüber waren, hatten die Tänzer bis Mitte Januar eine auftrittsfreie Zeit. Aber das bedeutete nicht, dass sie nichts zu tun hatten. Sie waren jeden Tag wieder im Unterricht und probten eine ganze Reihe neuer Tänze für die Saison.

Mr. B war mit Evas Leistung als Taufee zufrieden gewesen und gab ihr längere Soli und bat sie, zwei der wichtigen Rollen, die von einer der Ersten Solistinnen getanzt wurden, genau zu beobachten. Eva wusste, dass das eine große Sache war. Er hatte ihr nicht aufgetragen, die Tänze zu lernen, sondern nur zuzusehen, aber das bedeutete, dass er in Erwägung zog, sie zur Ersten Solistin zu befördern. Sie war aufgeregt und verängstigt zugleich. Würde sie bereit sein, wenn er sie schließlich beförderte?

Sie sagte ihren Mittänzerinnen nichts, denn viele von ihnen waren schnell eifersüchtig. Sie hatte zugesehen, wie die neue Lieblingstänzerin von Mr. B von den anderen Tänzerinnen gemieden wurde, weil sie in nur einem Jahr schnell von einer

Solistin zu einer Ersten Solistin aufgestiegen war. Eva wollte keinen Wirbel verursachen, bevor ihre eigene Beförderung nicht tatsächlich stattfand. Eva war seit zwei Jahren Solistin, daher wäre es nicht ungewöhnlich, wenn sie aufsteigen würde. Trotzdem konnte die Eifersucht in der Truppe schwierig sein.

Und Eva wollte nichts tun, was das Glück, das sie mit Colin gefunden hatte, ruinieren würde. Inzwischen war sie praktisch in seine Wohnung eingezogen. Sie zahlte zwar immer noch Miete für ihre eigene Wohnung und übernachtete dort auch gelegentlich, wenn Colin geschäftlich über Nacht weg musste. Aber ansonsten schlief sie jede Nacht bei Colin, und sie waren immer noch glücklich ineinander verliebt.

An einem kühlen Januarmorgen, als sie sich gerade für den Ballettunterricht anzog und sich in ihren Mantel einpackte, kam Colin aus dem Badezimmer, frisch geduscht und mit einem Handtuch um die Hüften.

»Würdest du heute Morgen auf dem Weg zum Unterricht ein kleines Päckchen für mich abgeben?«, fragte er beiläufig. »Du kommst direkt an dem Geschäft vorbei, das meinem Freund gehört.«

»Natürlich«, sagte Eva. »Das mache ich gern.«

Colin durchwühlte eine Kommodenschublade und zog eine kleine, in braunes Papier gewickelte Schachtel hervor. Die Adresse stand auf der Schachtel. »Ich wollte das schon längst abgeben und vergesse es immer wieder«, sagte er. »Es ist eine kleine Statue, auf die ich letzten Monat an einem Nachmittag bei einer Auktion für ihn bieten sollte, und er wartet schon sehnsüchtig darauf.«

Eva nahm das Päckchen. Es war nicht schwer, also nahm sie an, dass die Statue klein war. »Ich gebe es ab«, sagte sie, gab ihm einen schnellen Kuss und machte sich dann auf den Weg.

Colin wohnte am Central Park West, und es war ein etwa zwanzigminütiger Spaziergang zur SAB und zum Lincoln Center. An den meisten Tagen ging Eva zu Fuß, weil es eine gute Möglichkeit war, ihre Muskeln vor dem Unterricht aufzuwärmen. An den kältesten oder schneereichsten Tagen nahm sie ein Taxi. Für sie war es ein Luxus, das Fahrgeld für ein Taxi zu bezahlen, aber um bei Colin zu sein, war es das wert.

Sie ging den Weg am Central Park entlang und hielt Ausschau nach der Straße, in die sie abbiegen musste, um das Päckchen abzugeben. Als sie die Straße sah, überquerte sie sie schnell und ging ein paar Meter weiter. Hier gab es kleine Boutiquen für die gehobene Kundschaft. Gerade als sie die Adresse auf dem Päckchen erreichte, sah sie einen Mann im Mantel, der seinen Schlüssel ins Schloss steckte, um aufzuschließen. Als er Eva sah, drehte er sich um und lächelte. Sein Haar war silbern und gewellt, und er hatte ein freundliches Gesicht. Eva lächelte zurück.

»Sind Sie John Earlington?«, fragte sie.

»Ja, meine Liebe. Das bin ich«, sagte er freundlich. »Sie müssen die Ballerina sein. Ich wollte gerade mein Geschäft aufschließen.«

Sie reichte ihm das kleine Päckchen. »Ich bin auf dem Weg zum Tanzunterricht, also muss ich los. Es war schön, Sie kennenzulernen, Mr. Earlington.«

»Ganz meinerseits, meine Liebe«, sagte John und umklammerte das Päckchen. »Grüßen Sie Colin von mir.«

Sie nickte und ging in die Richtung zurück, aus der sie gekommen war.

Der Unterricht hatte bereits begonnen, als Eva ankam, also beeilte sie sich, ihre Spitzenschuhe zu binden und sich ihnen anzuschließen. Sie erntete ein paar Blicke, aber niemand sagte etwas, als sie sich nahtlos in den Unterricht einfügte. Später, als die Tänzerinnen sich dehnten und zu ihren Proben gingen, fiel ein schmaler Schatten auf Eva. Sie blickte auf, und dort stand Mr. B.

»Sie waren schon wieder zu spät zum Unterricht«, sagte er mit seiner sanften Stimme. Er schalt sie weder, noch war er wütend auf sie. »Hält Mr. Sleek Sie nachts lange wach?«

Eva stand auf. »Es tut mir leid, Mr. B. Ich musste eine Besorgung machen und dachte nicht, dass ich dadurch zu spät kommen würde.« Das Letzte, was sie wollte, war, Balanchine wütend zu machen. Er war ihr gegenüber so großzügig gewesen, was Rollen und ihre Karriere anging, aber er konnte alles wieder wegnehmen, wenn er das Interesse an ihr verlor.

»Sie haben meine Frage nicht beantwortet, meine Liebe. Gehen Sie immer noch mit Mr. Sleek in der Stadt aus?«

Eva seufzte. »Sein Name ist Colin, und ja, wir sind zusammen. Er ist sehr nett zu mir.«

»Hm.« Mr. B schnaubte, wie er es immer tat, wenn er etwas geschmacklos fand. »Denken Sie daran, was ich immer sage, meine Liebe. Männer werden Ihre Karriere ruinieren. Der Tanz sollte immer an erster Stelle stehen.«

Eva lächelte. Sie wusste, dass Mr. B sich nur um sie sorgte, so wie er es immer getan hatte. Seit sie ein Kind war und im Dunkeln nach Hause ging, sorgte er dafür, dass sie in Sicherheit war. Sie konnte es ihm nicht verübeln, dass er sich weiterhin um sie sorgte. »Der Tanz steht an erster Stelle. Das wird er immer«, versicherte sie ihm.

»Gut.« Er nickte. »Und jetzt zur Probe. Es gibt Tänze zu perfektionieren.«

Eva eilte davon. Sie hatte Soli in zwei Balletten, die Mitte Januar begannen, und obwohl sie sie gut kannte, wusste sie auch, dass sie immer besser werden konnte.

* * *

Dieses Frühjahr war eine aufregende Zeit für die Ballettkompanie. Mr. B war voller Inspiration und schuf neue Ballette für seine Ersten Solisten. Obwohl Eva eine Solistin war, wurde sie gebeten, als eine von sechs Frauen im Hintergrund für ein Ballett mit dem Titel *Movements* zu tanzen. Das Ballett wurde von Jacques und Diana Adams aufgeführt, daher war Eva begeistert, bei diesem neuen, einzigartigen Ballettstil dabei zu sein. Die Premiere des Balletts sollte im April stattfinden, und Eva probte jeden Tag mit den anderen Frauen, um es perfekt zu machen.

Eines Abends, als Eva in der Garderobe der Solistinnen war und sich auf den ersten der beiden Tänze vorbereitete, die sie aufführte, hörte sie die Mädchen über skandalöse Neuigkeiten flüstern.

»Sie wusste nicht, wann die Juwelen gestohlen wurden. Nach ihrer Silvesterparty war sie für einen Monat nach Paris gefahren, und als sie zurückkam, waren sie weg«, sagte ein Mädchen, als ob sie es aus erster Hand wüsste.

Eva wurde hellhörig. Silvesterparty? Es konnte unmöglich die sein, an der sie teilgenommen hatte. »Über wen redet ihr?«, fragte Eva. »Was ist passiert?«

»Siehst du keine Nachrichten oder liest du keine Zeitungen?«, fragte das geschwätzige Mädchen. »Es steht überall.«

Eva besaß keinen Fernseher und hatte keine Zeit, Zeitungen zu lesen. »Nein. Erzähl es mir.«

Das Mädchen war nur allzu glücklich, ihr noch einmal von einer berühmten Schauspielerin zu erzählen, deren Schmuck direkt aus ihrer Wohnung im Dakota gestohlen worden war. »Sie halten ihren Namen geheim, aber wir haben versucht zu raten, wer sie ist. Nur die reichsten und erfolgreichsten Leute wohnen im Dakota.«

Eva runzelte die Stirn. »Jemand hat ihren Schmuck gestohlen?«

»Ja«, sagte das Mädchen verärgert. »Hast du mich nicht gehört? Sie glaubt, es könnte tatsächlich einer ihrer Nachbarn sein, da sie ihre Wohnung an Silvester für alle geöffnet hatte. Kannst du dir das vorstellen? Oder es könnte dieser raffinierte Meisterdieb gewesen sein, der in der Stadt umgeht und den reichen Damen den Schmuck direkt vor der Nase wegstiehlt. Die Leute spekulieren seit über einem Jahr, wer das tut.«

»Meisterdieb?« Eva hatte von all dem noch nie gehört. Aber sie wusste, wessen Juwelen aus dem Dakota gestohlen worden waren, denn es musste die Frau sein, die die Silvesterparty veranstaltet hatte, an der sie teilgenommen hatten. Es war beängstigend zu denken, dass jemand in diesem Raum ein Dieb war.

Nachdem sie an diesem Abend getanzt hatte, nahm Eva ein Taxi zurück zu Colins Wohnung und war überrascht, dass er nicht zu Hause war. Er hatte gesagt, er hätte ein Treffen mit einer seiner reichen Freundinnen, um eine neue Kunstausstellung zu besuchen und ihr bei der Auswahl von etwas für ihre Wohnung zu helfen. Als Eva bettfertig war, ihr ganzes Bühnen-Make-up abgewaschen und ihr Haar aus dem Dutt gelöst hatte, kam Colin müde aussehend herein.

»Ah, mein Schatz! Es ist so wunderbar, dich nach dem Abend, den ich hatte, zu sehen«, sagte Colin mit seinem charmanten englischen Akzent. Er ließ sich auf das Bett fallen und kuschelte sich an sie. »Die Superreichen haben den schlechtesten

Geschmack. Ich habe dieser Frau wunderbare Stücke aus der Ausstellung vorgeschlagen, und sie kehrte immer wieder zu den hässlichsten Stücken im Raum zurück. Schließlich hat sie das hässlichste Gemälde gekauft, das ich je gesehen habe. Ich hoffe sehr, sie erzählt niemandem, dass ich ihr bei der Auswahl geholfen habe. Es ist entsetzlich!«

Eva lächelte, während er sprach. Sie liebte es, wie lebhaft er wurde, wenn er einen guten oder schlechten Tag bei der Hilfe seiner reichen Freunde hatte. Seine Geschichten brachten sie immer zum Lachen. Aber heute Abend hatte sie viel im Kopf.

»Was ist los? Hattest du heute Abend eine schlechte Vorstellung?«, fragte er, streckte die Hand aus und strich ihr eine Strähne ihres roten Haares hinters Ohr.

»Nein. Ich bin nur müde«, sagte sie.

Er küsste sie, drückte sich dann vom Bett hoch und zog sein Jackett aus. »Ich kann es kaum erwarten, mich auszuziehen und zu dir ins Bett zu kriechen. Musst du morgen früh raus?«

»Ich muss jeden Tag außer sonntags früh raus«, sagte sie.

»Stimmt, stimmt«, rief er aus dem Badezimmer, wo er sich die Zähne putzte.

»Die Mädchen in der Garderobe haben heute Abend über einen Juwelendiebstahl im Dakota geredet«, sagte Eva. »Ich glaube, es ist der Frau passiert, auf deren Party wir waren.«

Colin kam in T-Shirt und Boxershorts aus dem Badezimmer. »Wirklich? Davon habe ich nichts gehört. Man sollte meinen, meine reiche Freundin von heute Abend hätte darüber geklatscht.«

»Die Mädchen haben erzählt, dass seit fast einem Jahr ein Juwelendieb in der Stadt Schmuck stiehlt. Ist das nicht seltsam? Die Polizei hat noch nicht herausfinden können, wer es ist«, sagte Eva.

»Interessant«, sagte Colin und ging dann zurück ins Bad, um sich die Zähne fertig zu putzen. Er kam heraus und glitt neben Eva ins Bett. »Also, was glaubst du, wer dieser Juwelendieb ist?«

Eva zuckte mit den Schultern. »Ich weiß nicht. Hast du schon mal von diesen Diebstählen gehört? Du hast doch viele reiche Freundinnen. Man sollte meinen, sie hätten darüber geredet.«

»Ich habe etwas in der Zeitung darüber gelesen«, sagte Colin. »Aber keine hat es erwähnt. Diese Damen der Gesellschaft sind normalerweise nur mit sich selbst beschäftigt und scheren sich nicht darum, was mit anderen passiert.«

Eva lächelte. »Das stimmt. Ich finde es aber seltsam. Wir waren kurz vor dem Raub in genau dieser Wohnung. Da bekomme ich eine Gänsehaut. Was, wenn der Dieb an dem Abend da war? Vielleicht haben wir sogar mit ihm geredet.«

»Oder mit ihr«, sagte Colin.

Evas Augenbrauen schossen in die Höhe. »Ich habe gar nicht daran gedacht, dass es auch eine Frau sein könnte. Aber ich nehme an, das wäre möglich.«

»Es könnte jeder sein«, sagte Colin. »Ich könnte es sein. Oder du.« Er kitzelte sie unter der Decke.

Eva lachte. »Sei nicht albern.«

»Na ja, ich würde mir keine Sorgen machen, dass ein Juwelendieb hierherkommt«, sagte Colin. »Bei uns gibt es nicht viel zu stehlen. Außer, irgendein heimlicher Verehrer von dir hat dir Diamanten oder Smaragde geschenkt.«

»Tut mir leid. Mein einziger Verehrer bist du.«

Colin schüttelte den Kopf. »Das ist eine Schande. Eine Schönheit wie du sollte Hunderte von Männern haben, die nur für dich am Bühneneingang warten.«

Eva lächelte. »Die will ich aber nicht. Ich will nur dich.« Sie küsste ihn innig, und für den Rest der Nacht wurde nicht mehr geredet.

* * *

Die Saison ging weiter. Als *Movements* Premiere hatte, war Diana bereits durch Balanchines neueste Lieblingstänzerin ersetzt worden, denn Diana hatte erfahren, dass sie schwanger war, und wollte keine Fehlgeburt riskieren. Eva liebte es, bei *Movements* im Hintergrund zu tanzen. Der Tanzstil war so anders als das, was sie gewohnt war, mit geometrischeren Haltungen und ruckartigen Bewegungen. Aber er war auch wunderschön, und das Publikum liebte ihn. Wieder einmal hatte Mr. B ein atemberaubendes neues Ballett geschaffen.

Eva und Colin besuchten weiterhin glamouröse Empfänge, Geburtstagsfeiern, Dinnerpartys und andere Veranstaltungen. Am Ende der Tanzsaison nahmen sie zusammen mit den anderen Tänzern sogar an einer Party teil, die von einem Mäzen des New York City Ballet gegeben wurde. Mr. B war höflich zu Colin, aber er mochte ihn immer noch nicht. Er sagte Eva, Colin sei für seinen Geschmack zu »aalglatt«. Eva konnte darüber nur lachen.

Gelegentlich gab Eva auf dem Weg zum Tanzunterricht kleine Päckchen bei John Earlington ab. Es machte ihr nichts aus. Wenn es Colin etwas Zeit sparte, tat sie es gern. Sie war jedoch neugierig, was für Statuen Mr. Earlington kaufte, die so klein waren. Colin erwähnte, sie hätten die Größe von Schachfiguren. Sie vermutete, dass er eine Sammlung kleiner Stücke besaß.

Am Ende der Saison wurde Eva gefragt, ob sie das

Ensemble für eine Sommertournee nach Kalifornien begleiten wolle. Sie war begeistert von der Einladung. Sie würden die Ballette tanzen, die sie bereits kannte, also musste sie nichts Neues lernen. Sie nahm sowieso täglich Unterricht und probte den ganzen Sommer über, um in Form zu bleiben. Sie konnte es kaum erwarten, nach Kalifornien zu fahren. Obwohl sie als Kind dort gelebt hatte, erinnerte sie sich nicht mehr an viel.

»Meinst du, du könntest mitkommen, wenn auch nur für kurze Zeit?«, fragte sie Colin eines Abends. »Wir werden in Los Angeles und San Francisco sein. Jede der beiden Städte würde Spaß machen.«

»Ich würde liebend gern mitkommen«, sagte Colin. »Aber ich muss in meinen Terminkalender schauen. In dieser Zeit gibt es ein paar Kunsteröffnungen, und ich habe eine Dame, der ich helfen soll, Kunst für ihr Haus in den Hamptons zu finden.«

Eva seufzte. »Ich wünschte, du könntest mitkommen. Aber ich weiß, dass du beschäftigt bist. Vielleicht kannst du, wenn du eine Chance hast, an einem Wochenende einen Flug dorthin nehmen.«

Colin schenkte ihr eines seiner umwerfenden Lächeln. »Du weißt, dass ich es tun werde, wenn es mir möglich ist. Ich fürchte mich vor dem Gedanken, dass du zwei Monate lang weg bist.«

Im Juni begleitete Colin Eva zu Ginny und Martins Hochzeit, die in einer hübschen Kirche in der Nachbarschaft stattfand, mit einem Empfang in Beas Wohnung. Ginny sah in einem weißen Kostüm und mit Absätzen so erwachsen aus, und Martin war in einem schwarzen Anzug sehr ansehnlich. Ginny hatte keine große Hochzeit in einem weißen Kleid gewollt, weil sie dafür zu vernünftig war. Sie entschied, das

Geld lieber für eine Wohnung für sich und Martin auszugeben als für eine Hochzeit mit dreihundert Gästen.

Eva überreichte Ginny einen Umschlag, den Mr. B ihr für die junge Braut gegeben hatte. Als Ginny ihn öffnete, war sie überrascht. Mr. B hatte ihr eine wunderschöne Hochzeitskarte und fünfzig Dollar geschenkt. Darin stand: *»Ich hoffe, Sie beide sind für die kommenden Jahrzehnte sehr glücklich.«*

»Ich dachte, Mr. Balanchine glaubt nicht an die Ehe«, sagte Ginny. »Das war so aufmerksam von ihm.«

Eva lachte. »Er glaubt nicht daran, dass seine Tänzerinnen heiraten und Kinder bekommen. Aber er glaubt definitiv an die Ehe.«

Ginny nickte in Richtung Colin, der auf der anderen Seite des Raumes mehrere von Beas Freundinnen bezauberte. »Wirst du auch bald heiraten? Ihr beide lebt ja schon eine Weile zusammen.«

»Ich bin mir nicht sicher«, sagte Eva, grinste aber. »Und ich habe ja immer noch meine eigene Wohnung. Aber ich würde nicht Nein sagen, wenn er fragt.«

In diesem Sommer genossen Eva und Colin ihre gemeinsame Zeit zwischen Evas Trainingstagen und dem Sommerkurs, bei dem sie in der SAB aushalf. Eva war noch nie glücklicher gewesen und verbrachte ihre Nächte mit Colin. Sie besuchten immer noch Partys und Eröffnungen, aber zu dieser Jahreszeit waren es weniger. Es war heiß in der Stadt, und der größte Teil der Oberschicht war nach Newport, in die Hamptons und nach Martha's Vineyard gefahren. Der August kam zu schnell, und bald würde Eva mit den Tänzern und Mr. B nach Los Angeles aufbrechen, um im Greek Theater aufzutreten.

»Ich wünschte, du könntest auch mitkommen«, sagte Eva und war traurig bei dem Gedanken, Colin zurückzulassen. Sie packte ihre Tasche für den Flug am nächsten Tag. »Ich werde dich vermissen.«

»Ich dich auch, Schätzchen. Aber ich habe etwas für dich.« Er öffnete eine Kommodenschublade und zog eine schmale, lange Schachtel hervor. »Vielleicht hilft dir das, dich an mich zu erinnern, während du weg bist.«

Evas Herz pochte. Sie wusste, dass es Schmuck sein musste – der erste, den er ihr je geschenkt hatte. Sie öffnete die Samtschatulle, und darin lag ein wunderschöner, runder Einkaräter an einer funkelnden Goldkette.

»Oh, die ist wunderschön!«, rief sie aus. »Ich liebe sie!«

»Hier. Lass sie mich dir anlegen.« Colin hob die Kette aus der Schachtel und schloss den Verschluss in ihrem Nacken. »Sie ist perfekt.«

Eva hob die Hand, um mit den Fingern den lieblichen Diamanten zu berühren. Er funkelte im Licht, als sie in den Spiegel über der Kommode blickte. »Sie ist wirklich perfekt.« Sie drehte sich um und schlang die Arme um seinen Hals. »Vielen Dank!«

»Du verdienst so viel mehr, Schätzchen«, flüsterte Colin ihr ins Ohr. »Das ist nur der erste von vielen schönen Edelsteinen für dich.«

Sie trat einen Schritt zurück und sah ihm in seine blauen Augen. »Ich liebe sie, aber ich liebe dich mehr. Du bist alles, was ich brauche.«

»Ich liebe es, das zu hören.« Colin hob sie in seine Arme und wirbelte sie herum. »Ich werde es immer lieben, das zu hören.«

Am nächsten Tag fuhr Colin mit Eva im Taxi zum Flughafen. »Vergiss mich nicht, während du weg bist«, sagte er. »Ich werde hier sein und alten Damen helfen, unverschämt teure Gemälde auszusuchen.«

»Und ich werde in der Stadt der Engel tanzen und den funkelnden Diamanten tragen, den mein Freund mir geschenkt hat«, sagte Eva.

»Oh, hätte ich fast vergessen.« Colin zog eine Schachtel aus seiner Jackentasche. »Wenn du in Los Angeles bist, kannst du bei dieser Adresse vorbeischauen und dieses Päckchen abgeben? Dein Hotel, das Ambassador, ist gleich die Straße runter davon.«

Eva nahm ihm das Päckchen ab und sah sich die Adresse an. Sie war auf dem Wilshire Boulevard, genau wie ihr Hotel. »Äh, sicher. Okay.« Sie runzelte die Stirn und sah Colin an. »Was ist da drin?«

»Oh, nur ein Sammlerstück, das ein Gentleman mich gebeten hat, bei einer Nachlassauktion zu besorgen«, sagte Colin beiläufig. »Ich hätte es per Post schicken können, aber ich hatte Angst, dass es verloren geht, und es ist sehr wertvoll.«

»Colin?«, fragte sie zögerlich. Sie hatte die Päckchen, die er sie gebeten hatte zu überbringen, noch nie infrage gestellt, aber dieses Mal machte es sie nervös. Sie würde quer durchs Land reisen, und wenn etwas Zwielichtiges in dem Päckchen war, wollte sie nicht damit erwischt werden. »Ist es … legal?«

Colins Augenbrauen schossen in die Höhe. »Legal? Natürlich ist es legal«, sagte er und sah schockiert aus. »Ich würde dich nie bitten, etwas auszuliefern, wofür du Ärger bekommen könntest.« Dann kicherte er. »Es sind keine Drogen oder so etwas. Es geht alles mit rechten Dingen zu.«

Eva seufzte. »Okay. Ich bin nur ein bisschen nervös, es quer durchs Land mitzunehmen, das ist alles.«

»Sei es nicht, Schätzchen. Es ist nur ein Sammlerstück, das ist alles. Vertrau mir.«

Sie verabschiedeten sich am Flugsteig, und Mr. B blieb zurück, um Eva ins Flugzeug zu begleiten. Er sorgte immer dafür, dass auch die letzte Tänzerin sicher an Bord kam.

»Sie sehen sich also immer noch mit Mr. Aalglatt, wie ich sehe«, sagte Mr. B, als sie ins Flugzeug stiegen. »Ich hoffe, er ist es wert.«

Eva sah zu Mr. B. »Er ist gut zu mir«, sagte sie. »Wir lieben uns.«

Mr. B nickte. »Sie verdienen das Beste, meine Liebe. Das ist alles, was ich sage.« Sie trennten sich, als sie ihre Plätze einnahmen, und Eva setzte sich neben eine andere Tänzerin. Sie hatte die Schachtel, die Colin ihr gegeben hatte, in ihre Tasche gestopft. Obwohl sie Colin sehr liebte, hatte Eva das schreckliche Gefühl, dass die kleine Schachtel sie in große Schwierigkeiten bringen könnte.

KAPITEL ZWANZIG

Maddie

Maddie stand an der Kücheninsel und starrte nervös auf den Laptop ihrer Mutter. Die Ergebnisse des ACT waren da und sie musste nur online nachsehen, um zu erfahren, wie sie abgeschnitten hatte. Doch sie brachte einfach nicht den Mut auf, es zu tun.

»Worauf wartest du?«, fragte Lily genervt. »Sieh schon nach. Willst du dein Ergebnis nicht wissen?«

»Doch«, sagte Maddie. »Ich habe nur Angst, dass ich durchgefallen sein könnte.«

Sandy kam von ihrer morgendlichen Trainingseinheit bei Eva nach Hause. »Was ist los?«

»Maddie ist zu feige, um ihr ACT-Ergebnis nachzusehen«, platzte Lily heraus.

»Oh, sind sie da? Lass uns mal sehen«, sagte Sandy aufgeregt.

»Aber was ist, wenn ich schlecht abgeschnitten habe?«, fragte Maddie. »Ich würde es nicht ertragen, wenn ich nicht gut wäre. Livie hat gerade angerufen und gesagt, dass sie eine Siebenundzwanzig hat. Was, wenn ich nicht mal das geschafft habe?«

»Ach, Schatz«, sagte Sandy und schlang von hinten die Arme um Maddie. »Ich bin sicher, du hast gut abgeschnitten. Aber wir werden es nicht wissen, wenn wir nicht nachsehen.«

Maddie klappte den Bildschirm hoch, meldete sich an und gab dann die URL für die ACT-Ergebnisse ein. Die Seite erschien und flimmerte ihr entgegen, während sie sie anstarrte. Sie musste nur ihr Passwort eingeben, um ihr Ergebnis zu sehen. Aber ihre Finger wollten ihr einfach nicht gehorchen.

»Lass mich das machen«, sagte Lily und schob Maddie zur Seite. »Wie lautet dein Passwort?«

Maddie sagte es ihr und sah zu, wie Lily es eintippte. Die Seite erschien und da, direkt vor ihr, standen ihre Ergebnisse für jeden Teilbereich und ihr Durchschnittsergebnis.

Es war eine Neunundzwanzig.

»Oh, mein Gott!«, schrie Sandy. »Du warst großartig! Eine Neunundzwanzig ist weit über dem Durchschnitt.«

Maddie stieß den Atem aus, den sie angehalten hatte. Sie hatte gut abgeschnitten. Gott sei Dank!

Lily und Sandy sprangen auf und ab und Maddie stimmte mit ein.

»Siehst du? War doch gar nicht so schlimm«, sagte Lily. »Aber du hast nicht die volle Punktzahl erreicht.«

Maddie verdrehte die Augen. »Typisch, dass du das zur Sprache bringen musst. Aber es ist trotzdem ein hohes Ergebnis. Hoch genug, um an manchen Colleges ein Teilstipendium für gute Leistungen zu bekommen. Und wenn ich nächstes Jahr einen Notendurchschnitt von 1,0 halten kann, bekomme ich vielleicht sogar ein noch besseres Stipendium.«

»Unser College hier bietet ein gutes Leistungsstipendium an«, sagte Sandy. »Bei mir wurde die Hälfte des Studiums bezahlt. Und da du in deinem Abschlussjahr ein paar

Collegekurse belegen wirst, wird das auch helfen.«

Maddie wurde still. Sie brachte es nicht übers Herz, ihrer Mutter den Moment zu verderben, indem sie ihr erzählte, dass sie darüber nachdachte, für das College wegzuziehen.

An diesem Abend beim Abendessen erzählte Maddie ihrem Vater stolz von ihrem ACT-Ergebnis und er gab ihr ein High-five.

»Das ist großartig, Mads«, sagte Matt. »Ich bin so stolz auf dich. Das wird auch finanziell helfen. Das hiesige College ist großartig, was Stipendien angeht.«

»Vielleicht will Maddie hier gar nicht aufs College gehen«, sagte Lily. Sie schaufelte sich einen Mundvoll Kartoffelpüree. »Ich weiß, dass ich auch nicht hier aufs College gehen werde.«

Matt und Sandy starrten beide Maddie an.

»Wir müssen erst einmal sehen, wo ich überhaupt angenommen werde«, sagte Maddie schnell. »Ich werde mich auf jeden Fall auch hier bewerben, nur für den Fall.«

»Für welchen Fall?«, fragte Matt und legte seine Gabel auf den Teller. »Ich dachte, du würdest hier studieren. Sie haben ein ausgezeichnetes Lehramtsprogramm.«

Maddie stocherte in ihrem Essen herum und wollte ihm nicht antworten. Sie wusste, dass ihre Eltern fest damit rechneten, dass sie während des Colleges zu Hause bleiben würde. »Ich habe mir nur ein paar Optionen angesehen, das ist alles«, sagte Maddie.

»Mads, sag ihnen die Wahrheit«, sagte Lily. »Livie wird sich an der University of Denver bewerben. Ihr wurde ein Platz im Turnteam angeboten, also bekommt sie wahrscheinlich ein volles Stipendium. Maddie will da auch hin.«

»Lily!«, sagte Maddie. »Du weißt gar nicht, was los ist.«

»Doch, das weiß ich«, sagte Lily. »Livie hat mir davon

erzählt. Warum ist das ein Geheimnis? Das ist doch, was du tun willst.«

»Ist es das, was du tun willst?«, fragte Sandy und sah Maddie an.

»Ich bin mir im Moment nicht sicher, was ich will«, sagte Maddie. »Ich werde mich an ein paar Orten bewerben, das ist alles. Es ist noch ein ganzes Jahr hin.« Sie wollte nur, dass die Aufmerksamkeit schnell von ihr abgelenkt wurde!

»Was hat die DU, was unser College nicht hat?«, fragte Matt. »Ich meine, wenn du Lehrerin werden willst.«

Maddie unterbrach ihn. »Dad. Ich bin mir nicht sicher, ob ich Lehrerin werden will. Ich möchte Kreatives Schreiben studieren. Die DU hat ein großartiges Schreibprogramm. Besser als unser hiesiges College.« Sie stieß den Atem aus. So! Sie hatte es gesagt.

»Das wird richtig teuer«, sagte Matt. »Du weißt, dass die Studiengebühren für Auswärtige doppelt so hoch sind wie für Einheimische. Und das alles wofür? Um einen Abschluss in etwas zu machen, womit du nach dem Studium nicht einmal einen Job bekommst. Wer stellt schon kreative Schriftsteller ein? Wenn du jetzt Schreiben oder Englisch unterrichten wolltest, würde das mehr Sinn ergeben.«

»Ich will nicht unterrichten!« Maddie stand auf und ihr Besteck klirrte auf ihrem Teller. »Du hörst mir nicht zu, Dad. Ich will keine Lehrerin sein. Ich will schreiben.«

»Maddie, Schatz, bitte setz dich hin und lass uns das in Ruhe besprechen«, sagte Sandy.

»Ich will überhaupt nicht darüber reden«, sagte Maddie. »Ich gehe hoch in mein Zimmer.« Sie rannte die Treppe hoch und in ihr Zimmer, wobei sie die Tür leise hinter sich schloss.

Maddie schossen die Tränen in die Augen, als sie sich

auf ihr Bett fallen ließ. Warum verstand ihr Vater nicht, dass sie etwas anderes tun wollte, als er erwartete? Es war nichts Falsches daran, Lehrerin zu sein, aber sie wollte keine sein. Alles, was sie wollte, war schreiben.

Sie wischte sich die Augen, setzte sich im Bett auf und zog das Notizbuch hervor, in das sie Evas Geschichte schrieb. Das letzte Mal, als sie dort gewesen war, hatte Eva ihre Geschichte unterbrochen, als sie ins Flugzeug nach Kalifornien gestiegen war. Eva war nur ein paar Jahre älter gewesen als Maddie jetzt, aber sie hatte aufregende Dinge erlebt und war bereits in einen tollen Mann verliebt. Und niemand sagte ihr, was sie tun sollte. Na ja, außer Mr. B, aber der passte ja nur auf sie auf. Maddie seufzte. Sie wusste, dass ihr Vater auch versuchte, auf sie aufzupassen. Aber warum dachten Eltern immer, dass sie es besser wüssten als ihre Kinder?

Es klopfte leise an Maddies Tür und ihre Schultern sackten in sich zusammen. Das Letzte, was sie wollte, war, sich schon wieder mit ihren Eltern zu streiten.

Die Tür öffnete sich und Sandy steckte den Kopf ins Zimmer. »Hey. Können wir reden?«

Maddie nickte, klappte ihr Notizbuch zu und legte es beiseite.

»Ist das das Notizbuch mit Evas Geschichte drin?«, fragte Sandy.

»Ja. Ich wollte gerade den neuesten Teil der Geschichte hinzufügen, den Eva mir erzählt hat.«

»Eva hatte ein interessantes Leben. Ich wünschte, ich hätte den neuesten Teil ihrer Geschichte gehört, aber ich kann ihn ja immer noch lesen, wenn du mit dem Schreiben fertig bist«, sagte Sandy.

»Mom. Wegen vorhin«, begann Maddie, aber Sandy

unterbrach sie.

»Mach dir keine Sorgen wegen vorhin«, sagte sie. »Ich habe mit deinem Dad geredet und er versteht jetzt, dass du vielleicht für das College wegziehen musst, um deinen Traum zu verfolgen.«

Maddies Augenbrauen schossen in die Höhe. »Wie hast du ihn umgestimmt?«

Sandy lächelte. »Ich habe ihn daran erinnert, dass ich Jahre gebraucht habe, um meinen Traum wiederzufinden. Und ich möchte nicht, dass du so lange warten musst, um deinen zu finden.«

Maddie spürte einen Kloß im Hals. Ihre Mutter verstand sie wirklich. »Danke.«

Sandy legte ihre Hand auf Maddies. »Ich möchte, dass du findest, was dich glücklich macht, Liebes. Das Leben ist zu lang – und zu kurz, um unglücklich zu sein. Tu, was du für das Beste hältst.«

»Ich weiß noch nicht einmal, wo ich am Ende landen werde«, sagte Maddie. »Ich bewerbe mich an ein paar Orten und schaue, was passiert.«

Sandy stand auf. »Tu, was du tun musst. In der Zwischenzeit arbeite ich immer noch daran, wieder in Tanzform zu kommen, um diesen Herbst zu unterrichten. Ich kann nicht fassen, wie aufgeregt ich deswegen bin.« Sie hielt inne. »Du hast mir ein Geschenk gemacht, indem du mich wieder dorthin gebracht hast«, sagte sie zu Maddie. »Ein wundervolles Geschenk.«

Maddie stand auf und umarmte ihre Mutter, während ihr die Tränen über die Wangen liefen. Sie war so glücklich, dass ihre Mutter das Tanzen wiedergefunden hatte und hoffte, dass auch sie ihren Weg zu der Sache finden würde, die sie so glücklich machte.

Nach einer Weile lösten sie sich voneinander und beide Frauen wischten sich die Augen.

»Ich habe Schokoladenkuchen zum Nachtisch«, sagte Sandy. »Gekauft, aber trotzdem gut. Wir sollten uns besser ein Stück holen, bevor dein Vater und Lily alles aufessen.«

Maddie nickte und sie gingen gemeinsam die Treppe hinunter. Als sie dem Blick ihres Vaters begegnete, lächelte er.

»Tu, was du tun musst, Schatz«, sagte er zu ihr, als sie sich mit einem Stück Kuchen auf das Sofa setzte. »Du kennst mich, ich bin immer ein Pedant, wenn es darum geht, praktisch zu sein. Aber ich verstehe es. Weißt du, ich wollte ein Baseballstar werden, als ich groß war. Aber es war nur ein Traum.«

»Das wusste ich nicht«, sagte Maddie. Sie wusste, dass ihr Vater in der Highschool Baseball gespielt hatte, aber im College nicht.

»Na ja, ich habe es nicht ins College-Team geschafft und musste mich auf mein Studium konzentrieren. Es ist nicht so, dass ich meinen Job nicht mag, denn das tue ich. Aber ja. Es hätte Spaß gemacht, mein ganzes Leben lang Baseball zu spielen.«

Maddie lächelte und versuchte, sich ihren Vater als Studienanfänger vorzustellen, der sein Leben beginnt, ohne das tun zu können, was er liebte. Sie hoffte, dass ihr das nicht passieren würde. Solange das Schreiben ihre Leidenschaft war, hoffte sie, es noch viele Jahre lang tun zu können.

* * *

Am nächsten Tag klopfte Maddie an Evas Tür. Sie benutzte nicht mehr die Ausrede, dass ihr Rasen gemäht werden müsse. Sie wusste, dass sie jederzeit willkommen war, und sie konnte es kaum erwarten, dass Eva ihr mehr von ihrer Geschichte erzählte.

»Du kannst einfach nicht wegbleiben«, sagte Ginny mit einem Grinsen, als sie sie hereinließ. »Das müssen meine fantastischen Kochkünste sein.«

»Ich liebe deine Mittagessen«, sagte Maddie.

»Ach was! Du liebst Evas Geschichte mehr. Komm mit, sie ist im großen Zimmer und schwelgt in Erinnerungen. Ich mache genug für uns drei zum Mittagessen.«

Maddie stand an der Schwelle des großen Zimmers und beobachtete Eva, die in einem Sessel saß und eines der großen Bilder von sich an der Wand betrachtete. Es war das, auf dem Eva in einer Arabeske posierte, ihr Spitzenschuh mit dem perfekten Ballerinabogen auf dem Boden. Es war ein atemberaubendes Bild und Maddie fragte sich, ob Eva an den Tag dachte, an dem es aufgenommen wurde.

Als ob sie Maddie hinter sich spürte, sprach Eva leise. »Das Foto wurde vom Kompaniefotografen in Los Angeles während unserer Kalifornien-Tournee 1963 aufgenommen«, sagte sie mit verträumter Stimme. »Ein paar Monate später veränderte sich mein Leben für immer.«

Maddie trat hinter sie und legte ihre Hände auf Evas Schultern. »Ich würde gerne mehr von deiner Geschichte hören.«

Eva nickte. »Komm. Setz dich und ich erzähle dir mehr.«

Maddie ging um Eva herum und setzte sich in einen der weichen Sessel, die mitten im Wohnzimmer standen. Bald würden diese Sessel und das Sofa weggeräumt werden, um Platz für kleine Mädchen zu schaffen, die von ihrer Mutter Ballett lernen wollten.

»Die Tournee in Kalifornien hat so viel Spaß gemacht, obwohl Colin nicht mitgekommen ist«, sagte Eva. »Als Gruppe haben wir Disneyland und Knott's Berry Farm besucht. Wir sind mit einem Mietwagen durch Beverly Hills und Bel Air gefahren und haben die wunderschönen Villen bestaunt, in denen die Stars lebten. Wir waren auch mehrmals am Strand und haben uns gebräunt, obwohl Mr. B es hasste, wenn wir das taten. Er wollte, dass wir alle blasse Haut hatten, weil sie unter den Bühnenlichtern wie Alabaster aussah.« Sie lachte. »Wir haben viel weißes Puder benutzt, um unsere Arme und unsere Brust zu bedecken, wenn wir auf der Bühne waren. Es war einer der besten Sommer meines Lebens, doch unter all dem Tanzen und den Besichtigungen konnte ich tief in meinem Inneren eine unheilvolle Vorahnung nicht abschütteln. Ich hatte keine Ahnung, warum.«

KAPITEL EINUNDZWANZIG

Eva – 1963

Eva und die anderen Tänzerinnen liebten Kalifornien. Es war warm, aber nicht so heiß wie die schwülen Sommer in New York. Tagsüber trugen sie Sommerkleider, während sie auf Besichtigungstour gingen und einkaufen waren, und abends tanzten sie bei ausverkauften Vorstellungen im Greek Theater. Abends auf der Freilichtbühne zu tanzen, war ein ganz eigenes Erlebnis. Eva lernte schnell, zu lächeln, aber den Mund geschlossen zu halten, sonst lief sie Gefahr, versehentlich ein neugieriges Insekt zu verschlucken, das zu den Bühnenlichtern flog. Aber das Publikum machte diese kleinen Unannehmlichkeiten wieder wett. Es klatschte nach jedem Tanz begeistert und kam immer wieder.

Während seines Aufenthalts in Los Angeles wurde Mr. B von Berühmtheiten, die das Ballett liebten, in mehrere luxuriöse Anwesen eingeladen. Er brachte seine Lieblingstänzerinnen mit, darunter auch Eva. Sie traf Filmstars, Musiker und Fernsehpersönlichkeiten, von denen die meisten höflich und daran interessiert waren, was die Tänzerinnen zu sagen hatten.

Es war eine aufregende Erfahrung für die jungen Tänzerinnen, aber sie waren klug genug, sich das nicht zu Kopf steigen zu lassen. Alle erschienen jeden Morgen zum Unterricht und zu den Bühnenproben und tanzten jeden Abend für das Publikum.

Nach ein paar Tagen in L.A. ging Eva widerstrebend die kurze Strecke von ihrem Hotel zu der Adresse, die Colin auf das Päckchen geschrieben hatte, das sie ausliefern sollte. Auf dem Wilshire Boulevard herrschte den ganzen Tag über reger Verkehr, aber es gab Gehwege. Sie bog in eine Straße ein und fand, versteckt zwischen zwei Bürogebäuden, ein kleines antikes Schmuckgeschäft, dessen Adresse auf einem Schild über der Glastür stand. Sie drückte die Tür auf und trat ein. Ein Mann mittleren Alters in einem Nadelstreifenanzug mit roter Krawatte blickte von hinter einer Glastheke auf.

»Kann ich Ihnen helfen, Miss?«, fragte er.

Eva bemerkte, dass das schwarze Haar des Mannes von Haarspray steif war und er einen großen Goldring am kleinen Finger trug. Er sah aus wie ein Gangster aus einem alten Film der 1930er-Jahre. »Ich habe ein Päckchen von Colin Hughes«, sagte sie. »Sind Sie der Besitzer?«

Er lächelte. »Ja, das bin ich. Und ich habe Sie schon erwartet.« Er legte den Kopf schief. »Sie sind die Ballerina vom New York City Ballet. Colin hat mir gesagt, dass ein hübsches Mädchen das hier vorbeibringen würde.«

Eva lächelte zurück und reichte ihm das Päckchen. Irgendetwas an dem Mann war ihr unangenehm und sie wollte nichts weiter, als aus dem kleinen Laden zu verschwinden.

»Danke, meine Liebe«, sagte der Mann und beäugte das Päckchen gierig. »Sehen Sie sich nur um. Vielleicht sehen Sie etwas, das Ihnen gefällt. Ich sage Colin Bescheid, damit er es

Ihnen kaufen kann.«

Die Glocke an der Tür bimmelte und zwei Männer in dunklen Anzügen traten ein. Das Lächeln des Ladenbesitzers wich einem verächtlichen Grinsen.

»Ich sollte besser gehen«, sagte Eva schnell. »Es war nett, Sie kennenzulernen.« Sie eilte an den beiden Männern vorbei und aus der Tür. Sie ging so schnell, dass sie schon fast am Hotel war, als sie merkte, dass sie außer Atem war. Sie verlangsamte ihr Tempo. Eva bekam das wütende Gesicht des Ladenbesitzers nicht aus dem Kopf. In diesem Moment schwor sie sich, keine Lieferungen mehr für Colin zu erledigen. Irgendetwas stimmte nicht, und sie wollte nicht herausfinden, was es war.

Die Compagnie hatte in San Francisco eine ebenso wunderbare Zeit wie in Los Angeles. Das Publikum war fantastisch und sie konnten die Sehenswürdigkeiten am Fisherman's Wharf und in Chinatown besichtigen. Als sie alle aus Kalifornien abflogen, hatte Eva den kleinen Laden in Los Angeles schon wieder vergessen. Sie konnte es kaum erwarten, nach Hause zu kommen und Colin wiederzusehen.

Anfang September holte Colin sie am Flughafen ab und wirbelte sie in seinen Armen herum, während die anderen Tänzerinnen mit einem Grinsen im Gesicht an ihnen vorbeigingen.

»Ihr führt euch ja auf«, grummelte Mr. B, als er an ihnen vorbeiging. Eva lachte nur. Sie wusste, dass Mr. Bs Ärger auf Colin und nicht auf sie gerichtet war.

»Griesgrämiger alter Mann«, sagte Colin mit einem breiten Lächeln im Gesicht. Er war so gut aussehend wie eh und je, trug einen blauen Kaschmirpullover und eine Hose und sein Haar fiel an genau den richtigen Stellen in Wellen.

»Er passt nur auf mich auf«, sagte Eva. »Lass uns nach

Hause gehen.«

Colin fragte sie alles über Kalifornien und sie erzählte munter von den Orten, die sie besucht hatten, und allem, was sie dort gesehen hatten. Als sich das Taxi Colins Wohnhaus näherte, fragte er sie nach der Schachtel. »Hast du mein Päckchen abgeliefert?«

Evas Aufregung ließ nach. »Ja, habe ich. Aber ich habe mich dabei sehr unwohl gefühlt. Bei dem Mann und dem Laden kam mir irgendetwas seltsam vor.«

»Das tut mir leid«, sagte Colin und drückte sie fest an sich. »Ich wollte nie, dass du dich so fühlst.«

»Bitte bitte mich nicht mehr, irgendwelche Päckchen auszuliefern«, sagte Eva. »Ich fühle mich komisch dabei, besonders, wenn ich nicht weiß, was drin ist.«

»Ich verspreche dir, an den Päckchen ist nichts Ruchloses«, sagte Colin und gab ihr einen Kuss auf die Wange.

Zuhause angekommen, vergaßen sie die seltsamen kleinen Päckchen, als Colin Eva auf die intimste nur denkbare Weise willkommen hieß.

Die Herbstsaison des NYCB begann sofort, nachdem die Tanzcompagnie wieder in New York City angekommen war. Neue Tänzerinnen waren zum Corps de Ballet hinzugekommen, und es gab zwei neue Solistinnen. Alle hatten für die neue Saison geprobt. Eva erwartete, in den Rollen weiterzumachen, die sie bereits kannte, wurde aber am ersten Tag des Unterrichts von der Ballettmeisterin überrascht.

»Mr. B möchte, dass Sie zwei Hauptrollen übernehmen«, sagte sie zu ihr und grinste dann. »Bist du bereit, im Rampenlicht zu stehen?«

»Oh ja!«, sagte Eva und zwang sich, nicht vor Aufregung in die Luft zu springen. »Ich bin absolut bereit.«

Eva erfuhr, dass sie eine der beiden weiblichen Hauptrollen in *Concerto Barocco* übernehmen und den zweiten Satz des Balletts mit Jacques tanzen würde. Dies wäre ein großer Schritt nach vorn in ihrer Karriere. Sie hatte zwar Jacques' Kurse besucht, aber noch nie offiziell mit ihm getanzt.

Evas andere Hauptrolle sollte in *Allegro Brillante* sein. Es war ein wunderschönes Ballett mit schnellen Schritten und mehreren Pirouetten. Sie würde mit einem anderen männlichen Solotänzer der Compagnie tanzen, Eddie Villella. Obwohl Eva viele Kurse besucht hatte, in denen auch Eddie war, hatten sie noch nie zusammen getanzt, aber sie freute sich auf die Gelegenheit.

Die Proben begannen sofort. Eva hatte in sehr kurzer Zeit viel zu lernen. Das war ein typisches Muster bei Mr. B und all seinen Tänzern. Er besetzte sie plötzlich in einer Rolle und sie mussten sie innerhalb weniger Tage lernen. Aber Eva war der Herausforderung gewachsen, und mit zwei erfahrenen männlichen Tänzern der Compagnie zu tanzen, erleichterte das Lernen. Sowohl Eddie als auch Jacques waren geduldig und großartige Lehrer. Selbst während der Proben konnte Eva nicht glauben, dass sie mit einem von ihnen tanzte.

»Oh, ich wünschte, ich könnte dabei sein und dich als Solotänzerin tanzen sehen«, sagte Evas Mutter am Telefon, als sie anrief, um ihr die gute Nachricht mitzuteilen. »Ray hat sich in den letzten Wochen nicht wohlgefühlt und ich will ihn nicht in einem überfüllten Flugzeug durch das ganze Land schleppen. Aber ich bin so stolz auf dich, mein Schatz.«

»Danke, Mom«, sagte Eva, ein wenig enttäuscht, dass ihre Mutter sie nicht auf der Bühne sehen würde. »Ich verstehe das aber. Rays Gesundheit ist wichtiger.«

»Keine Sorge, Eva«, sagte Colin, nachdem sie aufgelegt

hatte. »Ich werde da sein, um dich zu sehen. Und ich bin sicher, Ginny und ihr neuer Mann werden auch kommen.«

Eva lächelte. Sie schätzte sich so glücklich, einen Mann wie Colin in ihrem Leben zu haben.

Am Morgen der letzten Probe eilte Eva aus der Wohnung, als Colin sie mit einer kleinen Schachtel in der Hand einholte.

»Würdest du das hier bei Earlingtons Geschäft abgeben, bevor du zum Unterricht gehst?«, fragte Colin mit einem süßen Lächeln im Gesicht. »Ich weiß, dass du das nicht gerne tust, aber ich verspreche dir, das ist das letzte Mal.«

Eva blickte stirnrunzelnd auf die kleine Schachtel und dann hoch in Colins hellblaue Augen. Sie waren fast ein Jahr zusammen, und er hatte nie etwas getan, weswegen sie sich unsicher hätte fühlen müssen. Aber die Päckchen beunruhigten sie. »Ich weiß nicht«, sagte sie mit unentschlossener Stimme.

»Bitte?«, bettelte Colin. »Ich würde es ja selbst machen, aber ich muss in einer Kunstgalerie auf der anderen Seite der Stadt einen Kunden treffen. Ich würde dich nicht fragen, wenn es nicht wichtig wäre.«

Eva war spät dran und hatte keine Zeit, über das Päckchen zu streiten. »Okay. Aber das ist das letzte Mal.«

Colin strahlte. »Du bist ein Schatz.« Er küsste sie auf die Lippen, als sie zur Tür hinaus eilte.

Eva stopfte das Päckchen in ihre Tanztasche und eilte aus dem Gebäude, wobei sie dem Portier im Vorbeigehen zuwinkte. Sie überquerte die Straße zum Gehweg neben dem Central Park und ging schnell weiter. Sie fragte sich, was wirklich in den kleinen Päckchen war, die Colin sie bat, auszuliefern. Wenn sie Zeit hätte, würde sie anhalten und dieses öffnen, um sicherzugehen, dass es nichts Illegales war. Aber sie wollte nicht zu spät zu Mr. Bs Unterricht kommen.

Sie überquerte die Straße wieder auf die andere Seite und ging schnell zu John Earlingtons Laden. Wie immer stand er mit den Schlüsseln in der Hand vor der Tür.

»Oh, meine Liebe. Sie haben immer ein perfektes Timing«, sagte er mit einem breiten Lächeln.

Leute auf dem Gehweg drängten sich an ihnen vorbei, als sie in ihre Tasche griff und die Schachtel herausholte. »Ich bin zu spät zum Unterricht«, sagte sie. »Hier ist es.« Als sie sich umdrehte, lief Eva direkt in zwei Männer in dunklen Anzügen und Mänteln.

»Oh, Entschuldigung«, sagte sie und versuchte, an ihnen vorbeizukommen. Aber die Männer packten sie jeweils an einem Arm.

»Sie gehen nirgendwohin, Miss«, sagte einer der Männer.

Evas Herz hämmerte vor Angst. Sie hatte so viele Horror-geschichten von Leuten gehört, die in NYC ausgeraubt wurden, aber sie hätte nie gedacht, dass es ihr passieren würde. Sie drehte den Kopf, um John um Hilfe anzusehen, aber er wurde ebenfalls von zwei Männern festgehalten.

Die Männer führten sie dorthin, wo John war. Ein fünfter Mann hielt die Schachtel in der Hand.

»So, wollen wir mal sehen, was da drin ist«, sagte er und riss sie auf. Er zog etwas Seidenpapier heraus und wickelte es aus. In dem Papier lagen mehrere Schmuckstücke aus Edelsteinen und Diamanten. Armbänder, Halsketten und sogar eine große Brosche glitzerten im Herbstsonnenschein.

Eva vergaß die Männer, die sie festhielten, und starrte auf den Schmuck. War das die ganze Zeit über das, was sie für Colin ausgeliefert hatte? Teurer Schmuck? Ihre Gedanken wanderten zurück zu dem Gerede über einen Meisterdieb, der es auf reiche Damen der Gesellschaft abgesehen hatte. Genau die Frauen, denen Colin angeblich half, Kunst zu kaufen.

»Sie kommen mit uns, Miss«, sagte einer der Männer. »Sie sind wegen des Transports von Diebesgut verhaftet.«

Verhaftet? Eva blickte auf, als einer der Männer ihr eine Marke zeigte. Ihr Herz sank. Der Mann, den sie liebte, hatte es so eingefädelt, dass sie die Schuld auf sich nehmen musste.

* * *

Eva saß über zwei Stunden in einem kleinen Raum auf dem Polizeirevier und beantwortete Fragen. Die Männer, die sie verhaftet hatten, bombardierten sie mit einer Frage nach der anderen, bis ihr der Kopf schwirrte. Glücklicherweise hatte sie die Geistesgegenwart besessen, bei ihrer Verhaftung ihren richtigen Namen und nicht ihren Künstlernamen anzugeben. Sie hoffte, dass ihr Name, wenn sie ihnen sagte, sie sei Eve Arthur, nicht als Evalina Ashford, Ballerina, in der Zeitung erscheinen würde. Das Letzte, was sie wollte, war, dass ihre Verhaftung den Ruf des New York City Ballet und von Mr. B beschmutzte.

»Ich wusste nichts von den Raubüberfällen«, sagte Eva zum hundertsten Mal. »Ich schwöre es. Ich habe die Päckchen nur für meinen Freund bei John Earlington abgegeben, weil es auf meinem Weg zur Arbeit lag.«

»Ja, wir wissen alles über Ihren Freund«, sagte einer der Detectives. »Und Sie haben mit ihm in seiner schicken Wohnung gelebt. Wir beobachten Sie beide seit Monaten. Es ist schwer zu glauben, dass Sie fast ein Jahr lang nicht wussten, wie er sein Geld verdient hat.«

»Aber das wusste ich nicht«, sagte Eva und Tränen füllten ihre Augen. »Er sagte, sein Vater sei reich und er würde reichen Damen der Gesellschaft helfen, Kunst für ihre Häuser zu finden. Wir sind zu Partys gegangen, die von diesen reichen Frauen gegeben wurden, weil sie ihn alle kannten. Ich hatte nichts mit dem Diebstahl von Schmuck zu tun.«

»So dumm können Sie doch nicht sein«, sagte der andere Detective. »Colin Hughes, alias Anthony Rumsey, hat schon Leute betrogen, seit er ein Kind war. Und sein englischer Akzent? Der ist falsch. Er ist in Michigan aufgewachsen, in der Nähe von Detroit. Er ist genauso wenig ein englischer Aristokrat wie ich.«

Eva konnte nicht glauben, was sie hörte. Sie hatte sich in einen Hochstapler verliebt, der nicht einmal seinen richtigen Namen benutzte. Sie hatte nicht nur Angst davor, was aus ihr werden sollte, sondern war auch untröstlich.

»Und was ist mit Ihrer kleinen Päckchenübergabe in L.A.?«, fragte der erste Detective. »Wir kamen herein, als Sie es dem Ladenbesitzer gaben. Er ist ein bekannter Hehler. Sie wurden auf frischer Tat ertappt.«

Eva schnappte nach Luft, als sie sich daran erinnerte, wie zwielichtig sich die ganze Übergabe angefühlt hatte. Der Mann hinter der Theke war ihr unheimlich gewesen, und dann erinnerte sie sich an zwei Männer in dunklen Anzügen, die den Laden betraten. Sie hatte keine Ahnung gehabt, dass es Polizisten waren.

»Ich wusste nicht, was ich auslieferte«, sagte sie. »Ich habe es nur für Colin getan. Ich hatte keinen Grund zu der Annahme, dass er etwas Illegales tat.«

»Sie haben gestohlenen Schmuck über Staatsgrenzen gebracht«, sagte der zweite Detective. »Das könnte Jahre im Gefängnis bedeuten. Verstehen Sie das?«

Evas Schultern sackten in sich zusammen. Sie hatte nichts Falsches getan, aber hier saß sie und wurde mit Gefängnis bedroht. »Ich wusste ehrlich nichts«, sagte sie mit leiser Stimme.

»Nun, wenn Sie uns erzählen, was Sie wissen, könnten wir vielleicht eine Abmachung mit Ihnen treffen. Oder sind Sie zu *verliebt* in Ihren Hochstapler-Freund, um ihn zu verpfeifen?«

»Ich werde Ihnen alles erzählen, was ich weiß, aber es ist nicht viel«, sagte Eva. Dann kam ihr ein Gedanke. Wenn sie eine Abmachung mit ihnen treffen konnte, wusste sie genau, wie diese aussehen würde.

Zwei Stunden später durfte sie einen Anruf tätigen. Eva rief ihre Mutter in Minnesota an.

»Mom?«, sagte Eva und fühlte sich nach ihrem langen Tag erschöpft. »Ich brauche deine Hilfe.«

»Mein Schatz. Was ist los?«, fragte Gwen.

»Colin ist nicht der Mann, für den ich ihn gehalten habe. Er hat Schmuck von reichen Frauen gestohlen, auf deren Partys wir waren. Ich bin verhaftet worden.« Eva weinte nicht mehr. Sie hatte all ihre Tränen über Colins Verrat geweint. Jetzt musste sie an ihre Zukunft denken, falls sie noch eine hatte.

»Oh, mein Gott, nein!« Gwen klang schockiert. »Hast du einen Anwalt? Ray wird jemanden kennen, den wir zu dir schicken können.«

»Ich brauche einen Anwalt«, sagte Eva. »Aber als Erstes musst du Mr. B in seinem Büro anrufen und nur mit ihm reden – mit niemand anderem. Bestehe darauf, mit ihm zu sprechen. Er wird sich inzwischen fragen, wo ich bin. Du musst ihm erzählen, was passiert ist. Ich habe eine Abmachung mit den Detectives getroffen, ihnen bei allem zu helfen, was ich kann, im Austausch dafür, dass sie der Presse nicht meinen Künstlernamen und meinen Beruf verraten.«

»Schätzchen? Du hättest keine Abmachung ohne einen Anwalt treffen sollen«, sagte Gwen.

»Ich musste, Mom. Sonst stünde morgen in den Zeitungen eine Schlagzeile über den Meisterdieb und seine Ballerina-Freundin. Das kann ich Mr. B nicht antun. Nicht nach allem, was er all die Jahre für mich getan hat.«

Gwen seufzte. »Ich verstehe, meine Liebe.«

»Ich bin unter meinem richtigen Namen verhaftet, also wird mit etwas Glück niemand eins und eins zusammenzählen«, sagte Eva. Ein Kloß bildete sich in ihrem Hals. Sie hatte keine Ahnung, was mit ihr geschehen würde, aber sie konnte Mr. B oder die Ballettcompagnie nicht mit hineinziehen. »Kannst du ihn bitte anrufen? Und ich könnte einen Anwalt gebrauchen, falls Ray einen kennt.«

»Ich rufe Mr. B sofort an«, sagte Gwen. »Und dann einen Anwalt. Und ich werde im nächsten Flugzeug nach New York sitzen, damit ich für dich da sein kann.«

Tränen füllten Evas Augen. »Es tut mir so leid, Mom«, sagte sie leise. »Ich hatte keine Ahnung, was Colin tat. Ich fühle mich so dumm.«

»Oh, Schätzchen«, sagte Gwen mit brüchiger Stimme. »Du bist nicht die erste und auch nicht die letzte Frau, die von einem Mann betrogen wird. Es tut mir so leid.«

Eva tat es auch leid. Ihr Leben, wie sie es kannte, war vorbei. Sie war nur noch Eve Arthur und nichts weiter. Im Alter von nur einundzwanzig Jahren war ihre Tanzkarriere vorbei.

Kapitel Zweiundzwanzig

Maddie

Eva und Maddie saßen noch eine ganze Weile schweigend da, nachdem Eva aufgehört hatte zu reden. Maddie war schockiert über das, was ihr zugestoßen war, und Eva war sichtlich erschöpft, nachdem sie es ihr erzählt hatte.

»Hältst du jetzt weniger von mir, meine Liebe?«, sagte Eva schließlich und hob den Blick zu Maddie.

»Nein, natürlich nicht!«, rief Maddie aus. »Du warst unschuldig. Colin war der Schuldige.«

»Ja, das war er«, sagte Eva. »Leider war ich eine Komplizin bei seinen Verbrechen. Ich war so naiv, dass mir nicht klar war, dass jemand einem sagen kann, er würde einen lieben, und einen dann auf diese Weise benutzt. Es war herzzerreißend.«

»Es tut mir so leid, dass dir das passiert ist«, sagte Maddie, jetzt ruhiger. »Musstest du ins Gefängnis? Haben sie Colin jemals verhaftet?«

Ginny hatte vom Türrahmen aus zugehört. »Ich glaube, Eva hat für heute genug erzählt«, sagte sie sanft. »Lass uns die Stimmung aufhellen und das Mittagessen genießen.«

»Oh, natürlich.« Maddie fühlte sich schuldig, weil sie Eva gedrängt hatte, weiterzuerzählen. Sie hatte den erschöpften Ausdruck auf Evas Gesicht gesehen und wusste, dass es schwer für sie gewesen war, diese Erinnerungen wiederzuerleben.

Sie aßen Ginnys köstliche gegrillte Käsesandwiches mit Karottenstiften und Eistee. Eva bekam wieder Farbe, nachdem sie gegessen hatte, und ihre Stimmung hatte sich gehoben.

»Ich habe bei meinen ACTs gut abgeschnitten«, erzählte Maddie den Damen nach dem Mittagessen. »Sobald ich mich an den Hochschulen bewerbe, kann ich herausfinden, ob sie mir akademische Stipendien gewähren.«

»Oh, das ist wunderbar!«, sagte Eva und klatschte vergnügt in die Hände. »Wo wirst du dich bewerben?«

»Ich werde mich am College hier bewerben, weil meine Eltern das wollen. Und ich möchte mich auch an der University of Denver bewerben. Die haben ein ausgezeichnetes Programm für kreatives Schreiben. Vielleicht bewerbe ich mich auch an der University of Minnesota in Minneapolis. Das ist aber nicht meine erste Wahl. Aber wenn Livie sich entscheidet, dorthin zu gehen, werde ich es auch tun.«

»Deine Turnfreundin Olivia?«, fragte Ginny.

»Ja«, sagte Maddie. Sie hatte Livie noch nicht erwähnt. »Woher wusstest du das?«

»Deine Mutter hat von ihr gesprochen«, sagte Ginny. »Es ist wunderbar, eine Freundin zu haben, mit der man zusammen zur Uni geht, aber du musst den besten Ort für dich wählen.«

Maddie nickte. »Ich wünschte, meine Eltern würden das verstehen. Ich weiß, dass meine Mutter mich unterstützen wird, egal wohin ich gehe, aber mein Dad tut sich schwer damit zu verstehen, dass ich keine Englischlehrerin werden will. Er sieht das Schreiben nicht als eine Möglichkeit, Geld zu verdienen.«

»Er wird schon zur Vernunft kommen, meine Liebe«, sagte Eva. »Ich bin sicher, es fällt ihm schwer zu akzeptieren, dass sein kleines Mädchen erwachsen ist und in einem Jahr von zu Hause weggehen wird.«

Maddie lächelte. »Ja, ich nehme an.« Sie blickte auf ihr Handy und seufzte. »Ich habe bald eine Schicht im Freeze, also sollte ich wohl besser nach Hause gehen und mich umziehen. Danke für das köstliche Mittagessen, Ginny.«

Ginny tat ihr Kompliment mit einer Handbewegung ab. »Jederzeit, meine Liebe. Du bist immer willkommen.«

Eva begleitete Maddie zur Tür.

»Danke, dass du mir heute mehr von deiner Geschichte erzählt hast«, sagte Maddie. »Ich kann es kaum erwarten, sie aufzuschreiben. Wenn du möchtest, dass ich sie vertraulich behandle, werde ich das tun.«

Eva lächelte. »Ich habe all die Jahre niemandem von der Verhaftung erzählt. Nur meine Familie und Mr. B wussten davon. Es ist tatsächlich eine Erleichterung, dass es endlich raus ist.«

»Danke, dass du mir vertraust«, sagte Maddie, und ihr Herz quoll über vor Liebe zu Eva. Nach allem, was sie ihr diesen Sommer erzählt hatte, hatte Maddie das Gefühl, dass sie verbunden waren. Sie umarmte Eva, bevor sie zur Tür hinausging. Maddie drehte sich um und fragte: »Darf ich morgen wiederkommen, um den Rest deiner Geschichte zu hören?«

Eva nickte. »Ja. Bitte tu das. Ich freue mich darauf.«

Maddie ging leichten Herzens. Es machte ihr nichts aus, heute Abend zur Arbeit zu gehen, selbst wenn sie mit Carrie arbeiten musste. Sie verstanden sich jetzt gut, und es machte sogar Spaß, mit ihr zu arbeiten.

An diesem Abend, nachdem Maddie von der Arbeit nach

Hause gekommen war, schnappte sie sich schnell ihr Notizbuch und begann, alles aufzuschreiben, was Eva ihr erzählt hatte. Erst als sie zu der Stelle kam, an der Eva verhaftet worden war, fiel ihr ein entscheidender Teil der Geschichte auf – Eva war eingesperrt gewesen und hatte wahrscheinlich keine Chance bekommen, als Primaballerina in ihren beiden Balletten zu debütieren. Sie tat Maddie von Herzen leid. Aber vielleicht war sie rechtzeitig wieder freigekommen, um zu tanzen. Jetzt war sie noch begieriger darauf, den Rest der Geschichte zu hören.

Am nächsten Morgen mähte Maddie eilig die Rasen von zwei ihrer Nachbarn und ging dann nach Hause, um sich umzuziehen, bevor sie zu Eva fuhr. Ihre Mutter war gerade vom Tanztraining zurückgekehrt, als Maddie das Haus verlassen wollte.

»Wie ging es Eva heute Morgen?«, fragte Maddie in der Hoffnung, dass sie vom gestrigen Gespräch nicht allzu erschöpft war.

»Sie war bester Laune«, sagte Sandy. »Sie meint, es sei an der Zeit, eine Anzeige in der Zeitung und online aufzugeben, um Tanzkurse für diesen Herbst anzukündigen.«

»Das ist großartig!«, sagte Maddie. »Ich bin sicher, deine Kurse werden schnell ausgebucht sein.«

»Das hoffe ich«, sagte Sandy. »Und ich hoffe, ich bin bereit.«

Maddie musterte ihre Mutter einen Moment lang. Sie hatte ihre Mutter seit Jahren nicht mehr so begeistert von etwas gesehen. »Ich bin sicher, du bist mehr als bereit, Mom«, sagte sie.

Ein hupendes Auto in der Einfahrt ließ sie beide zur Hintertür blicken.

»Wer in aller Welt ist das?«, sagte Sandy.

Maddie kicherte. »Also, Caden ist es sicher nicht. Livie hat mir erzählt, dass er schon eine neue Freundin hat, die mit ihm zu Hause abhängt, jetzt, wo er aus dem Krankenhaus raus ist.«

Sandy verzog das Gesicht. »Und wie fühlst du dich dabei?«

»Mir geht es gut«, sagte Maddie. »Ich bin diejenige, die mit ihm Schluss gemacht hat. Er kann sich mit jedem treffen, den er will.«

»Das ist sehr erwachsen von dir, Schatz«, sagte Sandy.

Das Auto hupte erneut, also gingen Sandy und Maddie beide durch die Küchentür in die Einfahrt. Dort, neben Maddies geliebtem roten Toyota Corolla, stand Matt mit einem Grinsen im Gesicht.

»Mein Auto!«, rief Maddie und rannte darauf zu. Sie begutachtete die Stelle, die beschädigt worden war. »Es sieht aus wie neu!«

»Ich dachte mir, du wärst bereit, dein Auto wiederzuhaben«, sagte Matt. »Du hast den ganzen Sommer über hart gearbeitet, also hast du es verdient.«

Maddie fiel ihrem Vater um den Hals. »Danke, Dad! Aber ich hab es dir noch nicht bezahlt.«

Matt sah verschwörerisch zu Sandy hinüber, und beide lächelten. »Unsere Autoversicherung hat das meiste bezahlt«, sagte er. »Und wir haben die Selbstbeteiligung übernommen. Wir wollten nur, dass du eine Lektion lernst, auf deine Sachen aufzupassen. Und du hast den ganzen Sommer gearbeitet und Geld gespart, also sind wir stolz auf dich.«

»Ich kann euch das Geld geben, das ich gespart habe«, sagte Maddie und machte einen Schritt zurück, um ins Haus zu gehen und es zu holen.

»Das musst du nicht, Schatz«, sagte Matt. »Wir möchten, dass du es behältst und auf die Bank bringst. Hoffentlich sparst du weiter und hast etwas zusätzliches Geld, wenn du aufs College gehst.«

»Wirklich?«, Maddie war fassungslos. »Seid ihr sicher?«

»Wir sind sicher, Schatz«, sagte Sandy. »Glaub mir, du wirst zusätzliches Geld brauchen, wenn du zum Studieren wegziehst. Es ist teuer, allein zu wohnen.«

»Danke!«, sagte Maddie und umarmte zuerst ihren Dad und dann ihre Mom. »Und ich werde weitersparen. Ich habe noch ein ganzes Jahr, um mehr Geld zu sparen. Danke, dass ihr die Reparatur meines Autos bezahlt habt.«

»Gern geschehen, Schatz«, sagte Matt.

»Kann ich es jetzt fahren?«, fragte Maddie. »Ich wollte gerade zu Eva fahren.«

»Absolut«, sagte Matt. »Aber bitte, lass Eva oder Ginny nicht dein Auto fahren.« Er grinste.

»Niemand außer mir wird dieses Auto von nun an fahren«, sagte Maddie. Sie stieg mit einem breiten Lächeln im Gesicht in ihr Auto. Sie konnte es kaum erwarten, Ginny und Eva ihr Auto zu zeigen, den Grund, warum sie den ganzen Sommer so hart gearbeitet hatte. Und ihnen auch zu erzählen, wie toll ihre Eltern waren.

KAPITEL DREIUNDZWANZIG

Eva

Eva bekannte sich des Transports von gestohlenem Material über Staatsgrenzen und der Vermittlung zwischen Colin und den Hehlern schuldig. Sie hatte keine andere Wahl. Wäre sie vor Gericht gegangen und hätte gekämpft, hätte sie eine längere Haftstrafe riskiert. Auf diese Weise bekam sie durch die Zusammenarbeit mit den Behörden nur zwei Jahre in einem Gefängnis mittlerer Sicherheitsstufe.

In Anwesenheit eines Anwalts, den Ray für sie besorgt hatte, erzählte sie den Ermittlern das Wenige, was sie wusste. Sie gab ihnen eine Liste aller Partys, die sie und Colin besucht hatten, damit die Behörden sie mit den Namen der ausgeraubten Personen abgleichen konnten. Außerdem übergab sie die Diamantkette, die Colin ihr geschenkt hatte. Sie war ebenfalls gestohlen worden, und sie wollte sie nicht mehr.

Im Gegenzug für ihre Aussage hielten die Ermittler ihr Wort. Sie hielten ihren Namen aus der Presse heraus, und in den Akten gab es keinen Hinweis auf ihren Künstlernamen. Wenn jemand Jahre später den Fall recherchieren würde, würde er niemals erfahren, dass Eve Arthur auch Evalina Ashford war, eine Ballerina des New York City Ballet.

Evas Mutter war direkt nach New York geflogen, um sie zu sehen, sooft es ihr gestattet war, und wohnte in Evas Wohnung, bis der Fall abgeschlossen war. Sie stand ihrer Tochter bei, denn sie wusste, dass Eva sich niemals wissentlich an einem solchen Verbrechen beteiligt hätte. Auch Bea und Ginny glaubten das und besuchten sie im Gefängnis, wann immer es erlaubt war.

Glücklicherweise wurde Colin gefasst, als er versuchte, die Stadt mit einem Zug zu verlassen, und mit der vollen Härte des Gesetzes belangt. Er kam vor Gericht, aber Eva wurde während des Prozesses mit keinem Wort erwähnt. Nach allem, was Colin getan hatte, sorgte er ebenfalls dafür, dass Evas Name aus der Presse herausgehalten wurde. Eva glaubte, dass er sie auf seine Weise geliebt hatte, nur nicht genug, um ihr die Wahrheit zu sagen.

Wie versprochen, rief Gwen noch am selben Tag, an dem Eva sie darum gebeten hatte, Mr. B an und erklärte, was vor sich ging. Sie erzählte Eva später, dass er bestürzt geklungen hatte, als er hörte, was Colin getan hatte, um Evas Leben zu ruinieren. Aber er versprach Gwen auch, niemandem zu sagen, wohin Eva gegangen war. Er mochte sie sehr und wollte ihr Andenken als Ballerina der Compagnie nicht beflecken. Allen in der Compagnie, die danach fragten, wurde gesagt, Eva hätte das Tanzen aufgegeben. Das kam vor, daher waren sie nicht völlig überrascht. Doch die Tatsache, dass sie ausgerechnet dann aufgab, als sie Primaballerina geworden war, kam allen seltsam vor. Aber schließlich gingen alle wieder ihrem eigenen Leben und ihrer Karriere nach und fragten nicht mehr nach der talentierten Ballerina Eva.

Eva wurde in ein Frauengefängnis mittlerer Sicherheitsstufe etwa eine Stunde nördlich von New York City geschickt.

Sie galt weder als Gefahr noch als fluchtgefährdet. Sie würde ihre Zeit still absitzen und gehen.

Eva machte das Beste daraus, was sie konnte. Sie las die Bücher, die ihre Mutter und Ginny ihr schickten, und erledigte jeden Tag die ihr zugewiesene Arbeit. In ihrer Freizeit nach dem Frühstück veranstaltete sie jeden Morgen ihre eigene Ballettstunde in ihrer Zelle, um ihren Körper in Form zu halten. Es war nicht zu vergleichen mit Mr. Bs Unterricht, und sie wusste, dass ihre Fähigkeiten verkümmerten, aber sie versuchte es. Sie musste an etwas aus ihrem früheren Leben festhalten, und sei es nur, um sich daran zu erinnern, wer sie einmal gewesen war und wer sie beinahe geworden wäre. Sie hatte viel zu lange Ballett studiert, um es sich für immer nehmen zu lassen.

Nachdem Eva ins Gefängnis gekommen war, kehrte ihre Mutter nach Minnesota zurück, schrieb ihr aber oft. Gwen schickte Geld für Evas persönliche Bedürfnisse, wofür sie dankbar war. Eva hatte alles verloren, als sie ihren Job verlor. Sie hatte sehr wenig Geld gehabt, denn Ballerinen tanzten nicht, um reich zu werden – sie tanzten, weil sie es liebten. Daher verdienten die meisten Tänzerinnen oft nur sehr wenig zum Leben.

Die ersten drei Monate im Gefängnis waren für Eva die härtesten. Sie hatte von Natur aus ein ruhiges Wesen, und es war schwierig, an einem Ort zu sein, an dem sie niemanden kannte. Auch die fehlende Privatsphäre war hart. Und sie vermisste einige der anderen Tänzerinnen und auch das Tanzen. Ihr ganzes Leben war Ballett gewesen, und nun fühlte es sich seltsam an, nicht stundenlang am Tag zu tanzen.

Ginny weinte, als sie Eva zum ersten Mal im Gefängnis besuchte. Sie durften in einem Besuchsraum zusammensitzen, zusammen mit anderen Familien, die Häftlinge besuchten.

Ginny war im Allgemeinen eine starke Frau, aber die kleine, zierliche Eva in dieser Umgebung zu sehen, brach ihr fast das Herz. Sie zwang sich jedoch, sich zusammenzureißen, und bei allen folgenden Besuchen behielt sie ein Lächeln im Gesicht und reichlich Familienklatsch auf den Lippen, um Eva zu unterhalten.

An einem Samstag, vier Monate nach Antritt ihrer Strafe, als Eva keinen Besuch erwartete, wurde ihr gesagt, sie solle in den Besuchsraum gehen. Eva ging hin und war überrascht, einen älteren Mann zu sehen, der einen Hut und ein Jackett über einem gestreiften Westernhemd trug.

»Mr. B! Ich kann nicht glauben, dass Sie hier sind!«, sagte Eva aufgeregt, dann senkte sie ihre Stimme. »Aber Sie sollten nicht hier sein. Jemand könnte Sie erkennen.«

»Ach, meine Liebe. Na und, wenn schon?«, sagte Balanchine und grinste sie an. »Ich musste kommen und nachsehen, ob es Ihnen gut geht.« Er blickte sich im Raum um, seine Nase kräuselte sich vor Abscheu. »Wie ich es hasse, Sie an einem Ort wie diesem zu sehen.«

Eva traten Tränen in die Augen, und sie wischte sie weg, bevor sie fallen konnten. »Danke, dass Sie gekommen sind. Nach allem, was passiert ist, dachte ich schon, mein Leben beim Ballett wäre nur ein Traum gewesen.«

Mr. B beugte sich näher zu ihr. »Eva, meine Liebe. Es war kein Traum. Sie waren und sind eine reizende Tänzerin mit so viel Leben vor sich. Ich habe Sie nicht vergessen, meine Liebe. Und das werde ich auch nie.«

»Es tut mir so leid, dass ich Sie in eine solche Zwickmühle gebracht habe«, sagte Eva. »Aber bitte glauben Sie mir – ich hatte keine Ahnung, was Colin tat. Er hat mich genauso getäuscht wie all diese reichen Frauen.«

Mr. B schnaubte. »Mr. Sleek war kein guter Mensch. Ich weiß, dass Sie unschuldig sind, meine Liebe. Das kleine Mädchen, das ich kannte und das für sein Mittagessen Bänder an Spitzenschuhe nähte, wäre nicht zu einer Diebin herangewachsen.« Er schüttelte den Kopf. »Nein. Sie sind unverschuldet auf einen Hochstapler hereingefallen.«

Seine Worte gaben Eva ein besseres Gefühl. Sie hatte Mr. B, der so viel getan hatte, um ihr eine Tanzkarriere zu ermöglichen, nie enttäuschen wollen. »Ich schätze, ich hätte von Anfang an auf Sie hören sollen«, sagte Eva. »Colin war eben doch Mr. Sleek.«

Mr. B schenkte ihr eines seiner wissenden Lächeln. »Ja. Jeder sollte immer auf mich hören. Ich habe immer recht.«

Eva lachte leise.

»Ich höre, Sie sind nur für zwei Jahre hier drin«, sagte Mr. B und wurde ernst. »Weniger jetzt, nehme ich an. Ich bin gekommen, um Ihnen zu sagen, dass Sie sich in Form halten sollen. Üben Sie jeden Tag, wenn Sie können. Denn ich hoffe, Sie wieder beim Ballett zu sehen, wenn Sie frei sind.«

Eva schnappte nach Luft. »Wirklich? Sind Sie sicher? Werden sich die Leute nicht fragen, wo ich war und warum ich gegangen bin? Werden sie nicht reden?«

Mr. B wischte mit der Hand durch die Luft, um ihre Sorgen zu vertreiben. »Es ist mir egal, was andere denken, und Ihnen sollte es das auch sein. Kommen Sie nach Hause, wenn Sie hier fertig sind. Sie werden in meiner Tanzcompagnie immer willkommen sein.«

Eva war so dankbar, dass sie Mr. B am liebsten umarmt hätte. Seine Worte hatten ihr Hoffnung gegeben. Wenn sie ihren Körper weiter trainieren konnte, um in Form zu bleiben, hätte sie einen Platz in seinem Ballett, wenn sie von hier wegging. Selbst wenn es nicht praktikabel war, so war es doch diese Hoffnung, die ihr helfen würde, die restlichen Tage zu überstehen.

* * *

An dem Tag, an dem Eva aus dem Gefängnis entlassen wurde, waren ihre Mutter und Ray da, um sie zu begrüßen. Obwohl es nur zwei Jahre gewesen waren, sah Gwen viel älter aus als zuvor, und auch Ray war gealtert. Eva fühlte sich furchtbar bei dem Gedanken, dass sie vielleicht diejenige war, die ihnen die dunklen Ringe und Sorgenfalten unter die Augen gezaubert hatte.

Sie wohnten in Beas Wohnung, und Ginny und Marty kamen an diesem Abend zum Abendessen vorbei. Ginny umarmte Eva sehr lange, als sie die Wohnung betrat.

»Ich muss sichergehen, dass das hier echt ist«, sagte sie Eva ins Ohr.

Ihre Worte wärmten Evas Herz. Sie konnte selbst kaum glauben, dass sie da war.

Eva stand noch zwölf Monate unter Bewährung, daher hatte ihr Anwalt eine Sondergenehmigung für sie erwirkt, damit sie zu ihrer Mutter und Ray nach Minnesota ziehen konnte. Sie würde diese Zeit bei ihnen leben und entscheiden, was sie als Nächstes tun wollte. Eva war erst dreiundzwanzig Jahre alt, aber sie hatte das Gefühl, mehrere Leben gelebt zu haben. Sie war erleichtert, an einen Ort zu gehen, an dem niemand wusste, wer sie war, damit sie sich nicht jeden Tag ihres Lebens für das, was ihr passiert war, schämen musste.

Monatelang nach Mr. Bs Besuch im Gefängnis hatte Eva daran gearbeitet, in Tanzform zu bleiben, in der Hoffnung, zum Ballett zurückzukehren. Aber mit der Zeit erkannte sie, dass eine Rückkehr keine gute Idee war. Alle würden Fragen haben. Neue Tänzerinnen würden es einer älteren Tänzerin übel nehmen, wenn sie zurückkäme und einen Platz einnähme, den sie haben wollten. Aus Bosheit könnte jemand tiefer graben und den Grund für ihr Verschwinden herausfinden. Damit konnte Eva nicht leben. Sie wollte den Ruf des NYCB oder den guten Ruf von George Balanchine nicht beschmutzen. Als sie aus dem Gefängnis entlassen wurde, hatte sie beschlossen, nicht zur Ballettcompagnie zurückzukehren. Es war eine schwere Entscheidung, aber sie wusste, dass es die richtige war. Der Tanz war ihr Leben gewesen, seit sie fünf Jahre alt war. Jetzt war er fort.

Ray, Gwen und Eva flogen nach Minnesota und fuhren dann die vier Stunden nach Norden nach Cedar Creek, der kleinen Stadt, in der sie lebten. Als sie die lange, von Bäumen gesäumte Auffahrt zum Seehaus hinunterfuhren, wurden Evas Augen groß. Ihre Mutter nannte ihr Haus immer eine Hütte. Aber was vor Eva lag, war keine Hütte – es war ein wunderschönes Haus mit etwas, das wie ein Turm mit Fenstern an einem Ende aussah.

»Du wirst es hier lieben«, sagte Ray und lächelte Eva über die Schulter an. »Und wir haben eine Überraschung für dich.«

»Pst! Du verdirbst sie noch«, sagte Gwen lachend zu ihrem Mann.

Die drei gingen die vorderen Stufen hinauf und durch die orange gestrichene Tür.

»Dieser Ort war sehr ›nordisch‹ mit seiner braunen Fassade und dem jägergrünen Anstrich«, sagte Gwen. »Ich brauchte einen Farbtupfer an der Tür.«

Eva lächelte. »Ich finde sie toll.«

Sie gingen durch ein kleines Wohnzimmer und in das kleinere Esszimmer neben der Küche. Hölzerne Schiebetüren mit Buntglaseinsätzen versperrten den Zugang zum dahinterliegenden Turmzimmer. Das Glas auf den Türen zeigte Seenlandschaften mit blauen Reihern, Seetauchern und Schwänen.

»Die sind wunderschön!«, sagte Eva und berührte sanft das Glas. »So elegant.«

»Wir lieben sie einfach«, sagte Gwen. »Aber du wirst lieben, was dahinter ist.« Gwen und Ray gingen zur Mitte der Türen und öffneten sie langsam zur Seite.

Eva blickte durch die sich öffnenden Türen in den großen Raum. Die Decke musste mindestens sechs Meter hoch sein, und die Fenster zum See hin waren riesig. Ein honigfarbener Hartholzboden erstreckte sich vor ihr bis zu einem Steinkamin am anderen Ende. Vor dem gemütlichen Kamin standen Sofas und Stühle auf einem großen Teppich. Es war wahrlich ein prachtvoller großer Raum.

»Es ist unglaublich«, sagte Eva und trat ein. »So wunderschön!« Sie blickte nach oben und sah eine Empore, die über eine kurze Treppe erreichbar war und das Wohnzimmer überblickte. »Ich wette, die Aussicht auf den See von der Empore ist unglaublich!«

»Wir haben beschlossen, dass die Empore dein ganz persönlicher Ort sein wird«, sagte Gwen und trat neben ihre Tochter. »Zum Lesen, zum Entspannen und zum Träumen. Ich hoffe, sie wird dich inspirieren.«

»Wirklich?« Eva war von Emotionen überwältigt. Sie hatte fast zwei Jahre lang in einer kleinen Zelle gelebt. Diesen weiten, offenen Raum für sich zu haben, würde wunderbar sein! Sie lief die Treppe hoch und sah sich um. Die Regale an der hinteren Wand waren voller Bücher, und es gab eine gemütliche Nische mit einem weichen Sofa direkt unter den hohen Fenstern dort oben. Ein kleiner Fernseher stand ebenfalls auf einem Tisch. Und die Aussicht! Der baumbestandene Garten und der See breiteten sich vor ihr aus. Ein Adler flog vorbei, in die Baumwipfel. Das war definitiv ein Raum zum Entspannen und Nachdenken.

»Ich liebe es!«, sagte Eva und blickte über das Geländer zu ihrer Mutter hinunter. »Danke.«

Sie lächelte. »Dein Schlafzimmer ist am Ende des Flurs, damit du ein wenig Privatsphäre hast. Aber dieser Raum oben gehört ganz dir, wenn du Zeit für dich haben möchtest. Und dieser Raum«, sie drehte sich langsam mit ausgebreiteten Armen, »kann abends unser Wohnzimmer sein und tagsüber dein Tanzstudio.«

Eva starrte ihre Mutter an. »Tanzstudio?«

»Ist das nicht wunderbar?«, fragte Ray und sah aufgeregt aus. »Deine Mutter bestand darauf, dass wir die besten Hartholzböden bekommen, damit du in diesem Raum Tanz unterrichten kannst. Wir können ein paar mobile Ballettstangen im Raum aufstellen und die Möbel aus dem Weg schieben. Er ist perfekt für ein Tanzstudio.«

Eva ging die Treppe hinunter, bis sie vor Gwen und Ray stand. »Wolltet ihr wirklich, dass euer friedliches Zuhause den ganzen Tag in ein lautes Tanzstudio verwandelt wird?«

»Nur, wenn du Ballett unterrichten möchtest«, sagte Gwen schnell. »Wir schlagen nicht vor, dass du etwas tust, was du nicht tun möchtest. Ich dachte nur, dass du irgendwann das Ballett vermissen wirst, und was gibt es Besseres, als das, was du weißt, an die nächste Generation weiterzugeben. Aber es gibt keinen Druck.«

»Und wir würden uns freuen, wenn du den Raum nutzt«,

sagte Ray. »Verdammt, ich bin den ganzen Sommer über auf dem See angeln und tagsüber unterwegs oder bastele im Winter in meiner Werkstatt unten. Lärm hier oben würde mich überhaupt nicht stören.«

»Und ich könnte für deine Kurse Klavier spielen«, sagte Gwen. »Wir haben noch keins gekauft, aber wir können es jederzeit tun, wenn du bereit bist.«

Eva stand schweigend da und musterte erneut ihre Umgebung. Ein Ballettstudio. Der Raum war sicherlich groß genug, und die Aussicht wäre inspirierend. Sie lächelte, als sie sich an den Tag erinnerte, an dem Mr. B sie dabei erwischt hatte, wie sie in einem der Studios tanzte und sich dabei ihre eigenen Schritte ausdachte.

»*Ah. Sie choreografieren Ihr eigenes Ballett. Versuchen Sie, mir meinen Job wegzunehmen?*«, hatte Mr. B lächelnd zu ihr gesagt. Nun, vielleicht konnte sie nicht so gut choreografieren wie Mr. B, aber sie konnte jungen Mädchen die Balanchine-Methode beibringen und neue Tänzerinnen in die Welt hinausschicken, die seine Technik verbreiteten. Was für ein Privileg das wäre.

Eva lächelte ihre Mutter an. »Ich finde die Idee großartig. Vielleicht können wir, wenn ich mich eingelebt habe, einen Plan ausarbeiten, um das Studio zu eröffnen. Ich brauche etwas Zeit, um mich wieder an die reale Welt zu gewöhnen.«

Gwen lächelte breit. »Liebes, nimm dir alle Zeit, die du brauchst. Du hast dein ganzes Leben vor dir, um zu tun, was immer du möchtest.«

Eva nickte. Ja. Sie hatte ein langes Leben vor sich. Und sie hatte vor, ausnahmslos das zu tun, was sie liebte.

KAPITEL VIERUNDZWANZIG

Maddie

Maddie saß mit Tränen in den Augen neben Eva auf dem Sofa. »Und jetzt hilfst du meiner Mom, ihren Traum zu leben«, sagte sie zu Eva. »Damit hat sich für dich der Kreis geschlossen.«

Eva nickte. »Ja, meine Liebe. Ist das Leben nicht wundervoll?«

Maddie stimmte ihr zu, dass es das war. So viel hatte sich verändert, seit sie an jenem ersten Tag an die Tür der Damen geklopft hatte, um nach dem Rasenmähen zu fragen. Sie hatte zwei neue Freundinnen gefunden, die sie über alles liebte, und ihre Mutter hatte ihre Leidenschaft wiederentdeckt.

»Ich habe online keine Bilder oder Filme von dir gefunden, auf denen du für das NYCB tanzt«, sagte Maddie. »Du bist nirgends aufgeführt. Es ist, als wärst du eine Ballerina, die in der Zeit verloren gegangen ist.«

Eva nickte. »Es gibt auch keine Aufzeichnungen darüber, was mit mir passiert ist, da ich an dem Tag meiner Verhaftung einfach verschwunden bin und mein richtiger Name in den Gerichtsakten stand. Niemand wusste, was aus mir geworden ist. Nur Mr. B, und er hat es für sich behalten, so wie ich ihn darum gebeten hatte.«

»Aber du bist all die Jahre mit Mr. Balanchine in Verbindung geblieben«, sagte Maddie. »Da du ihm ja neue Tänzerinnen geschickt hast.«

»Ja. Als ich New York verlassen habe, habe ich ihm gesagt, wohin ich gehe, und hin und wieder habe ich eine Postkarte aus NYC von ihm bekommen, auf der er mir etwas Lustiges erzählte, was seine Katze angestellt hatte, oder welches neue Ballett er kreiert hatte. Als ich ihm erzählte, dass ich eine Ballettschule eröffne und seine Art zu tanzen unterrichten würde, war Mr. B begeistert. *›Halte meine Technik am Leben, meine Liebe‹*, hatte er geschrieben. *›Und schick mir deine talentiertesten Tänzerinnen, wenn sie so weit sind.‹* Also habe ich das getan. Und ich wollte deine Mutter zu Jerome und Peter schicken, den Männern, die nach seinem Tod Mr. B.s Platz eingenommen hatten, aber sie wollte nicht gehen. Ich wünschte, sie wäre gegangen, aber vielleicht sollte es einfach nicht sein. Vielleicht war ihre Zukunft schon immer hier, um Mr. B.s Balletttechnik am Leben zu erhalten.«

»Das ist so unglaublich«, sagte Maddie. Ihre Gedanken überschlugen sich, während sie versuchte, sich jedes Wort von Evas Erzählung einzuprägen. »Und Mr. Balanchine hat dir diesen wunderschönen Gehstock geschenkt.«

Eva nickte. »Ja. Er war immer großzügig mit seinen Sachen. Er ist während der Revolution mit nichts aufgewachsen, und es war ihm egal, ob er etwas besaß, selbst als er auf der ganzen Welt berühmt war. Er lebte bescheiden, und seine erste Liebe galt immer dem Ballett.«

»Ich bin so froh, dass du mir deine Geschichte erzählt hast«, sagte Maddie. »Und es tut mir leid, dass du so viel Schmerz durchmachen und deinen Traum, Primaballerina zu werden, nicht verwirklichen konntest. Das muss schwer zu akzeptieren gewesen sein. Du warst so kurz davor.«

»Anfangs war es das. Aber ich habe erkannt, dass mein Platz hier ist«, sagte Eva lächelnd. »Und ich habe es nie bereut, andere im Tanzen zu unterrichten. Es ist eine Freude gewesen.«

»Wie kam es, dass Ginny hierhergekommen ist?«, fragte Maddie.

»Das kann ich beantworten«, sagte Ginny und steckte den Kopf durch die Küchentür. »Marty und ich waren fünfunddreißig Jahre verheiratet, und dann ist er gestorben. Wir konnten nie Kinder bekommen, und als er fort war und meine Eltern inzwischen auch gestorben waren, hat Eva mich eingeladen, hierherzukommen, um bei ihr zu leben und ihre Klavierspielerin zu sein.« Sie verdrehte die Augen. »Sie wusste, dass ich Klavierspielen hasste, aber ich war ziemlich gut, und ich war bereit für eine Veränderung. Also sind wir jetzt hier, zwei alte Schachteln, die ihr Leben leben.«

»Wir sind keine alten Schachteln«, sagte Eva und richtete sich auf. »Wir sind elegante, reife Damen.«

»Nenn es, wie du willst«, sagte Ginny und blickte zu Maddie hinüber. »Aber die Wahrheit ist, Eva hat mich vor einem einsamen Leben bewahrt, und dafür bin ich ihr seitdem dankbar.«

Maddie lächelte. »Ich bin froh, dass ihr beide zusammen seid. Ich könnte es mir gar nicht anders vorstellen.«

»Meine Mutter und Ray waren auch schon gestorben, bevor Ginny hierherkam«, fügte Eva hinzu. »Also war ich froh über die Gesellschaft. Und Ginny ist eine ziemlich gute Köchin.«

»Ziemlich gut? Aber ich bin die Beste«, sagte Ginny und zwinkerte Maddie zu.

Maddie lachte. Sie wandte sich an Eva. »Weißt du, was aus

Colin Hughes geworden ist? Oder vielleicht sollte ich ihn bei seinem richtigen Namen nennen, Anthony Rumsey.«

Eva sah nachdenklich aus. »Ich weiß, dass er wegen Diebstahls vor Gericht kam und für schuldig befunden wurde. Ich weiß aber nicht, für wie viele Jahre sie ihn ins Gefängnis gesteckt haben. Und ich habe nie wieder von ihm gehört.« Sie sah Maddie in die Augen. »Ich habe ihn geliebt, und ich möchte glauben, dass er mich auch geliebt hat, zumindest für eine Zeit. Aber er war nicht gut für mich. Ich glaube, du weißt genau, was ich meine.«

Maddie dachte an Caden und an alles, was er ihr angetan hatte. »Ja. Vielleicht nicht in dem Ausmaß, was du durchgemacht hast, aber ich weiß, was du meinst. Ich bin froh, dass ich meinen Freund verlassen habe, bevor etwas Schreckliches passiert ist, das mein Leben komplett verändert hätte.«

»Das bin ich auch«, sagte Eva leise. »Draußen wartet so viel auf dich. Triff kluge Entscheidungen, und du kannst alles erreichen, was du dir wünschst.«

»Danke, Eva«, sagte Maddie. »Dass du deine Geschichte mit mir geteilt hast. Es hat mir so viel mehr bedeutet, als du dir vorstellen kannst.«

»Ich wusste, dass du die richtige Person bist, um sie mit ihr zu teilen«, sagte Eva. »An dem Tag, als du hierhergekommen bist, habe ich es in deinen Augen gesehen.«

»Meine Güte!«, sagte Ginny vom Küchendurchgang aus. »Es wird hier drinnen furchtbar schnulzig. Ich schwöre, ich schaue mir einen dieser kitschigen Filme von diesem Grußkartensender an.«

Maddie und Eva lachten beide.

»Okay. Wir hören auf, bevor dir übel wird«, sagte Maddie und stand auf. Sie ging zu Ginny hinüber. »Aber nicht, bevor ich eine Umarmung von dir bekomme für all die köstlichen Mittagessen, die du für mich gemacht hast.« Sie streckte die Arme aus und zog Ginny in eine Umarmung. Ginny wehrte sich nicht.

»Na, du tust ja so, als ob du uns für immer verlassen würdest«, sagte Ginny und fasste sich wieder, nachdem sie sich losgemacht hatte. »Der Sommer ist noch nicht vorbei. Du musst immer noch unseren Rasen mähen und den Garten jäten.«

»Das werde ich bis zum Winter weitermachen«, sagte Maddie. »Aber in zwei Wochen fängt die Schule an, also werde ich nicht mehr so oft zu Besuch kommen können.« Sie blickte von Ginny zu Eva. »Ich werde die Zeit hier vermissen.«

»Ach, Papperlapapp!«, sagte Ginny. »Deine Mutter wird an manchen Abenden hier sein, um Tanz zu unterrichten, und ich bin sicher, du wirst dich anschließen. Also sei nicht so dramatisch.« Sie drehte sich um und ging zurück in die Küche.

»Ach, Ginny«, sagte Eva, stand auf und begleitete Maddie zur Tür. »Sie kann ganz schön kratzbürstig sein.«

»Ich würde sie gar nicht anders haben wollen«, sagte Maddie. Sie umarmte die winzige Dame mit dem Gehstock und achtete darauf, sie nicht zu zerbrechen. Eva wirkte so zerbrechlich und war doch ihr ganzes Leben lang eine so starke Person gewesen.

»Vergiss nicht, meine Geschichte fertig zu schreiben«, sagte Eva mit funkelnden Augen.

»Ich gehe jetzt sofort nach Hause und schreibe die ganze Nacht«, versicherte Maddie ihr. »Ich sehe dich bald.«

»Darauf zähle ich«, sagte Eva.

Maddie trat auf die Veranda hinaus und sah ihr Auto dort auf sie warten. Sie seufzte. All das war passiert, weil Caden ihr Auto zu Schrott gefahren hatte. Vielleicht sollte sie ihm dafür doch noch danken.

* * *

Maddie ging nach Hause und tat genau das, was sie Eva versprochen hatte. Sie schrieb stundenlang und versuchte, sich an jedes Detail von Evas Geschichte zu erinnern, während ihr Stift über die Seite flog. Sobald sie fertig war, wollte sie die Geschichte in Manuskriptform abtippen, sie bearbeiten und vielleicht noch weiter bearbeiten. Sie wusste, dass sie noch keine professionelle Schriftstellerin war, aber für Eva würde sie ihr Bestes geben.

Die letzten beiden Sommerwochen vergingen wie im Flug. Maddie musste Rasen mähen, bei der Eisdiele arbeiten und Bewerbungen für das College ausfüllen. Livie hatte sich bereits entschieden, an die Universität von Denver zu gehen. Sie sagte, sie habe sich bei dem dortigen Trainer am wohlsten gefühlt und wisse, dass sie für deren Turnmannschaft gute Leistungen erbringen könne. Also füllte Maddie zuerst die Bewerbung für die DU aus und gab sich bei ihrem Aufsatz für die Zulassung die größte Mühe. Sie verwendete für den Aufsatz tatsächlich ihre Geschichte aus diesem Sommer und erzählte, wie sie in diesem Sommer gereift war und eine Lektion fürs Leben gelernt hatte: Verantwortung für ihr Handeln zu übernehmen und sich dafür zu öffnen, den Menschen um sie herum zuzuhören. Sie hoffte, der Aufsatz würde beweisen, dass sie gut schreiben konnte, damit sie in das Programm für kreatives Schreiben aufgenommen würde.

Am ersten Tag ihres Abschlussjahres gingen Maddie und Livie an Caden und seiner neuen Freundin Amanda vorbei. Caden hatte inzwischen einen Gipsstiefel, kam aber ziemlich gut zurecht, während seine Freundin seine Bücher trug. Er sah auch viel besser und gesünder aus als beim letzten Mal, als

Maddie ihn gesehen hatte.

Caden blickte auf und starrte sie einen Moment lang direkt an, dann lächelte er langsam. Er nickte, und sie tat es ihm gleich. Für Maddie war es eine Erleichterung. Sie hatte befürchtet, Caden hasse sie, nachdem sie sich von ihm getrennt hatte, aber er hatte einen neuen Anfang gemacht, und sie auch. Vielleicht würde das Abschlussjahr doch nicht so schwierig werden, wie sie gedacht hatte.

Am ersten Abend, als Sandy in Evas Haus Tanzkurse gab, war Maddie zur Unterstützung da. Sie hatte ihrer Mutter Anfang der Woche geholfen, die Möbel zu verrücken und die Ballettstangen an den Fenstern und Wänden anzubringen. Sie hatten einen Plattenspieler aufgestellt, weil ihre Mutter von der alten Schule war, und Sandy hatte Stunden damit verbracht, die perfekte klassische Musik für jeden Kurs auszuwählen. Sie stellte eine Tanzroutine für Kinder im Alter von fünf bis sieben Jahren zusammen und eine weitere, schwierigere für Tänzerinnen über acht Jahren. Zu ihrer Überraschung wollten auch ein paar ältere Frauen Ballett als Gymnastikkurs belegen, also richtete Sandy auch das ein. Sie unterrichtete zwei Kurse pro Abend, zwei Abende pro Woche und drei Kurse am Samstag. Sie hatte nie erwartet, genug Schülerinnen zu haben, um die Kurse zu füllen, aber in dem Moment, als sich herumsprach, dass es eine neue Ballettlehrerin in der Stadt gab, stand ihr Telefon nicht mehr still.

Maddie und Lily waren an diesem ersten Abend beide da, und Lily wollte sogar auch einen Kurs bei den älteren Schülerinnen mitmachen. Lily dachte, Ballett würde ihr beim Turnen einen Vorteil verschaffen, und es überraschte nicht, dass sie gut im Tanzen war. Maddie beobachtete ihre kleine Schwester voller Staunen. Was auch immer Lily im Leben tun würde, sie würde mit Sicherheit Erfolg haben.

»Also, was hältst du von deiner Mutter als Ballettlehrerin?«, fragte Eva leise, als sie und Maddie durch einen Spalt in den Schiebetüren zusahen.

»Sie ist unglaublich«, sagte Maddie voller Stolz. »Sie ist genau da, wo sie sein soll.«

Eva blickte zu Maddie hinüber, und die beiden tauschten einen Blick. Sie wussten beide, dass sie alle genau da waren, wo sie sein sollten.

EPILOG

Ein Jahr später

Maddie hatte fast alles gepackt und war abreisefertig. Am nächsten Tag würde sie zum College aufbrechen, ihr Auto bis unters Dach vollgepackt. Ihr Vater wollte mit ihr nach Colorado fahren und ihr beim Einrichten helfen und dann nach Hause fliegen. Ihre Mutter bedauerte, dass sie nicht mitkommen konnte, aber die Schule begann bald und ihre Tanzkurse hatten bereits angefangen, sodass sie sich nicht freinehmen konnte, um mitzufahren. Livie war bereits an der DU, weil der Turntrainer verlangt hatte, dass seine Teammitglieder eine Woche früher da sein sollten. Maddie konnte es kaum erwarten loszukommen. Sie und Livie hatten das Glück, sich im Wohnheim ein Zimmer zu teilen, und sie planten, ein lustiges erstes Studienjahr zu haben.

Aber zuerst musste Maddie noch eine letzte wichtige Sache erledigen, bevor sie fuhr.

Der Duft des Herbstes lag in der Luft, als Maddie mit einem Geschenk für Eva das kurze Stück zum großen Haus ging. Als sie die Auffahrt erreichte, blieb Maddie stehen und blickte den langen Weg hinunter. Sie lächelte, als sie sich an das erste Mal erinnerte, als sie zu dem Haus hinunterging, mit einer Heidenangst, dass die Gerüchte wahr sein könnten, dass dort zwei alte Hexen lebten. Die Wahrheit hätte unterschiedlicher nicht sein können. Was sie am Ende dieser Auffahrt fand, waren Freundschaft und eine inspirierende Geschichte. Was sie außerdem gefunden hatte, war ihre Zukunft.

Die orangefarbene Tür öffnete sich, bevor Maddie überhaupt die oberste Stufe erreicht hatte.

»Ich habe Eva gesagt, dass du nicht gehen würdest, ohne dich zu verabschieden«, sagte Ginny selbstgefällig. »Sie hat sich solche Sorgen gemacht, dass sie dich für weitere neun Monate nicht sehen würde.«

Maddie lächelte. »Ich konnte doch nicht gehen, ohne mich von meinen beiden Lieblingsmenschen zu verabschieden.«

»Ach, Quatsch! Du trägst immer noch dick auf. Deswegen wirst du eine gute Schriftstellerin sein.« Ginny sagte dies mit einem Grinsen im Gesicht. »Na, komm rein. Eva ist im Tanzstudio und genießt den herbstlichen Ausblick aus den Fenstern.«

Maddie ging durch das Wohnzimmer ins Esszimmer und dann durch die offene Schiebetür. Der Raum war für den Tanzunterricht heute Abend vorbereitet, die tragbaren Ballettstangen standen an den Wänden und den hohen Fenstern aufgereiht. Eva stand mit ihrem Stock in der Hand an den großen Fenstern und blickte auf den See hinaus, der im Sonnenschein glitzerte. Sie drehte sich um und ein Lächeln breitete sich auf ihrem Gesicht aus.

»Du bist gekommen«, sagte Eva vergnügt. Sie wartete geduldig, bis Maddie neben sie trat.

»Ich konnte nicht gehen, ohne mich zu verabschieden«, sagte Maddie. »Schließlich haben Sie mir geholfen, über meine Zukunft zu entscheiden.«

»Oh nein, meine Liebe. Diese Entscheidungen hast du ganz allein getroffen. Ich war nur hier, um dich ein wenig zu ermutigen«, sagte Eva.

»Ich war hier, um dich zu füttern«, sagte Ginny hinter ihnen. »Das muss doch auch für etwas zählen.«

Maddie lachte. »Das zählt für eine ganze Menge. Ich habe meine Mittagessen hier geliebt.«

Ginny stand etwas gerader und hob stolz das Kinn.

»Ich habe Ihnen etwas mitgebracht«, sagte Maddie und wandte sich wieder Eva zu. Sie reichte ihr einen dicken Manila-Umschlag.

»Was ist das?«, fragte Eva überrascht.

»Das ist Ihre Geschichte«, sagte Maddie. »Ich habe so viel davon aufgeschrieben, wie ich mich erinnern konnte, und habe es so gut ich konnte aufpoliert. Ich hoffe, ich habe alles richtig wiedergegeben.«

»Ach, meine Liebe«, sagte Eva sanft. »Ich bin mir sicher, du hast wundervolle Arbeit geleistet. Aber das brauche ich nicht zu lesen – ich habe es gelebt.« Sie gab Maddie das Manuskript zurück.

»Das stimmt«, sagte Maddie perplex. »Aber es ist Ihre Geschichte.«

Eva lächelte. »Nein, meine Liebe. Jetzt ist es deine Geschichte.«

Maddie lief ein Schauer über den Rücken. »Ich verstehe nicht.«

»Als ich dir meine Geschichte erzählt habe, habe ich sie dir geschenkt. Mach damit, was immer du möchtest. Nutze sie als Inspiration für einen Roman oder lege sie für alle Ewigkeit in eine Schublade. Sie gehört jetzt dir.«

Maddie nahm den Umschlag wieder entgegen. Sie beugte

sich hinunter und umarmte Eva, wobei sich ihre Augen mit Tränen füllten. »Danke für alles, was Sie für mich getan haben«, flüsterte sie. »Und für meine Mutter. Sie ist so glücklich wie noch nie.«

Eva umarmte sie ebenfalls. »Es war mir ein Vergnügen, meine Liebe. Es kommt eine Zeit, in der wir alle etwas zurückgeben müssen. Denk daran.«

Maddie nickte. Als sie sich umdrehte, um Ginny zum Abschied zu umarmen, sah sie, wie die ältere Frau sich mit einem Taschentuch die Augen wischte.

»Ich weine nicht«, beharrte Ginny. »Es ist ... es ist staubig hier drin.«

Maddie ging zu ihr und umarmte sie. »Danke für alles.«

»Wir haben gern geholfen«, sagte Ginny leise. Als sie sich löste, war sie wieder ganz die Geschäftsfrau. »Aber du kommst doch nächsten Sommer wieder, um unseren Rasen zu mähen, oder? Du warst die beste Kraft, die wir je hatten.«

Maddie lachte. »Ich bin sicher, ich komme wieder, und ich werde auf jeden Fall Ihren Rasen mähen.«

Eva begleitete sie zur Tür und sie umarmten sich noch einmal. »Geh da raus und mach mich stolz«, sagte Eva.

»Ich werde mein Bestes geben«, sagte Maddie. Sie winkte den Frauen zu, als sie die Treppe hinabstieg. Während sie langsam die Auffahrt hinaufging, blickte Maddie auf Evas Geschichte in ihrer Hand. Vielleicht würde sie eines Tages Evas Geschichte teilen. Oder vielleicht auch nicht. Was auch immer in den kommenden Jahren geschehen würde, Maddie wusste, dass sie Evalina Ashford, die Ballerina von George Balanchine, niemals vergessen würde.

-Ende-

ÜBER DIE AUTORIN

Deanna Lynn Sletten ist die Autorin von *Die Biografin von Mrs. Winchester, Die Zurückgelassenen, Die Frauen von Great Heron Lake, Miss Etta, Auf der Suche nach Libbie* und mehreren weiteren Titeln. Sie schreibt herzerwärmende Frauenromane, fesselnde historische Romane, eine Murder-Mystery-Reihe sowie Liebesromane mit unvergesslichen Charakteren. Außerdem hat sie einen Middle-Grade-Roman verfasst, der die Leser auf das Abenteuer ihres Lebens mitnimmt.

Deanna ist verheiratet und hat zwei erwachsene Kinder. Wenn sie nicht schreibt, genießt sie ruhige Spaziergänge in den Wäldern rund um ihr Zuhause mit ihrem wunderschönen Australian Shepherd, reist gern, fotografiert und entspannt am See.

Deanna freut sich immer, von ihren Leserinnen und Lesern zu hören. Kontaktieren Sie sie unter: www.deannalsletten.com